Barbara Abel

Barbara Abel vit à Bruxelles où elle se consacre à l'écriture. Prix Cognac avec *L'Instinct maternel* (Éditions du Masque, 2002), puis sélectionnée pour le prix du Roman d'Aventures avec *Un bel âge pour mourir* (Éditions du Masque, 2003), elle voit aujourd'hui son œuvre adaptée à la télévision et au cinéma, et traduite en plusieurs langues. Marquant son grand retour au roman noir, *Derrière la haine* (Fleuve Éditions, 2012) – Prix des lycéens de littérature belge 2015 – est adapté au cinéma en 2019 sous le titre *Duelles*, qui fait actuellement l'objet d'un remake aux États-Unis avec Jessica Chastain et Anne Hathaway dans les rôles principaux, dont la sortie est prévue en 2023. *L'Innocence des bourreaux* (2015), *Je sais pas* (2016), *Je t'aime* (2018), *Et les vivants autour* (2020) ont paru aux éditions Belfond. Son dernier roman, *Les Fêlures*, a été publié en 2022 aux éditions Plon. Tous ces titres sont repris chez Pocket.

Retrouvez l'auteure sur sa page Facebook : www.facebook.com/barbara.abel.3956

L'INNOCENCE DES BOURREAUX

ÉGALEMENT CHEZ POCKET

DERRIÈRE LA HAINE
APRÈS LA FIN
L'INNOCENCE DES BOURREAUX
JE SAIS PAS
JE T'AIME
ET LES VIVANTS AUTOUR
LES FÊLURES

BARBARA ABEL

L'INNOCENCE DES BOURREAUX

belfond

Pocket, une marque d'Univers Poche,
est un éditeur qui s'engage pour la préservation
de son environnement et qui utilise du papier fabriqué
à partir de bois provenant de forêts gérées
de manière responsable.

ISBN : 978-2-266-26524-9

Joachim Fallet

Jo grelotte. Insupportable sensation de froid, extrême, virulent, douloureux. Comme si ses os avaient séjourné plusieurs heures dans un réfrigérateur.

Un squelette de glace.

Une carcasse congelée.

À cela s'ajoutent les crampes abdominales, insoutenables. Un étau d'acier qui comprime ses tripes et les tord dans tous les sens, le forçant à se plier en deux pour en atténuer la violence. Piètre remède, soulagement dérisoire. Déjà complètement recroquevillé sur lui-même, Jo cherche à se ratatiner un peu plus, peut-être pour disparaître totalement et emporter l'infecte souffrance qui tétanise ses muscles et ses viscères. Boyaux momifiés par le poison, à l'image d'une pompe qui aspire tout ce qui bouge, tout ce qui vit, jusqu'au sang dont le flux semble s'être figé dans ses veines. Moribond, froid, sec, si ce n'est cette sueur glacée qui le recouvre de la tête aux pieds, telle une membrane à la fois collante et visqueuse qui suinte le trépas.

Nausées. Convulsions. Spasmes.

Et puis l'esprit, figé sur une idée, une image unique, pressante, obsessionnelle. Un fixe. De toute urgence, sous peine de mort. Jo se contracte, éructe une plainte sordide, crache son tourment en sanglots acides, tente un mouvement, un geste, un battement de cils... Abandonne le combat pas même engagé. Attendre. Que la crise passe, comme passent les heures abjectes d'une vie qui se consume en volutes nauséabondes.

Alors Jo replonge dans ce néant qui lui sert désormais d'asile.

Lorsqu'il ouvre à nouveau les yeux, la lumière lui fait l'effet d'une injection en pleine rétine. Ça explose dans son crâne, comme un caveau profané au lance-flammes. Ses paupières retombent aussitôt, et avec elles l'effroi du supplice. L'âme à tâtons, Jo sonde ses sensations... Les douleurs musculaires se sont apaisées, tout comme les crampes abdominales, la sensation de froid et les nausées. Mais il ne s'y trompe pas : s'il ne trouve pas très vite de l'héro, la crise reviendra, plus agressive, plus corrosive. Il doit se lever, il n'a pas le choix, pas le temps, il lui faut un fixe. De quoi parer au plus pressé, reprendre possession de son corps, connecter la machine avec l'ordinateur central.

Jo rassemble ses forces et parvient à s'asseoir sur son lit. Déglutit des éclats de papier de verre qui lui décapent la trachée jusqu'au fond de l'estomac. Il a soif. Porte un regard circulaire sur la pièce, à la recherche d'une bouteille d'eau, un verre, un liquide quelconque. Vise l'évier et, au centre, le robinet. Épuisé par la crise et par le manque, il lui faut plusieurs minutes avant d'arriver à se lever. Lorsqu'il y parvient, il fait quelques pas vacillants, piétine ce qui traîne sur sa trajectoire, vêtements sales, papiers et journaux divers, vaisselle maculée de restes de nourriture, déchets, cannettes de bière vides ou renversées sur le plancher, seringues usagées. Il titube, s'arrête, recouvre son équilibre, passe une langue râpeuse sur ses lèvres sèches, atteint enfin l'évier et se penche pour étancher sa soif.

Peu à peu, les mouvements s'enchaînent, larvés mais volontaires, morcelés mais obstinés. Au prix d'un calvaire de chaque instant, Jo se rassemble, sans schéma ni mode d'emploi, c'est pour ça qu'il se sent éclaté. Éparpillé. Il lui faut maintenant raccorder les fils de la pensée aux gestes. Associer les intentions aux actes.

Bientôt les idées se mettent en place. L'urgence de l'instant. Le but à atteindre. Jo fouille ses poches, sa piaule, ses souvenirs à la recherche des quelques billets qu'il espère posséder encore. Son passeport pour les îles « Trip and Dream » comme il les appelle lui-même ; le sésame qui lui permettra peut-être d'atteindre demain sans avoir envie de s'arracher la peau, les cheveux, les yeux.

Mais, au fil de sa prospection, le gouffre se referme sur lui. Il retrouve un peu d'argent dans sa planque « number three », beaucoup moins que ce qu'il avait espéré. Beaucoup moins que ce dont il a besoin pour une dose. Les planques « number one », « number two » et « number four » sont désespérément vides. La cata.

Les traits se creusent, les dents se serrent. Jo sent son cœur cogner dans sa poitrine, tandis que la perspective d'une journée entière sans héro se déploie devant lui comme un chemin de croix parsemé de démons ricanants. Il n'y survivra pas, il le sait, il en mourra. Il lui faut un fixe, question de survie. Déjà les crampes reprennent du service, expertes, grinçantes, de ces contractions qui s'annoncent au loin, conscientes que les préludes de la souffrance sont presque pires que la douleur elle-même. Le stress y va de son refrain, renforce la tension, scelle le tourment.

Panique à bord.

Livide, Jo tourne sur lui-même, les nerfs à vif, se prend la tête dans les mains, tente de maîtriser les spasmes qui agitent ses membres. La terreur du manque injecte son poison acide au centre de son cerveau qui répercute la morsure dans chaque parcelle de son corps. Il a l'impression que son crâne va exploser. La nausée en profite pour jouer au yo-yo dans sa gorge, son estomac pourtant vide porté au bord de ses lèvres.

Jo se force à respirer. Revient à l'évier, se passe de l'eau sur le visage. Le contact et la fraîcheur du liquide suspendent pour quelques instants la débâcle qui le ronge de l'intérieur. Il doit trouver du fric. Les solutions se bousculent dans son esprit, des noms, des visages, des lieux. Des mots. Passe en revue les personnes qui pourraient l'aider à se sortir de ce mauvais pas, au moins pour aujourd'hui. Avec des gestes fébriles, il cherche son portable, fouille le chaos qui règne dans sa piaule, le trouve enfin. Pianotant sur le clavier, il ouvre le répertoire et fait défiler ses contacts. Les noms se succèdent, indifférents à sa douleur, étrangers à sa détresse. Aucun d'entre eux, il le sait, n'acceptera de l'aider.

Arrivé à la lettre « M », Jo se fige sur un nom. Une appellation. « Maman ». Son cœur se serre dans sa poitrine, exsangue, lacéré par les lettres qui dansent sous ses yeux. Le visage d'une femme se matérialise dans son esprit, et soudain il chancelle, pris d'un vertige abyssal, ivre d'un parfum qu'il n'a plus respiré depuis si longtemps. Le doigt suspendu au-dessus du clavier, il hésite. Une lutte s'engage dans son cœur, dans ses tripes, entre remords et rancune, âpre, ça le ronge de l'intérieur, reproches amers, vindicatifs, mêlés au désir fou d'entendre sa voix, déposer les armes, appeler à l'aide… Rentrer à la maison. Au moment où, le pouce tremblant, gorgé de haine et de foi, il établit la communication, un ultimatum résonne dans son crâne, presque malgré lui : « Si elle répond, je lâche tout. Je vais en désintox. J'arrête les conneries. Je renoue avec elle. J'essaie. Je reprends ma vie en main. »

Jo ne sait même pas s'il y croit. Il a juste besoin d'une raison d'appeler. Trouver la force d'affronter les sonneries qui déjà s'égrènent dans le silence de sa misère. Chaque seconde qui passe suspend son souffle, fige le temps, temporise l'espoir fou d'une promesse sans sommation.

Au bout de la quatrième sonnerie, la messagerie se déclenche.

Jo ferme les yeux.

Avant d'entendre le timbre de sa voix, il coupe la communication.

Les heures suivantes, il les passe à errer dans les rues, va d'un fournisseur à l'autre, plaide sa cause, supplie, se répand. Promène sa carcasse affamée de drogue, de nourriture et d'amour, les yeux luisants, cernés de mort, creusés dans la fosse de son besoin. Se fait jeter comme une merde, pire qu'un chien. Pas d'argent, pas de came. La règle est simple, elle vaut pour tout le monde, et plus encore pour les paumés de son espèce. Alors Jo se laisse entraîner vers la longue et vertigineuse descente dans les catacombes de sa probité : le cœur endeuillé, il franchit en douce les limites ultimes, piétine ses derniers principes, crache sur les restes de son humanité. Propose ses services, son corps, sa bouche. Jette son intégrité aux ordures, sa dignité aux chiottes. Son âme au caniveau. Encaisse le mépris, les injures, parfois même les coups, quand ses supplications dérangent les affaires en cours. Se vautre dans la fange de son manque.

Il est bientôt midi. Jo a écumé tout son réseau, ne peut plus rien attendre de personne. Ses forces l'abandonnent en même temps que la douleur l'assaille et, avec elle, le spectre de l'enfer sur terre. Déjà au fond du trou, il a la sensation qu'un nouvel abîme s'ouvre sous ses pieds. Jusqu'à présent, il est toujours parvenu à trouver de quoi se piquer, s'évader loin de cette misère. Loin du mépris, du regard des autres et de la haine des siens. Mais, aujourd'hui, il lui semble qu'il n'a plus rien, que toutes les portes se sont inexorablement fermées.

Aujourd'hui, il a tout perdu.

Ou plutôt, aujourd'hui, il n'a plus rien à perdre.

Alors il prend la décision qui s'impose. La dernière chance qui s'offre à lui, pour ne pas mourir seul, comme une merde. Comme un chien. Le fric, il va le prendre là où il se trouve. Par la force. Il a demandé gentiment, ça n'a servi à rien. Personne ne l'a écouté, personne ne l'a entendu. Alors il va demander méchamment. Il va exiger. Il va ordonner. En criant très fort, pour être sûr qu'on l'entende, qu'on l'écoute. Il va menacer. Et il va se servir. Fini d'être la victime. Il va devenir bourreau, celui qui commande, celui que l'on craint.

Jo rumine sa rage. La rancœur lui tient désormais lieu de moteur. Rien que pour leur montrer à tous qui il est vraiment, rien que pour leur faire payer un jour, il restera en vie. Il s'accrochera, il survivra, il remontera la pente, et chacun de ceux qui aujourd'hui lui ont claqué la porte au nez regrettera amèrement sa négligence, son mépris ou sa malveillance. Qu'importe le prix. Qu'importent les risques encourus pour assouvir sa soif de vengeance, qu'importent les conséquences, les dommages, les dégâts.

Aujourd'hui, il n'a plus rien à perdre.

Des larcins, Jo en a déjà commis. Des vols à la tire, à l'arraché, à l'étalage, la faim justifie les moyens, rapines de misère pour un butin chagrin. Qui ne mène à rien. Et puis il y a eu ce sac à main, volé dans le métro à une jeune femme bien sous tous rapports. Genre fonctionnaire sans histoire, mère parfaite, épouse modèle, citoyenne lambda. En vidant le contenu du sac, Jo a trouvé ce qu'il cherchait : un portefeuille garni de quelques billets salutaires. Il a également trouvé ce qu'il ne cherchait pas : un flingue. Petit modèle. Un automatique. De ces armes à feu de poche pour ladies effarouchées.

Chargeur plein.

Jo a rapporté l'arme dans sa piaule et l'a laissée là, dans le placard au-dessus de l'évier, deuxième étagère à droite, histoire de dire qu'il l'a planquée. L'a ensuite oubliée – les armes à feu, c'est pas son truc. Mais ça peut le devenir, si on l'y force.

Les nausées reprennent de plus belle. Et le froid dans les os. Insidieux d'abord, puis de plus en plus envahissant, comme le brouillard qui s'étend sur la plaine s'insinue inexorablement dans chaque recoin, comble chaque cavité, se faufile dans chaque anfractuosité. Cartilage de glace, moelle congelée, ses mouvements deviennent douloureux, les crampes s'annoncent en échos noueux, tripes tordues sous la sinueuse menace du tourment, et le souvenir de la crise toute proche achève de balayer les dernières hésitations.

Jo retourne dans sa piaule, récupère le flingue. Un flingue de gonzesse, un jouet dans sa paluche osseuse. Il vérifie le chargeur, toujours plein, qui lui apparaît comme un argument de poids. Il veut être certain qu'on va l'écouter. Le prendre au sérieux.

Jo retrouve ensuite sa cagoule parmi l'éboulis de vêtements, celle qui recouvre une large partie de son visage, hormis les yeux. Gestes nerveux, accidentés, un corps en roue libre, comme un attelage sans cocher. Cherche encore ses lunettes de soleil dans le fatras d'objets qui jonchent le sol, la table, le canapé éventré qui lui sert plus souvent de lit… enfin, de paillasse. Les trouve enfin, avec les gants.

Bon, et maintenant ?

Le temps presse, le manque se fait chaque minute plus présent, plus abrasif. Lui injecte des jets de frissons glacés dans l'épine dorsale. L'oppresse de son étreinte fatale.

L'automatique bien calé dans la poche droite de son blouson, la cagoule, les lunettes de soleil et les gants dans l'autre, Jo prend le RER pour s'éloigner de son quartier. Itinéraire pris au hasard, il choisit une gare aux allures de banlieue tranquille. Une fois sorti de la station, il erre dans les rues, à la recherche de sa cible. Une banque ? Trop gros pour lui. Un bureau de poste ? Trop de monde. Un restaurant ? Pas de liquidités, les gens payent par carte de crédit…

C'est au coin de la rue des Termes qu'il trouve ce qu'il cherche. Une supérette, genre libre-service, aménagée dans un hangar dont on a à peine masqué la grossière nudité, béton et poutres d'acier apparents, néons diffus, située légèrement en retrait par rapport aux autres immeubles de la rue, petit parking à l'avant sur lequel ne stationnent que deux voitures. Peu de fréquentation. Emplacement idéal.

Jo déglutit. Il s'approche de l'enseigne, démarche de crabe, silhouette raidie par la tension, la douleur, le manque. La peur aussi. Jette un œil à l'intérieur du magasin. Les allées sont presque vides ; il repère un couple à la caisse. Un peu plus loin, sur la gauche, une vieille dame dans une chaise roulante se fait pousser par une grosse femme à peine plus jeune le long de l'allée centrale. Elles s'apprêtent à croiser une femme d'âge mûr qui vient juste d'entrer dans le magasin. Il y a le caissier, également… Il semble que ce soit tout. Ah non… Jo décèle un mouvement dans le fond. Il tend le cou en se hissant sur la pointe des pieds pour discerner la silhouette… C'est une femme, jeune, seule. Parfait.

Jo piétine, sent son cœur tambouriner dans sa poitrine, comme s'il voulait forcer sa prison de chair pour bondir hors de lui. Dans la poche droite de son blouson, il agrippe la crosse de l'automatique, présence rassurante. Renifle bruyamment avant d'essuyer d'un revers de manche la morve qui lui coule du nez. Y a pas, il faut y aller, tant que les clients n'abondent pas dans la supérette. De sa main gauche, il saisit la cagoule et les lunettes de soleil, puis se place légèrement à l'écart du bâtiment afin de pouvoir les enfiler dans une relative discrétion. Met ensuite les gants.

Jo se secoue. Reçoit de plein fouet la décharge d'adrénaline qu'un sursaut de conscience lui injecte en plein cœur. C'est le moment. Profiter du regain d'énergie provoqué par la peur. Exploiter la force organique que son corps anémié trouve encore le moyen de produire. D'un geste mécanique, Jo vérifie la position de sa cagoule sur sa tête, cale ses lunettes sur son nez et s'empare de son flingue.

Puis, à grands pas survoltés, il rejoint la porte du magasin.

L'ouvre à pleine volée.

Bondit à l'intérieur du bâtiment et hurle :

— Tous à terre ! Le premier qui bouge, je le bute !

PLUS TÔT DANS LA JOURNÉE

Aline, 43 ans
et Théo Verdoux, 15 ans

Rester calme. La confrontation ne mène à rien, si ce n'est à perdre ses moyens, perdre la face, perdre son temps. En pure perte, justement. Depuis quelque temps déjà, Aline Verdoux a la désagréable sensation que tout lui file entre les pattes. Sensation d'impuissance. Dépassée par des événements qui n'en sont pas, juste la vie et son cortège d'aléas. Lassitude. À quoi bon.

— Théo. Ça me ferait plaisir que tu viennes avec moi chez papy. Et ça ferait aussi plaisir à papy.

— Tu parles ! Avec la passoire qui lui sert de mémoire, il ne sait même plus qui je suis.

— C'est faux. La dernière fois, il a demandé de tes nouvelles.

— On peut y aller demain.

— Tu m'as déjà dit ça hier.

— Tu délires, j'ai jamais dit ça.

— Tu veux bien mettre sur « pause » quand je te parle ?

« Drone ennemi en approche. »

— Peux pas maintenant. Faut que je bute ce… Putain, le con !

— Reste poli, Théo.

— Bordel, maman ! Tu peux pas me lâcher ? J'ai pas envie d'aller voir papy. Ça ne sert à rien. Même s'il me reconnaît, il aura oublié que je suis venu dès qu'on sera partis.

— Oui, mais moi, j'aimerais que tu sois là, avec moi.

Une femme et un ado. Une mère et son fils. Entre les deux, un écran. Fin du dialogue. Début des hostilités. La scène, Aline la connaît par cœur. Théo aussi, du reste. Mais alors que l'une l'appréhende, griefs amers et frein rongé, l'autre la balaie d'un revers d'insolence, la réplique au taquet. La mère tente de parer la crise de nerfs, le fils se désintéresse de la question. La femme s'agrippe aux quelques reliefs d'autorité qu'elle pense posséder encore… L'ado les désintègre d'un coup de manette de PS4.

— Prends ça dans ta gueule, Ducon !

— Théo !

— C'est pas à toi que je parle, maman…

Et c'est bien là, le problème : ce n'est pas à elle qu'il parle, désormais. Théo parle à ses copains, à son écran, au téléphone, à son chat, parfois même tout seul… Mais plus à sa mère.

Aline a depuis longtemps dépassé le chapitre du « où est donc passé l'enfant doux et joyeux qui portait sur moi ce regard rempli d'amour et d'admiration ». Aline a fait son deuil. Du petit garçon espiègle et complice, bien sûr. Mais surtout de la mère qu'elle était. Celle dont les gros yeux suffisaient à remettre Théo sur le droit chemin. Celle qui pouvait sans honte embrasser son gamin, le serrer dans ses bras, le chatouiller. Lui donner un conseil. Partager avec lui une glace, une idée, un secret. C'est peut-être ça, le plus douloureux : l'image d'elle que lui renvoie son fils. Dépassée. Has been. À la masse. Vieille. Conne. Vieille conne.

Le vocabulaire de Théo est fleuri. Les noms d'oiseaux volent bas, et s'envole à tire-d'aile le respect dû aux parents. L'ado ne se prive pas de dire ce qu'il pense, quand il le pense, comme il le pense. Aline ressasse les formules parentales éculées, celles que lui répétait jadis sa propre mère et qu'elle s'était promis de ne jamais dire à ses enfants : tu-ne-me-parles-pas-sur-ce-ton-je-ne-suis-pas-ta-copine. Ça aussi, c'est douloureux : savoir que son fils ressent pour elle ce qu'elle ressentait autrefois pour ses parents : un mélange de pitié et de dédain, mâtiné d'agacement. Aline a fini par supporter les « bordel maman lâche-moi », les « putain tu fais chier », les « mais oui c'est ça » proférés dans un soupir de lassitude excédée… Le prix d'une entente sinon tacite, du moins apparente.

Mais aujourd'hui, au moment où Théo, son fils, son garçon, son gamin, cet enfant doux et joyeux qui, il n'y a pas si longtemps encore, portait sur elle un regard rempli d'amour et d'admiration, lui assène un « c'est pas à toi que je parle, maman… » comme un détail négligeable, Aline Verdoux sent les digues de sa raison basculer. Emportées par une lame de fond, un raz-de-marée qui dévale sur les ruines de leur complicité d'autrefois, ne laissant derrière lui que quelques fragments informes, une carcasse en pleine avarie, un déchet oublié.

— Théo, tu éteins ton jeu et tu viens avec moi. Maintenant.

Changement de ton. Celui-ci est devenu dur, impérieux, cassant. L'adolescent perçoit la fêlure, la voix brisée sous la gifle de l'outrage, le timbre qui exige réparation, l'éclat de rage. Il lève vers sa mère un regard à la fois surpris et méfiant. Évalue la limite qu'il vient visiblement de passer, sans toutefois comprendre.

— Qu'est-ce qui te prend ? demande-t-il, ahuri.

— Il me prend que je veux que tu viennes.

— Merde, maman, je…

— Ta gueule !

C'est sorti dans un souffle à peine contenu, le dernier rempart avant que le barrage ne cède. Théo fronce les sourcils, il a dû mal comprendre.

— Hein ?

— Tu vas fermer ta gueule et venir avec moi !

Cette fois, Aline a hurlé, le regard fou, les lèvres tremblantes. Le remords la prend aussitôt à la gorge, sa réaction totalement déplacée, hors norme, hors propos, hors d'elle, la consterne, et sa honte ajoute encore à sa fureur : elle s'en veut de crier ainsi sur son fils, et lui en veut plus encore de provoquer en elle une si misérable attitude. Aline se sent happée par la rage, celle qui la fait sortir de ses gonds, ne plus rien maîtriser, perdre toute contenance, s'exposer ainsi devant Théo, indécente, abjecte, méprisable. Dépitée, elle redouble de hargne et, devant le visage interloqué de l'adolescent, se laisse déborder par la violence de son égarement : elle lui arrache la manette des mains et la projette de toutes ses forces contre le mur tout proche. L'accessoire semble résister au choc mais, au moment de s'écraser sur le sol, un bruit aussi sinistre que significatif laisse peu de doute quant à son état de fonctionnement. Théo pousse un cri, de surprise autant que d'effroi, avant de tourner vers sa mère un regard halluciné.

— Ma manette ! hurle-t-il à son tour. T'es malade ?!? Je… Tu…

— Voilà, lui assène Aline redevenue froide comme du métal. Plus de manette, plus de jeu. Plus rien ne s'oppose à ce que tu viennes avec moi à présent.

L'adolescent est tétanisé. Il passe de sa mère à la manette qui gît par terre, en apparence intacte mais, il le sait, définitivement hors d'usage. Sent une bouffée de haine l'envahir, l'envie impérieuse d'en découdre, se venger de l'affront ignoble qu'il vient de subir. Exprimer en formules chocs tout le mépris que lui inspire cette femme. Une boule de feu le consume de l'intérieur, embrase ses nerfs dont les terminaisons crépitent bientôt en un feu d'artifice incontrôlable. Ça explose de toutes parts dans son ventre, sa poitrine, sa gorge, son crâne…

— Espèce de malade mentale, tu sais combien ça coûte une manette PS4 ? hurle-t-il d'une voix éraillée, tant par l'émoi que par la fin d'une interminable mue. Pauvre tarée ! Va te faire soi…

La gifle est partie. Rêche et cinglante. Acidulée. Son écho plane entre eux durant de longues secondes, avant que n'apparaisse sur la joue du jeune homme une marque violacée. Stoppé net dans son élan rebelle, Théo considère à présent sa mère d'un œil horrifié. L'incompréhension est totale. Tout comme la rancœur qui prend place au creux de ses tripes.

— Tu me parles poliment, ordonne-t-elle d'un ton glacial.

— Tu me le paieras…, murmure Théo, tremblant de haine.

— Mais oui, c'est ça, réplique Aline en parodiant le soupir de lassitude excédée dont son fils la gratifie plus souvent qu'à son tour. En attendant, tu enfiles ta veste et tu grimpes dans la voiture.

Théo ne bouge pas, la mâchoire crispée et le faciès offensif, presque malveillant.

— Maintenant ! ordonne-t-elle d'un ton irrévocable.

La confrontation se prolonge quelques instants encore. L'adolescent soutient le regard de sa mère, inflexible, son immobilité résonne comme un acte de rébellion, cette révolte constante que l'âge lui impose et qu'Aline a de plus en plus de mal à supporter. Elle se sent à bout de forces, et ce sentiment d'impuissance face aux réactions de son fils la rend folle, incapable de trouver le chemin qui mène à sa conscience, les mots pour le raisonner, l'émotion qui touchera ce cœur dont elle se demande s'il existe toujours… Il y a, dans cet échange muet, toute la puissance de leurs discordes accumulées au fil des semaines, l'amertume qui les ronge, la rancœur qui les oppose.

Soudain Théo bouge. Il la défie, se déhanche et croise résolument les bras, pose libérée, délibérée, pour lui signifier qu'il a tout son temps et qu'il ne cédera pas.

Alors Aline se sent seule, exténuée. La sensation que le poids du monde pèse sur ses épaules. Que l'univers entier s'est ligué contre elle. Depuis quelques jours, depuis quelque temps, elle oscille entre la crise de nerfs et l'absence totale de réaction. Égarée quelque part entre l'hyperactivité et l'asthénie, le rire et les larmes, le désir et l'accablement. Le rose fuchsia et le noir terne. On lui parle de dépression, on la met en garde contre le burn-out. Aline balaie l'inquiétude de ses proches d'un soupir agacé, elle traverse seulement une sale période, ça va passer si on lui fiche la paix.

Une paix qui ne lui est pas accordée.

La mère considère le fils comme on jauge la force de l'ennemi tandis que, dans sa tête, une petite voix lui souffle de ne pas fléchir, litanie frondeuse qui la nargue, avec cette idée obsédante que l'enjeu est vital, sans logique ni raison, elle le sait, reconnaît l'absurdité d'une telle obstination... Mais c'est plus fort qu'elle.

Une moue d'allégation. OK, tu le prends sur ce ton-là. À peine un battement de cils. Sur la table basse, elle repère le smartphone de Théo. Calmement, elle s'en empare et, le bras levé en signe d'ultimatum, menace de lui faire subir le même sort que sa manette.

Les traits du jeune homme se transforment. De narquois, ils deviennent suspicieux, puis belliqueux.

— Rends-moi mon téléphone ! crache-t-il dans un rictus hargneux.

— Enfile ta veste et grimpe dans la voiture, répète-t-elle dans un souffle.

Théo soupèse le risque, le ton de sa mère, son regard hostile, sa posture offensive. Serait-elle capable de mettre ses menaces à exécution ? Elle l'a déjà prouvé, mais c'était sous le coup de la colère. À présent, elle est froide, moins dans l'émotion, plus dans le calcul. Sa fureur est retombée, il le sent, même s'il perçoit également qu'elle peut reprendre à tout instant. L'étincelle qui met le feu aux poudres. Sa mère est à cran en ce moment. Elle démarre au quart de tour.

Théo décide de ne pas prendre le risque.

— OK, je vais dans la voiture, concède-t-il non sans dégoût. Mais tu me rends mon téléphone.

— Je ne te rends rien du tout, Théo. Tu grimpes

dans la voiture et tu t'estimes très heureux d'avoir encore un téléphone, que tu retrouveras dès notre retour. Ça ne te fera pas de mal de passer deux heures sans avoir un écran sous les yeux.

Dans l'habitacle du véhicule, un silence pesant règne entre la mère et le fils. Les yeux rivés sur la route, Aline tente d'apaiser la tempête qui la malmène, les questions qui tournent en boucle dans son crâne, qu'est-ce qui lui a pris d'insulter son fils, le gifler, détruire sa manette PS4 ? À présent que sa colère est retombée, elle évalue l'ampleur des dégâts, se défend de céder à la panique, donnerait tout ce qu'elle a pour rétablir le dialogue. Peine perdue, elle le sait, un regard en biais lui confirme que Théo serre les dents, le visage contracté dans un rictus malveillant. Le fossé, déjà bien profond avant l'incident, s'est creusé davantage. Aline lutte contre l'envie de lui demander pardon, sachant qu'il est trop tôt pour ça. Pas le bon moment. Ne pas prêter le flanc.

Elle se sent au bout du rouleau. Dépassée. Has been. À la masse. Vieille. Conne.

Vieille conne.

Pense alors à son père. Au bout du rouleau, lui aussi, mais pas le même. Rouleau compresseur, celui qui mène au bout du chemin. Au bord du précipice, mûr pour le grand saut. Une question de semaines, peut-être même de jours. D'où l'importance de le voir, tant qu'il en est encore temps, ce que Théo n'a pas encore compris. Et le temps de le lui faire comprendre, il sera trop tard. Entre chagrin et amertume, Aline se mordille la lèvre inférieure sans quitter la route des yeux. Le cœur gros. Si gros qu'il lui semble soudain trop volumineux pour sa cage thoracique, compressé contre ses côtes comme s'il allait bientôt dégouliner entre elles, sans forme ni tenue, un cœur amorphe, un cœur qui suinte.

Un cœur qui se répand.

En passant devant la supérette de la rue des Termes, Aline tourne vers le parking et se gare sur l'une des places libres. Elle coupe le contact, regarde droit devant elle, quelques instants figés dans le doute, comme si briser le silence pouvait provoquer un cataclysme…

— Je dois faire quelques courses pour papy…, déclare-t-elle dans un murmure. Tu m'attends là ?

Théo ne bronche pas. Ses traits juvéniles, en pleine transformation, semblent pétrifiés dans un rictus écœuré, mâchoire crispée sur la violence de ses griefs. Aline soupire.

— J'en ai pour deux minutes.

Puis elle défait sa ceinture de sécurité, ouvre sa portière et s'extrait du véhicule. Quelques secondes plus tard, elle pousse la porte et disparaît à l'intérieur du magasin.

Germaine Dethy, 83 ans, et Michèle Bourdieu, 59 ans

— Madame Dethy ? C'est Michèle. Comment allez-vous, aujourd'hui ?

Pas de réponse. En même temps, qu'elle aille bien ou non, la vieille dame ne répond jamais aux salutations matinales de son aide familiale. Michèle ne s'en formalise plus, cela fait longtemps qu'elle a abandonné l'espoir d'établir une relation courtoise avec Germaine Dethy.

Voilà deux ans qu'elle s'occupe de cette vieille carne. Trois fois par semaine, elle se rend chez elle vers 11 heures, lui prépare son déjeuner, l'aide à se nourrir, l'installe devant son poste de télévision pendant qu'elle-même s'occupe des tâches ménagères, avant de l'emmener prendre l'air durant une petite heure. Sans pour autant tomber dans l'abnégation, Michèle Bourdieu s'acquitte de sa tâche avec toute la conscience professionnelle que son tempérament docile lui impose : son job n'est peut-être pas le plus passionnant de la terre, mais il a l'avantage d'être un job, justement. Et Michèle connaît la valeur des choses : posséder un travail et gagner dignement sa vie. À presque 60 ans, elle est fière d'être parvenue à mener sa barque sans dépendre de quiconque ; et surtout de ne rien devoir à personne.

C'est la raison pour laquelle le caractère impossible de Germaine Dethy la fait plus souvent sourire que pleurer, même si, en deux ans, les perpétuelles remontrances et les remarques souvent infectes de l'horrible sorcière ont quelquefois blessé sa sensibilité pourtant flegmatique. À plusieurs reprises, elle a flirté avec l'irrésistible envie de planter là l'ancestrale mégère, l'abandonner à son triste sort dans un moment de lâcher-prise dont elle prend un savoureux plaisir à imaginer le déroulement : essuyer un de ces sarcasmes dont la méchanceté n'a d'égale que la gratuité ; estimer ensuite que la limite est dépassée, que son seuil de tolérance est largement atteint. À ce moment-là, Michèle Bourdieu poserait sur Germaine Dethy un regard outré mais digne, détacherait lentement la ceinture de son tablier, ôterait celui-ci avec distinction et, d'un geste peut-être théâtral mais tellement satisfaisant, le jetterait aux pieds de la vieille harpie. À tous les coups, Germaine Dethy s'offusquerait de cette mutinerie dont elle ne comprendrait pas la cause. Elle la menacerait du pire, c'est-à-dire du licenciement séance tenante… Ce à quoi Michèle Bourdieu rétorquerait d'une voix calme et néanmoins ferme : « Ce n'est pas vous qui me renvoyez, vieille chouette. C'est moi qui vous rends mon tablier ! »

Cette scène, Michèle Bourdieu l'a maintes fois vécue. Dans sa tête. Dans ses rêves. Dérisoire volupté en regard des nombreuses remarques désobligeantes de son insupportable patiente, mais qui, l'air de rien, lui apporte un peu de réconfort. Elle apprécie particulièrement le qualificatif « vieille chouette », qu'elle a mis plusieurs jours à trouver : elle voulait quelque chose de blessant sans être vulgaire, humiliant sans être grossier, une épithète qui tape dans le mille et exprime parfaitement sa façon de voir les choses. Elle est également très fière d'avoir réussi à joindre le geste à la parole, en utilisant l'expression « rendre son tablier ». Concision et efficacité. Pour le cas où la vieille chouette n'aurait pas bien saisi le message.

Malheureusement, l'aide familiale ne peut se permettre un tel panache. Germaine Dethy est sa principale patiente et représente à elle seule plus de la moitié de ses revenus. Michèle ne peut raisonnablement se passer d'un tel apport financier. Adieu panache, dignité et satisfaction, elle serre donc les dents et arbore un sourire aussi hypocrite que constant. Elle fait son job.

La matinée se déroule comme à l'habitude : Michèle retrouve Germaine au salon, déjà installée dans son fauteuil roulant : chaque matin, la fille Dethy vient lever sa mère et lui faire sa toilette avant de se rendre au travail. Les journées de la vieille dame sont réglées comme du papier à musique, un rituel immuable qu'elle impose à son entourage et auquel elle ne souffre pas de déroger. Michèle s'en tient donc au programme prescrit. Elle tente un brin de conversation, se heurte au silence renfrogné de Germaine, feint l'indifférence, la déplace de son fauteuil roulant à son fauteuil tout court, dispose à ses côtés son indissociable attirail : tasse et Thermos de café.

Une heure plus tard, le déjeuner est prêt.

— C'est quoi, cette bouillie nauséabonde ?

grommelle la sorcière en jetant un œil dégoûté sur l'assiette que lui présente l'aide familiale.

— Ne faites pas votre mauvaise tête, madame Dethy, plaide celle-ci avec indulgence. C'est du hachis parmentier, vous adorez ça.

— Du vomi parmentier, tu veux dire ! Faut dire que tu n'as jamais été douée en cuisine, ma pauvre fille. Je plains ton mari.

— Je n'ai pas de mari, vous le savez.

— Ceci explique cela.

Michèle Bourdieu ne réplique pas, elle se contente de tendre ses couverts à Germaine Dethy qui s'en empare avec dédain. Et même si la nourriture ne semble pas si infecte à l'ingestion, la vieille s'étranglerait plutôt que d'avouer son appétit. Les compliments sont pour elle comme une panoplie de bikinis en plein hiver austral : absolument inutiles.

— Alors, c'est bon ? s'enquiert Michèle qui ne rechigne pas à taquiner la bête.

— Faut bien se nourrir…

— Votre frigo est presque vide, continue-t-elle sans relever l'affront. Si ça vous dit, nous irons faire quelques courses cet après-midi.

— Tu parles d'une activité ! J'en frémis d'avance.

L'aide familiale observe la vieille toupie : ses traits affaissés s'écroulent en plis arides le long de son visage. Sa bouche aux lèvres inexistantes est cernée de rides profondes, son regard borné fixe constamment un point imaginaire situé au-delà de Michèle, manière de ne pas lui faire l'aumône d'un coup d'œil. Ses cheveux, gris et secs, lui font comme une botte de foin sur la tête, sans harmonie aucune. Elle est laide. Finalement, sa physionomie est à l'image de son caractère : revêche, âpre et ingrat. S'ajoute à cela une inertie proche de l'apathie. Germaine Dethy ne fait rien de ses journées, ne s'intéresse à rien ni personne, passe son temps à se plaindre et à médire. Michèle a du mal à imaginer que cet être hargneux et atrabilaire fut un jour une énergique et coquette jeune personne, comme l'attestent les photos accrochées aux murs ou posées sur la cheminée : Germaine Dethy fut, durant les Trente Glorieuses, une de ces femmes actives et indépendantes à une époque où la norme les reléguait aux seuls rôles d'épouse et de mère. Elle n'hésita pas à prendre des risques qui, apparemment, lui valurent quelques revers de fortune, du moins c'est ce que Michèle Bourdieu a compris lorsque la fille Dethy a évoqué à demi-mot de sombres moments dont sa mère eut du mal à se relever. L'aide familiale n'en a pas su plus, et n'a pas cherché d'ailleurs plus d'informations. Mais ce dont elle est certaine, c'est que son irascible patiente a passé une grande partie de sa vie à se battre contre les préjugés et le sexisme, pour le droit des femmes et l'acceptation des différences. Oui, il semble que Germaine Dethy fut autrefois une personnalité remarquable. Dont il ne reste rien aujourd'hui.

Vers 13 heures, l'aide familiale allume le poste de télévision et laisse sa patiente somnoler devant le téléshopping. Elle passe ensuite un coup de balai dans la cuisine, fait la vaisselle, effectue un peu de rangement, puis hésite : va-t-elle s'acquitter de la pénible tâche de la lessive, ou nettoyer les carreaux, besogne tout aussi laborieuse mais qui ne demande pas de traîner le linge jusqu'au Lavomatic ?

Michèle opte pour les carreaux.

Elle se met aussitôt au travail et commence par les

fenêtres de la cuisine. Asperge les vitres de produit dégraissant, manie le racloir avec agilité, réitère l'opération. Pour la finition, Michèle se sert habituellement de vieux journaux qui effacent en un tour de main les traces d'excédent de produit.

— Madame Dethy ! Je ne trouve pas de journaux… Vous pouvez me dire où…

Michèle s'interrompt : Germaine ronfle dans son fauteuil, la tête penchée sur le côté, un filet de bave perlant au coin de ses lèvres froissées. L'aide familiale se garde bien de la réveiller : tant qu'elle dort, la vipère ne pense pas à répandre son venin. Elle fouille dans les placards de la cuisine, bifurque vers le salon où elle passe en revue les étagères et la table basse, le porte-journaux bien entendu dans lequel elle ne trouve que des magazines people aux pages glacées ; jette un œil dans le hall d'entrée, termine par la chambre à coucher. C'est là qu'elle trouve ce qu'elle cherche : dans la penderie, sur l'étagère du haut, sont entreposés trois vieux journaux jaunis par le temps. Michèle s'en empare : ils sont écrits en anglais et datent de 1929. Obsolètes depuis belle lurette. Ça fera l'affaire.

L'aide familiale retourne à la cuisine. Elle détache la page titre du premier périodique qu'elle chiffonne en boule avant de la frictionner énergiquement contre la vitre. Puis, satisfaite du résultat, elle passe aux carreaux des fenêtres de la salle de bains, auxquels succéderont ceux de la chambre à coucher et du salon. Trois quarts d'heure plus tard, il ne reste rien des trois journaux originaux relatant le krach de 1929. Des pièces rares que Germaine Dethy tient de son père, ancien banquier, génie de la finance, passionné par les chiffres, les opérations boursières et les fluctuations économiques. Son unique héritage, dérobé à l'insu de ses sœurs quelques années auparavant, au décès de leurs parents. Suite à un conflit familial qui, dans sa jeunesse, l'a laissé isolée et démunie, la vieille dame avait coupé les ponts avec les siens. Pendant longtemps, Germaine considéra ce trésor caché comme une revanche sur l'existence, une prise de guerre, persuadée qu'un jour, l'assurance vie que constituaient ces « incunables » lui serait d'un précieux secours pour adresser un pied de nez à un destin avare de bonheur. Ce jour-là n'était jamais arrivé et les journaux reposèrent en paix sur leur étagère. Des publications qui valent – ou plutôt valaient – une petite fortune auprès des amateurs de presse ancienne et autres financiers exaltés. Déchirés, lessivés, réduits en miettes. En bouillie.

Michèle sifflote. Il fait beau. La Dethy n'a pas ouvert la bouche depuis plus de une heure. La vie est belle. Du moins, elle pourrait être pire. Tellement pire.

L'aide familiale termine son service dans une heure. À contrecœur, elle se décide à réveiller la harpie.

— Madame Dethy… On va faire quelques courses ?

— Fous-moi la paix ! grommelle la vieille.

— Soyez raisonnable… Votre frigo est pratiquement vide. Vous avez besoin de pain, de fromage, de soupe…

— Vas-y sans moi.

— Pas question ! Votre fille a bien insisté pour que je vous sorte. En plus, il fait magnifique dehors. Ça vous fera du bien.

— Ce qui me ferait du bien, c'est que tu me lâches !

— Je vous lâcherai dès que vous serez dans votre chaise roulante.

Et sans attendre la contestation suivante, Michèle fait

rouler l'engin jusqu'au fauteuil de Germaine. Elle se met ensuite en position pour déplacer la vieille, juste derrière elle, la saisissant fermement sous les aisselles.

— Oh ! vocifère aussitôt la sorcière. Vas-y mollo, espère de brute épaisse !

— Aidez-moi au lieu de grogner…, supplie Michèle qui la soulève déjà à bout de bras.

Les deux femmes sont rompues à l'exercice, mais quand Germaine Dethy y met de la mauvaise volonté, la tâche est plus ardue pour Michèle Bourdieu. Elle parvient néanmoins à la déplacer de côté et la lâche sans douceur dans sa chaise roulante. Puis, sans se soucier des doléances bourrues qui fusent, elle accomplit les gestes ordinaires qui préparent à la sortie : le gilet sur les épaules de la vieille dame, son sac à main sur ses genoux et ses chaussures à la place des pantoufles.

Elles sont prêtes.

La venimeuse logorrhée de Germaine s'est enfin tarie : la vieille dame arbore à présent une moue maussade dont Michèle n'a cure. Tant qu'elle se tait…

— En route, mauvaise troupe ! déclare-t-elle en poussant la chaise vers la porte de l'appartement.

Une fois dehors, Michèle bifurque à droite.

— Je croyais qu'on allait faire des courses, proteste aussitôt Germaine.

— En effet, confirme Michèle.

Germaine Dethy cale d'un coup sec les roues de son fauteuil. Surprise par cet arrêt soudain, Michèle évite de justesse de buter dans le dossier.

— Pas question d'aller chez Leclerc ! vitupère la sorcière. Si tu tiens absolument à justifier le salaire que ma fille te paie, épargne-moi ce conglomérat de crétins névrosés et adipeux.

— Bon, soupire l'aide familiale. Où voulez-vous aller ?

— La supérette de la rue des Termes, ce sera parfait.

— Comme vous voulez.

Léa Fronsac, 27 ans

Les mains ventousées à la tasse pour en recueillir jusqu'à la dernière perle de chaleur, Léa termine son café, l'œil vague, l'esprit embrumé, pas encore bien réveillée malgré l'heure tardive. Difficile d'émerger quand il n'y a plus ni rêve ni promesse. Parce que la vie n'est pas toujours clémente et que, parfois, happée par le poids des regrets, la jeune femme ne trouve refuge que dans la torpeur de sa conscience. Cette journée déjà bien entamée n'augure rien de bon, elle en mettrait ses deux mains à couper, celles-là mêmes qui entourent la tasse, paumes pressées contre l'émail encore tiède.

En jetant un œil sur l'horloge murale de la cuisine, Léa décide de se secouer. Forcer le moteur à se remettre en marche et, avec lui, ébaucher les gestes qui défricheront les heures, les minutes et les secondes, lesquels la conduiront jusqu'au soir. Elle songe avec appréhension que Fred passera en fin d'après-midi pour récupérer Émile et que, si elle peine à savourer cette matinée, la semaine qui s'annonce sera pire encore.

Les premiers gestes sont toujours les plus coûteux. Léa Fronsac se rassemble et, sans lâcher sa tasse, se traîne jusqu'à l'évier dans lequel elle la dépose. Puis elle sort de la cuisine pour se diriger vers la salle de bains. Tenter de retrouver figure humaine. Elle le doit à Émile, qu'il emporte avec lui l'image d'une maman correcte, à défaut d'être jolie. La beauté est une parure qu'elle a abandonnée il y a un an et demi.

En passant dans le couloir, elle jette un œil dans sa chambre. Le poste de télévision est allumé et diffuse les images colorées d'un dessin animé. Devant le halo versatile du téléviseur, elle distingue la silhouette immobile d'Émile. L'enfant est assis sur le grand lit et regarde pour la deuxième fois *Le Livre de la jungle* dont il apprécie particulièrement les passages musicaux. Léa Fronsac contemple le contour tant aimé, son dos arrondi dans l'abandon, sa petite tête tendue vers l'écran, dont elle devine le regard hypnotisé par l'histoire qui se joue devant lui. À l'idée de le voir partir tout à l'heure, la jeune maman frissonne et ravale un sanglot de rancœur.

Une semaine, c'est trop long.

Le cœur en berne, Léa Fronsac poursuit son chemin jusqu'à la salle de bains. Y passe de longues minutes sous la douche, tente de se désencrasser de la couche de morosité qui la macule, frotte frénétiquement son corps amaigri, ses longs membres efflanqués, ses traits émaciés. En vain. Lorsqu'elle coupe le jet d'eau brûlant, elle se sent toujours aussi sale. Léa Fronsac se sèche rapidement, tâche nécessaire dont elle s'acquitte à la hâte, avant de se vêtir d'un jogging qui lui tombe sous la main, le même qu'hier, et sans doute qu'avant-hier. Puis, se détournant de l'image que lui renvoie le miroir, elle quitte la pièce d'eau, négligeant coiffage et maquillage.

Dans la chambre à coucher, l'enfant n'a pas bougé. Léa en profite pour préparer son bagage, besogne cruelle mais indispensable, dont elle veut se débarrasser au plus vite. Quelques vêtements, son nécessaire de toilette, son doudou, sans oublier...

La jeune femme se raidit : elle n'a plus de couche. Si Émile est propre la journée, il doit encore porter un lange durant la nuit, ce qui, à 3 ans, n'a rien d'exceptionnel. Léa se mordille la lèvre inférieure, lâche un soupir las et contrarié : elle imagine déjà les remarques désobligeantes de Fred, reproches acerbes et accusations à peine voilées, comme si elle avait sciemment planifié l'absence de couche dans le but de lui pourrir la vie. Si elle veut éviter que la permutation parentale, déjà pénible en soi, vire au cauchemar, elle est bonne pour repasser à la supérette de la rue des Termes tout à l'heure, quand elle se rendra au parc en compagnie du petit garçon, perspective peu réjouissante tant Émile se montre infernal lorsqu'il est confronté aux multiples sollicitations de la société de consommation.

À moins que...

Léa Fronsac regagne le corridor et s'avance à pas feutrés jusqu'à la porte de sa chambre à coucher. En passant la tête par l'embrasure, la jeune maman constate que l'enfant est toujours dans la même position : celle-ci dénote une concentration totale, c'est à peine s'il a bougé le petit doigt.

Et si elle y allait tout de suite ? Elle en a pour dix minutes, même pas. À cette heure de la journée, il n'y a jamais grand monde dans le magasin qui se trouve à trois cents mètres de son immeuble. Si elle fait vite, l'enfant ne s'apercevra même pas de son absence, trop accaparé par son dessin animé, lequel compte encore une bonne demi-heure avant de s'achever. Elle pourra ainsi passer le peu de temps qu'il lui reste avec lui à profiter de chaque instant.

Léa hésite. C'est risqué. Si, pour une raison ou une autre, il a besoin d'elle et l'appelle ? S'il réalise qu'il est seul et cède à la panique ? Si…

Dix minutes ! Voilà plus de deux heures qu'il est vissé à l'écran, sans bouger. Ce serait bien le diable si…

Si…

Agacée, la jeune femme se secoue. Au lieu de perdre un temps précieux à tergiverser en vain, ne serait-il pas plus judicieux de foncer pour revenir aussitôt auprès de son petit garçon ?

Sans plus se poser de question, Léa Fronsac chausse une paire d'espadrilles, enfile sa veste à la hâte et se presse vers le hall d'entrée. Quelques secondes plus tard, elle débouche dans la rue et marche à grandes foulées vers la supérette de la rue des Termes.

Guillaume Vanderkeren, 24 ans

Grasse mat, aujourd'hui. Seul jour de la semaine où Guillaume peut dormir sans craindre le réveil. Même le dimanche est jour de corvée, familiale celle-là, nécessité d'attraper le train de 10 h 40 pour être à Metz à 12 h 04 et faire acte de présence autour de la table du déjeuner dominical. Guillaume s'en passerait bien, il est à l'âge où la vie est éternelle et ses parents immortels, pourquoi diable vouloir se rassembler chaque week-end autour de ce que certains appellent une tradition ; d'autres, une obligation ; quelques-uns même, une épreuve ? Entre renoncement et concession, les familles se réunissent le dimanche et servent à leurs membres des plats de querelles, au centre de la table, gratinées ou mijotées, cuites au four ou saisies à la poêle.

Guillaume aime le vendredi. C'est sa journée à lui. Pas de famille, pas de travail. Juste vagabonder où ses envies l'entraînent, sans savoir, sans devoir. Metz est loin, le boulot c'est pour demain. Aujourd'hui s'étend devant lui, paresse jusque midi, il s'offre le choix de bouger, le luxe d'hésiter.

C'est d'ailleurs ce qui l'occupe quand son portable,

vibrant soudain sur sa table de chevet, affiche le numéro de Camille : il hésite. Sa collègue ne l'appelle que quand elle a besoin de lui. Pourtant il l'aime bien, Camille, ensemble ils rigolent, se taquinent, se chamaillent même parfois… Mais uniquement sur leur lieu de travail. Passé la porte du boulot, les liens se délabrent dès l'entrée dans la station de RER, agonisent sur le quai, chacun le sien, directions opposées, s'évanouissent à l'approche d'une rame.

Ça se passe comme ça chaque mercredi et chaque samedi, seuls jours où ils terminent leur service à la même heure. Le reste de la semaine, Guillaume et Camille se partagent les tranches horaires en alternance, en compagnie de Karen qui vient renforcer l'effectif aux heures d'affluence, de midi à 14 heures et de 16 à 20 heures.

Les soirs où ils quittent le boulot ensemble, Guillaume et Camille marchent côte à côte, parcourent les quelques mètres qui les séparent du RER, échangent deux ou trois mots, une anecdote. Se séparent sur un signe de la main, se disent à demain. Chacun s'en va de son côté, directions opposées, la routine en bandoulière.

Il y a trois semaines néanmoins, l'imprévu a évincé l'habitude. Guillaume a proposé un verre à Camille. Et Camille a accepté. La fin de journée s'est prolongée autour d'une table, ils ont parlé, se sont racontés, le temps s'est égaré, leurs mains aussi, quelques baisers échangés pour finir la nuit dans le même lit.

Au petit matin, pourtant, Camille s'est éclipsée. Pas de croissants chauds pour attaquer la journée, pas d'odeur de café, pas de romance, Guillaume l'a bien compris. Et quand ils se sont croisés dans l'après-midi, lui qui arrive, elle qui s'en va, les deux bises claquées sur chaque joue ont sonné le glas d'un souhait en sursis.

Une nuit sans lendemain. Une nuit qui ne changera rien.

Depuis, l'ordinaire a repris ses droits. Chaque mercredi et chaque samedi, ils parcourent côte à côte les quelques mètres qui les séparent de la station de RER, échangent deux ou trois mots et rejoignent chacun leur quai, directions opposées.

Alors quand Camille l'appelle un vendredi matin, Guillaume hésite à répondre. Mais c'est plus fort que lui. Parce que, malgré tout, il la trouve jolie, Camille, belle comme un secret, le désir en catimini, l'espoir en tapinois. Guillaume est à l'âge où les possibles sont infinis et les illusions absolues.

Le jeune homme attrape son téléphone, laisse encore deux sonneries retentir dans la conjoncture de ses chimères avant de prendre la communication d'un mouvement de pouce.

— Guillaume à votre service, que puis-je faire pour vous ?

À l'autre bout du fil, la voix de Camille est caverneuse.

— Guillaume, je m'en veux de te déranger un jour de congé, mais ça ne va pas du tout.

— Je m'en doute, ma belle, puisque tu m'appelles, ironise-t-il. Qu'est-ce qui ne va pas ?

— Je suis malade. Comme un chien ! Depuis une semaine, je n'arrête pas de vomir.

— …

— Tu m'entends ?

— Oui, je t'entends… Que veux-tu que j'y fasse ?

— Je crois que tu n'as pas bien compris ce que j'essaie de te dire.

Si, Guillaume voit très bien ce qu'elle essaye de lui dire. De toute façon, pour quelle autre raison l'appellerait-elle ?

— Tu veux que je te remplace, c'est ça ?

Un court instant, le souffle suspendu de Camille marque l'ampleur de sa surprise.

— Non ! Enfin, oui... Mais ce n'est pas le plus important.

Ah bon ? Qu'y a-t-il de plus important que l'unique jour de congé de la semaine ? Guillaume la trouve gonflée, Camille, d'émettre un jugement de valeur sur ce qui importe ou non. Il est d'ailleurs hors de question de sacrifier sa journée pour elle, il s'en fait la promesse, parce qu'il en a assez de passer pour une poire, toujours là pour rendre service, tandis que lui, quand il a besoin de quelqu'un ou de quelque chose, il n'y a plus personne !

— Écoute, Camille... Je suis désolé mais...

— Vomir tous les matins, ça ne te parle pas ?

— Heu... tu te bourres la gueule tous les soirs ?

— T'es con ou tu le fais exprès ?

L'espace d'une seconde, Guillaume se pose sincèrement la question. Mais quand l'évidence percute enfin ses neurones, c'est en effet l'impression qu'il se fait : il est con, mais alors à un point !

Le silence atterré de son interlocuteur confirme à Camille qu'il a enfin compris.

— Écoute... Je vais voir mon gynéco cet après-midi, j'ai obtenu un rendez-vous en urgence. Alors oui, j'ai besoin que tu me remplaces au boulot. À partir de 12 h 30.

— OK.

— Je t'appelle dès que j'en sais plus… Je veux dire, si j'ai la confirmation, je te tiens au courant tout de suite.

— OK.

— Bon, ben… Prie le bon Dieu pour que ce ne soit pas ça…

— OK.

Camille hésite avant de raccrocher. Elle perçoit le chaos qui règne dans l'esprit de Guillaume, elle-même oscille entre terreur et confusion. Qu'est-ce qui lui a pris de coucher avec ce type, elle ne l'aime même pas…

— Tu viens me remplacer à 12 h 30, n'est-ce pas ? répète-t-elle pour s'assurer qu'il a bien compris ce qu'elle attend de lui. Et moi, je t'appellerai dès que j'en sais plus. Ça marche ?

— OK.

Juste avant qu'elle ne raccroche, Guillaume a le temps d'entendre le soupir agacé que pousse ostensiblement la jeune fille. Ensuite, il reste un long moment sans bouger. Immobile. Le temps qu'il lui faut pour mesurer l'ampleur des conséquences d'une nuit d'égarement, une nuit sans lendemain, une nuit censée ne rien changer. La ronde des questions entame sa ritournelle lancinante, elle commence par quelques notes répétitives, pourquoi, comment, pourquoi, comment, avant d'élargir son chant aux interrogations plus complexes, si c'est oui, si c'est vrai, si c'est là…

Au bout d'un temps interminable, Guillaume réalise qu'il tient toujours le téléphone à la main, collé à l'oreille, comme s'il attendait le démenti, l'éclat de rire à l'autre bout de la ligne, l'aveu du canular, une plaisanterie de mauvais goût, certes, mais qui aurait le bon goût d'en être une. Comme dans ces vidéos dont il est friand, ces parodies grotesques sur YouTube qui mettent en scène les blagues les plus stupides, l'horreur en facétie, dont la victime portera à jamais les traces d'un traumatisme indélébile, juste avant que tout le monde se fende la poire sous les traits horrifiés de la proie, « mais non, enfin, c'était pour rire ! »…

C'était pour rire !

Mais non. Camille a coupé la communication sans éclater de rire.

Guillaume se secoue, lâche le téléphone. Tente de rassembler ses esprits, évacuer le brouillard qui encombre ses pensées. Sa gorge est sèche, ses gestes, saccadés, un peu décousus. On dirait qu'il vient de courir un marathon tant chaque mouvement lui est pénible. Que doit-il faire ?

Le jeune homme jette un œil à sa montre. Presque 11 heures. S'il veut être au boulot à 12 h 30, il est temps de s'agiter… Guillaume hoche la tête, comme pour se donner du courage. Il s'extirpe de son lit.

Dans une heure et demie, il prendra place derrière sa caisse, à la supérette de la rue des Termes, dans l'attente du coup de téléphone le plus important de sa jeune existence.

Géraldine Marbeau, 36 ans, et Félix Marbeau, 8 ans

Félix s'est souvent demandé si sa mère avait un cœur. À peine le générique de fin des Tortues Ninja s'est-il mis à défiler sur l'écran du téléviseur qu'elle a surgi dans la pièce et éteint d'autorité la télévision, insensible à ses protestations et autres supplications.

— Ça fait deux heures que tu regardes des dessins animés, Félix. Il est temps de faire autre chose.

— Mais je suis malade !

— Non, tu n'es plus malade. J'ai bien voulu te garder à la maison parce qu'on est vendredi et que c'est la fin de la semaine, mais tu aurais déjà pu retourner à l'école aujourd'hui.

— Encore un dessin animé, s'te plaît, m'man ! Le dernier !

— Pas question.

— Mais je sais pas quoi faire !

— Va jouer dans ta chambre, lis, dessine… Occupe-toi !

Fin de la discussion. La mère de Félix tourne les talons et réintègre sa cuisine. Le temps file à toute vitesse, elle voit arriver avec appréhension le moment d'aller chercher Nina à la maternelle et elle doit impérativement terminer son tiramisu avant le retour de sa cadette. Organisée, Géraldine Marbeau l'est devenue par la force des choses : cuisiner avec deux enfants dans les pattes est pour elle mission impossible, du moins sans frôler la crise de nerfs.

Ce soir, elle reçoit. Des amis proches, dont la bienveillance n'a d'égale que l'indulgence, des amis qui la connaissent et l'apprécient, le problème n'est pas là. Le défi consiste surtout à entamer la soirée sans être nerveusement épuisée, afin de profiter de la compagnie de ses invités.

— Maman… J'm'ennuie !

Ce qui n'est pas gagné.

Dans l'embrasure de la porte, le petit garçon se dandine d'un pied sur l'autre, bras ballants et regard morne qui traduisent l'ampleur de son désœuvrement.

— Félix ! Je n'ai pas le temps de m'occuper de toi maintenant. Si tu veux manger un délicieux tiramisu ce soir, il faut me laisser tranquille ! Alors va jouer !

— Mais je ne sais pas à quoi jouer…

Géraldine soupire. Elle sent l'agacement poindre, sa patience faiblir, la lassitude la gagner.

— Ne me fais pas regretter de t'avoir gardé à la maison aujourd'hui, tente-t-elle encore, sans vraiment croire que son fils, soudain éperdu de reconnaissance, trouvera à s'amuser seul sans l'importuner.

Tout en ouvrant la porte du frigo pour en extraire les ingrédients dont elle a besoin, elle cherche rapidement une occupation solitaire susceptible d'intéresser un gamin de 8 ans.

— Fais un puzzle !

— C'est naze, les puzzles…

Et soudain, l'idée !

— Et si tu le faisais avec moi, ce tiramisu ?

La frimousse du gamin affiche un intérêt mitigé, sans joie ni rejet : la cuisine, c'est pas vraiment son truc. D'un autre côté, ce doit être amusant de faire comme les grands… Sans toutefois trahir sa curiosité, Félix hoche mollement la tête et franchit les quelques mètres qui le séparent de sa mère pour se poster à côté d'elle.

— OK ! poursuit Géraldine en forçant l'enthousiasme que lui inspire son projet. La première chose à faire quand on s'apprête à cuisiner, c'est… ?

Félix la regarde comme s'il tentait de déchiffrer la réponse tout au fond de ses prunelles.

— C'est ?

Silence.

— Se laver les mains ! lâche finalement Géraldine.

Le petit garçon s'exécute sans entrain puis revient à sa place. Entretemps, Géraldine a disposé sur la table les œufs, le sucre, le mascarpone et les biscuits à la cuillère.

— J'ai un souci, déclare-t-elle, ennuyée. Je n'ai plus de café et il en faut pour la recette. Tu veux bien aller m'en chercher à la supérette en bas de la rue ?

— Je le savais ! vitupère aussitôt l'enfant, boudeur. Je ne vais rien faire dans la recette. Je vais juste te servir d'esclave !

— Mais non, tempère sa mère en retenant un sourire attendri. Écoute, si tu ne veux pas aller en chercher, c'est moi qui irai. Mais dans ce cas, c'est toi qui bats les blancs des œufs en neige.

— Comment on fait ?

Géraldine casse délicatement les œufs en séparant les blancs des jaunes. Elle s'empare ensuite du fouet qu'elle tend à son fils. Puis, se positionnant derrière lui, elle maintient le petit poignet dans sa main et lui imprime le mouvement à effectuer pour monter les blancs en neige.

— Je dois faire ça longtemps ? s'enquiert l'enfant.

— Jusqu'à ce que tes blancs se transforment en mousse blanche et onctueuse.

Félix tente de tenir le rythme quelques instants mais se décourage bien vite.

— Finalement, je préfère aller chercher le café, déclare-t-il en rendant le fouet à sa mère.

Géraldine esquisse cette fois un sourire victorieux : elle vient de gagner du temps en cuisine et aussi un quart d'heure de tranquillité. Elle plonge aussitôt sa main dans la poche de son pantalon et en retire un amas de pièces de monnaie, qu'elle compte avant de les tendre à son fils.

— Tiens, voilà cinq euros. C'est largement assez pour le café et, avec le reste, tu peux t'acheter une petite sucrerie.

Félix exprime bruyamment sa satisfaction avant de prendre l'argent. Puis il se précipite vers la porte d'entrée. Sa mère l'accompagne jusqu'au seuil de l'appartement, réprimant une sensation de soulagement. Un quart d'heure sans enfant dans les pieds ! Une aubaine, une oasis, quelques précieuses minutes dont elle compte bien mettre chaque seconde à profit.

Dans la cage d'escalier, ils croisent Mme Bertille qui monte péniblement les marches et arrive justement à leur palier. Son appartement est situé un étage au-dessus de celui de Géraldine. Celle-ci salue courtoisement la vieille dame, Félix fait de même. Mme Bertille en profite pour marquer une pause, reprendre son souffle et échanger quelques mots avec sa voisine : elle s'extasie sur la bonne mine de l'enfant, le trouve grandi, plus beau que jamais et lui propose dans la foulée de l'accompagner jusque chez elle.

— Ça fait longtemps que tu n'es plus venu jouer avec Grizou, se plaint-elle en feignant la déception. Tu lui manques, tu sais !

Grizou, c'est le chat de Mme Bertille, une boule de poils aussi douce que débonnaire. Géraldine a toujours refusé d'avoir des animaux chez elle et ce félin a permis à Félix d'exprimer son amour des bêtes. Il adore jouer avec Grizou !

— Je peux aller chez Mme Bertille, maman ?

— Ben… Et mon café ?

— Oh, s'te plaît, m'man ! J'irai après, pour ton café !

Géraldine rit de bon cœur. Après tout, l'invitation de Mme Bertille tombe à point nommé.

— C'est bon, tu peux y aller. Il doit me rester quelques dosettes de café qui feront l'affaire. Mais j'aurai tout de même besoin d'un paquet pour ce soir.

Puis, se tournant vers sa voisine :

— Je vous le confie une demi-heure, ça vous va ?

— C'est parfait ! répond la vieille dame. C'est toujours un plaisir d'avoir ce jeune homme à la maison. Et puis, ça me fait un peu de compagnie.

— Tu iras me chercher le café quand tu redescendras de chez Mme Bertille, d'accord ?

Félix hoche la tête. Géraldine l'embrasse, lui fait promettre d'être sage et réintègre son appartement.

Puis, jetant un œil à sa montre, elle se presse jusqu'à la cuisine, s'empare de son fouet électrique et monte les blancs en neige en quelques secondes. Elle a peut-être une chance d'accueillir ses invités le sourire aux lèvres.

Thomas Piscina, 32 ans, et Sophie Cheneux, 22 ans

Les yeux rivés au plafond, Thomas tente d'analyser la situation. Du moins essaye-t-il de considérer les choses sous un angle moins sévère qu'elles ne semblent de prime abord. À côté de lui, Sophie, nue, alanguie, délicieusement impudique, roule sur le dos, s'étire, ne lui cache rien ou presque de son anatomie, semble s'amuser des efforts qu'il fait pour ne pas remarquer sa posture, ses jambes négligemment écartées, et le reflet de son sexe dans le miroir qui fait face au lit.

— Dis donc… c'était pas mal du tout ! minaude-t-elle en se frottant contre lui.

— Ça t'étonne ?

Pour toute réponse, une moue mi-figue mi-raisin, un « ni oui ni non » détaché aux airs de caprice.

— Disons que c'était une bonne surprise, finit-elle par concéder dans un éclat de rire un peu moqueur.

Thomas esquisse un sourire. Crispé. Sa virilité a pris un petit coup, mais ce n'est pas ce qui le tracasse.

Sophie semble ne rien remarquer de la mine soucieuse de son partenaire. Elle s'abandonne, lascive, affiche ouvertement sa décontraction, son aisance dans la nudité, parce que son corps est beau, qu'elle le sait, qu'elle en jouit. Désinvolte.

Thomas, lui, a plus de mal à se laisser aller. Passé l'ivresse de l'instant, l'urgence de toucher, de goûter, d'éprouver, restent à présent les conséquences de son abandon. Et les répercussions de cette relation naissante lui apparaissent soudain, l'ampleur de leurs dommages.

Dommage.

Il s'étire à son tour, mais ses gestes bougent faux, comme un prétexte, pour s'extraire du lit, fuir les draps coupables.

Ce qu'il fait.

— Où tu vas ? murmure-t-elle d'une voix rauque.

— Prendre une douche.

La réponse est sèche, du moins plus abrupte qu'il ne l'aurait souhaité. Cette fois, Sophie ne peut ignorer le changement d'attitude de Thomas. Elle ébauche un sourire narquois : la suite de l'histoire, elle la connaît par cœur, si tant est que le cœur ait un rôle à jouer là-dedans. Le rituel de la douche aussi, elle le connaît, cette nécessité viscérale d'effacer les traces, les odeurs, et jusqu'aux souvenirs… Comme si l'eau avait un pouvoir de rédemption, comme si le savon pouvait laver l'affront, comme si la serviette pouvait effacer le délit. Elle regarde Thomas s'éloigner du lit, se hâter vers la salle de bains, cuisses bien serrées l'une contre l'autre, vêtu de sa seule pudeur, avant de disparaître.

Pauvre type…

Une fois seule dans la chambre, Sophie se recroqueville sur elle-même et remonte les draps jusqu'au menton. Sans public, les poses lascives n'ont plus lieu d'être. Encore un qui, dès demain, lui dira à peine bonjour quand il la croisera dans les couloirs de l'agence. Ce qu'elle ignore encore, c'est si le coco est du genre à se vanter auprès des collègues ou si sa mémoire supprimera de son historique toute image compromettante afin de ne pas se fourvoyer devant la machine à café. Sophie penche pour la seconde option : dès qu'ils quitteront l'hôtel, Thomas sera rongé par la culpabilité d'avoir trompé mémère, et plus terrifié encore à l'idée que l'infâme tentatrice qu'elle est devenue à ses yeux se double d'une possible délatrice. Ce matin encore, elle était un fantasme. Ce soir, elle sera un danger. Celle qui détient le pouvoir de briser un couple. Le souvenir vivant de la faute.

Soudain Sophie perd de sa superbe. Corps irréprochable et courbes interminables s'étiolent, se fanent, se replient. S'éteignent. Encombrent de leur perfection un trop-plein d'illusions. Elle serre l'oreiller contre elle, enfouit son visage dans les draps et étouffe un sanglot. Allons, ma belle, que t'étais-tu donc imaginé ? Que ce petit fonctionnaire du service comptabilité allait se transformer en chevalier, enfourcher son fier destrier et t'emmener vers d'improbables contrées féeriques sur fond de soleil couchant ? Non, bien sûr, tu n'y croyais pas. Pas vraiment en tout cas. Juste un doute, un peut-être, un « et si » qui s'accroche à un rêve. Après tout, qui es-tu pour prétendre faire exception ?

Le bruit de la douche lui parvient à travers la cloison. Le bruit de l'oubli. Sophie imagine Thomas, prostré sous le jet, fixant l'eau qui s'écoule et emporte avec elle les lambeaux d'une conscience irréprochable. Elle sait qu'il s'en veut, qu'il se demande à présent ce qui lui a pris, ce qu'il cherchait, ce qu'il a pu lui trouver. Et surtout la question ultime, celle que peut-être il n'ose pas encore se poser… Comment va-t-il affronter ce soir le regard de sa femme ?

Quand la porte s'ouvre, elle est toujours dans la même position. Thomas est maintenant rhabillé, semble étonné de la trouver encore au lit.

— Tu… Tu ne t'habilles pas ?

Sophie ne répond pas tout de suite. L'espace d'un instant, elle a envie de se blottir dans ses bras, lui sourire avec tendresse, le rassurer, lui dire : « Ne t'en fais pas, je ne dirai rien, à personne. Tu n'as rien à craindre de moi. » Elle a envie de prolonger encore un peu la complicité du moment. Juste avant que la routine dévore les reliefs d'une méprise.

— On devrait y aller, ajoute Thomas sans s'approcher du lit, comme on tient à distance une bête féroce. Ils vont se demander ce qu'on fabrique, au bureau.

Sophie éclate de rire.

— Tu crois vraiment qu'ils se posent la question ?

— Qu'est-ce que tu veux dire ? demande-t-il, inquiet.

— Qu'est-ce que tu crois ? ironise-t-elle avec, au fond de la voix, une certaine envie de lui faire mal. Si tu crois que personne n'a remarqué notre petit manège, tu risques d'être déçu !

— Tu veux dire que…

— À ton avis ?

Il mordille sa lèvre inférieure en triturant son bouc, signe d'anxiété, et elle le giflerait pour cette inquiétude qu'il n'a pas l'élégance de lui cacher.

Enfin, elle se lève. Se dirige à son tour vers la salle de bains, ramassant au passage ses vêtements éparpillés dans la chambre. Passe devant Thomas, ralentit…

— T'en fais, une tête, mon chéri… Ça ne va pas ?

— Si si, répond-il sans conviction. C'est juste que… Il est déjà presque 13 heures et…

— C'est bon, rétorque-t-elle, légèrement agacée. Je m'habille et on y va.

Dans la salle de bains, Sophie prend son temps. On n'est pas aux pièces, non plus. Elle se douche, se maquille avec soin, passe un coup de sèche-cheveux pour redonner du volume à son brushing…

De l'autre côté de la cloison, Thomas est au supplice. Il tourne en rond comme un lion en cage, comme tournent dans sa tête les alibis et autres explications pour justifier son portable éteint. Le rallume d'ailleurs, son téléphone, histoire de vérifier que le monde ne s'est pas écroulé pendant qu'il s'envoyait en l'air avec la réceptionniste.

Le smartphone vibre sous l'impulsion du démarrage, tandis qu'apparaît une courte animation qui bientôt fait place au logo de l'opérateur. Thomas pianote son code Pin. Puis il attend, les yeux rivés sur l'écran.

Un message.

Frissons.

Il effleure l'enveloppe fermée ornée du chiffre un, qui affiche aussitôt le nom de l'émissaire.

Sa femme.

Le cœur de Thomas manque un battement, figé dans l'effroi. Un dérâté d'un millième de seconde qui semble durer une éternité. Message vocal. Fébrile, le comptable appelle sa messagerie et porte le téléphone à son oreille. Cette fois, son cœur bat à toute vitesse, comme pour rattraper le retard pris.

« Salut, chéri. Juste pour te demander de rapporter une salade, du café, une bouteille de vin et puis du lait pour la petite. Ah oui, et aussi des boîtes pour le chat. Tu prends au poulet ou à la dinde, c'est ce qu'il préfère. J'ai eu Marjorie au téléphone, c'est bon pour samedi, ils viennent vers 19 heures. Bon, je file chercher la puce à la crèche. À tout à l'heure. Bisous. »

Du café. Du vin. La petite. Le chat. Marjorie. Samedi.

La vie. Sa vie. Lisse et droite. Ordonnée. Transparente. Prévisible. Parfois ennuyeuse, même. Pensait-il.

La porte de la salle de bains qui s'ouvre lui fait l'effet d'une déflagration. Sophie apparaît sur le seuil, fraîche et jolie, souriante… Trouble. Incongrue. Insouciante. Comme si elle s'était trompée de film. Insolite.

Thomas se sent dévasté. Quelque chose se déchire en lui, ouvrant une plaie où s'engouffre la sensation nébuleuse d'avoir pris une route parallèle, un chemin de traverse, mélange d'exaltations et de regrets, amour et haine confondus devant cet ange remonté des enfers.

— Bon ! On y va ? claironne-t-elle avec cet air qui semble n'accorder d'importance à rien.

Thomas hoche vaguement la tête en se détournant d'elle. À cette seconde précise, il se sent le plus malheureux des hommes.

Quelques instants plus tard, enfin, ils sortent de l'hôtel et s'engouffrent tous les deux dans la voiture de Thomas avant de mettre le cap sur l'agence. Dans l'habitacle, l'ambiance n'est plus à la bagatelle. Le jeune comptable fixe la route d'un regard sombre, les dents serrées sur les débris de son existence tandis que résonne dans sa tête l'écho du message de son épouse. Il tente de se rassurer comme il peut, calcule la probabilité que sa trahison soit éventée, fait le compte des vecteurs qui relient vie professionnelle et privée, y ajoute les parts d'inconnu, divise le tout par les facteurs hasard, délation et fatalité... Estime à vingt-sept virgule trente pour cent le risque que son infidélité parvienne aux oreilles de sa femme et anéantisse sa famille, son couple, sa vie.

S'exhorte au calme.

Mathématiquement, il y a plus de chances qu'elle n'en sache jamais rien. Les choses vont se tasser, forcément, le temps va passer, et ce coup de canif dans le contrat ne sera bientôt plus qu'un...

— Arrête-toi là ! ordonne brusquement Sophie en pointant du doigt l'enseigne de la supérette de la rue des Termes.

— Pour quoi faire ? s'enquiert Thomas, entre crainte et agacement.

— Tu ne te souviens pas ? Si je ne suis pas à l'agence en ce moment, c'est parce que je suis censée m'occuper de l'intendance. Je dois rapporter du café, du thé, du lait, du sucre, sans compter le PQ...

Thomas n'aime pas ça. Il voudrait rentrer à l'agence le plus rapidement possible, être là où il est censé se trouver dans sa vraie vie, quitter cette route de traverse, cette voie sans issue, ce sens interdit pour revenir dans le droit chemin. Et surtout, il ne voudrait pas qu'on le surprenne en compagnie de Sophie, loin du bureau, loin de son domicile, dans un quartier où il n'a rien à faire, hormis se cacher... En même temps, ils sont en effet loin de toute connexion familière ou professionnelle, et ils ne risquent pas de croiser une tête connue. Thomas soupire.

— Inutile de soupirer. Si je reviens au bureau les mains vides, tout le monde va se poser des questions.

Pour toute réponse, le jeune comptable enclenche le clignotant et bifurque vers le parking du magasin où il gare la voiture.

— Tu m'attends là ? demande Sophie en défaisant sa ceinture de sécurité.

— Non, je viens avec toi. Moi aussi, j'ai des courses à faire.

Ils sortent tous deux du véhicule et, tandis qu'ils se dirigent vers l'entrée de la supérette, Thomas poursuit ses incantations muettes et autres formules de réconfort. Tout va bien se passer. Il va faire les quelques achats demandés par sa femme, puis ils retourneront à l'agence, et il pourra reprendre le cours de sa vie. Comme si de rien n'était.

Oui. Comme si de rien n'était.

La supérette

Dans cette banlieue, la rue des Termes fait office de voie de passage, frontière entre deux quartiers résidentiels, l'un plus prisé que l'autre. Elle ressemble à une petite avenue, comme si, au fil du temps, elle avait pris du galon. Sans être vraiment jolie, elle reflète la quiétude qui règne de part et d'autre de son tracé, circulation restreinte, des immeubles, administratifs pour la plupart, quelques logements divisés en appartements, peu de commerces : une boulangerie, un fleuriste, une pharmacie et une supérette.

Cette dernière est aménagée dans un ancien dépôt, une partie du moins, l'autre ayant conservé sa fonction de réserve. Elle n'est pas très vaste, divisée en trois allées séparées par les rayonnages, mais se targue de proposer à ses clients un assez large choix de tout ce dont une ménagère peut avoir besoin pour tenir et entretenir son foyer : alimentation, produits d'entretien, papeterie, et même quelques articles de bricolage.

On ne peut pas dire qu'elle soit très fréquentée, mais sa clientèle est fidèle et régulière. Parmi elle, une majorité d'habitants du quartier qui s'y rendent le plus souvent pour des courses de dernière minute, quelques fonctionnaires travaillant dans les environs et parfois des clients de passage. Les heures de plus grosse affluence en semaine sont donc la pause du midi et la fin d'après-midi, quand les résidents rentrent chez eux et s'arrêtent là pour s'épargner une grande surface.

Le week-end, c'est plus aléatoire.

Ses deux caisses n'ouvrent en même temps que dans ces tranches horaires, afin de répondre aux besoins de diligence de ses clients.

Géographiquement, elle se tient en retrait par rapport aux autres immeubles de la rue, sur une profondeur de neuf mètres, surface qui a été aménagée en un petit parking de cinq places, bien pratique pour un stationnement de quelques minutes.

Son gérant se nomme Gilbert Delcroix, 52 ans, marié depuis seize années à Aurélie Delcroix, née Finelli, père de trois enfants, Mathias, Laurent et Virginie. Gilbert Delcroix est un homme grassouillet, court sur pattes, pas très sportif mais doté d'un tempérament jovial et dynamique. Son bureau est situé à l'étage, une pièce de belles dimensions qui couvre la moitié de la surface du magasin, habilement départagée entre un coin bureau, une petite salle de réunion et un troisième espace qui lui sert de lieu de détente.

Ce vendredi 16 mai, il clôture les comptes de la semaine et, contrairement à ses habitudes, s'apprête à rentrer chez lui : ce soir, c'est l'anniversaire de sa sœur, 50 ans tout rond. Pour l'occasion, la famille a préparé une fête surprise dont Gilbert est l'un des principaux organisateurs.

Après avoir mis sous clé les documents comptables sur lesquels il a passé une partie de la matinée, il descend au magasin faire ses dernières recommandations.

— Tiens ! C'est vous, Guillaume ? dit-il au jeune homme qui se tient derrière la caisse. Je pensais que c'était Camille qui travaillait aujourd'hui.

— Normalement, oui. Mais elle ne se sentait pas très bien et elle m'a demandé de venir la remplacer.

— C'est gentil de votre part. Bon, je dois y aller ! ajoute-t-il en consultant sa montre. Je ne crois pas que j'aurai l'occasion de repasser avant la fermeture. Je compte sur vous pour tout boucler.

— Ça marche.

Gilbert Delcroix vérifie d'un regard circulaire que tout est en place. Dans l'allée centrale, une femme à l'embonpoint marqué pousse une vieille dame en fauteuil roulant, passe en revue différents produits rangés dans les rayons, qu'elle soumet à l'appréciation de l'invalide, laquelle accepte ou refuse d'un grognement maussade. Gilbert la connaît, c'est une vieille charogne du quartier qui râle à propos de tout et tout le monde.

De l'autre côté de l'allée, venant en sens inverse, un couple s'apprête à passer à la caisse. Ceux-là, il ne les connaît pas, il ne les a jamais vus. La jeune femme semble d'humeur joyeuse, l'homme est plus mesuré. Elle lui parle sans aucun souci de discrétion, verbiage ininterrompu auquel l'homme paraît accorder peu d'attention. Au moment où ils vont croiser la vieille harpie, la jeune femme vole un baiser à son compagnon, ce qui ne paraît pas être du goût de l'invalide.

— Peuvent pas aller faire leurs cochonneries chez eux ? grommelle-t-elle avec un rictus de dégoût.

L'aide familiale ne relève pas la remarque. La jeune femme, en revanche, réagit aussitôt dans un éclat de rire légèrement provocateur :

— Excusez-nous d'être jeunes ! Et de nous aimer !
— Tais-toi, lui intime l'homme, visiblement gêné.
La vieille hausse les épaules mais ne répond pas, aidée en cela par la grosse femme qui, poussant toujours le fauteuil, s'éloigne dans la direction opposée. Gilbert Delcroix esquisse un sourire narquois puis revient à Guillaume.
— Vous avez mon numéro de portable, n'est-ce pas ? S'il y a le moindre problème…
— Ne vous inquiétez pas.
Le gérant hoche la tête avant de prendre congé. En se dirigeant vers la porte d'entrée, il distingue encore une jeune femme dans le fond du magasin, au rayon bébé. C'est également une nouvelle cliente, installée depuis peu dans le quartier.
Tout est sous contrôle.
En sortant, il tient la porte pour laisser passer une femme d'une bonne quarantaine d'années. Puis il rejoint sa voiture et démarre aussitôt.
S'il avait regardé dans son rétroviseur en quittant le parking, il aurait aperçu la silhouette d'un homme qui, surgissant du recoin gauche du vieux dépôt, se dirige d'un pas survolté vers l'entrée du magasin.
Un homme encagoulé, dont on ne distingue rien, ni les traits, ni le regard.
Un homme qui ouvre la porte à toute volée et bondit à l'intérieur du bâtiment.

Joachim Fallet

— Tous à terre ! Le premier qui bouge, je le bute !

Un instant de stupeur. Une seconde suspendue au bout d'un doute. Le temps se fige, et avec lui le cœur, le souffle, les mots. La vie. Comme une pellicule qui se déchire au beau milieu du film. Stoppé net, en plein élan. Une marche que l'on rate, une trajectoire qui dérape.

Dans le magasin, il y a une seconde de silence, peut-être deux. Puis c'est la panique. Totale, aveugle, hystérique. Michèle Bourdieu, l'aide familiale, est la première à pousser un cri. Un hurlement profond, saturé d'angoisse, qui remonte des tripes. Ce cri, deux secondes à peine après l'injonction de Joachim Fallet, ce cri est le véritable déclencheur de l'effroi général. Comme une permission de terreur accordée, la confirmation officielle du drame. Jo se tient devant eux, silhouette obscure sans visage, pointant un revolver, la menace au bord des lèvres, la mort au bout du bras.

Au cri de Michèle Bourdieu, celui de Sophie Cheneux, la réceptionniste, fait écho presque aussitôt. Celui-là vient sans doute plus de la frayeur de voir et percevoir l'affolement de l'aide familiale que d'une vraie prise de conscience du danger.

— Vos gueules ! hurle Jo à l'intention des deux femmes.

Elles se taisent instantanément, le braillement décapité par l'injonction du junkie.

Parmi les autres clients, c'est la stupeur, celle qui paralyse les gestes, les pensées, les paroles.

Léa Fronsac, la jeune maman, semble vidée de son sang tant elle est pâle, livide. Le cœur en apnée. L'âme à l'agonie.

Thomas Piscina, le comptable, fixe Jo d'un œil halluciné, on dirait qu'il a vu un fantôme, et sans doute un fantôme aurait-il été moins terrifiant.

— Tout le monde à terre, maintenant, ou je tire dans le tas ! vocifère encore le braqueur, dont l'agressivité vient de monter d'un cran. Toi, le caissier, tu passes de ce côté-ci, je veux te voir !

Joignant le geste à la parole, il braque son revolver sur l'aide familiale et sa patiente, toutes deux à proximité de la caisse et du couple adultère. Puis Jo s'apprête à tirer.

Aussitôt, tout le monde s'aplatit.

Sauf Germaine Dethy.

Coincée dans sa chaise roulante, elle n'a pas esquissé le moindre mouvement en direction du sol et pose sur le braqueur un regard interloqué, entre courroux et curiosité.

— Toi aussi, la vieille ! Tu te couches ! hurle Jo en visant la tête de Germaine Dethy.

— Ah oui ? Et comment je fais, pauvre crétin ? réplique-t-elle d'un air mauvais en désignant ses jambes.

Le ton, les mots et l'immobilisme de Germaine Dethy déconcertent Jo. Malgré son cerveau en bouillie, l'adrénaline, le manque de came et la haine, il conçoit qu'ordonner à une personne en chaise roulante de se coucher par terre relève de la bêtise pure.

L'aveu de sa propre stupidité l'aveugle d'une rage incandescente. Sauvage. Sans autre coup de semonce, il franchit en quelques pas la distance qui le sépare de la vieille et, l'empoignant par le col de sa robe, la projette au sol avec une violence brute.

Des cris d'horreur, aussi brefs que puissants, fusent de toutes parts. Germaine Dethy s'effondre douloureusement, de pas bien haut heureusement, mais la brutalité du geste provoque un choc chez tous les autres.

La terreur monte d'un cran.

À présent, c'est le silence. Prostré. Brièvement entrecoupé de faibles gémissements bien vite étouffés pour ne pas attirer sur soi l'attention et la colère du forcené. Jo savoure l'instant, le spectacle. Le pouvoir aussi. Surtout. Cette fois, on l'écoute. On le voit. On le craint.

Cette fois, il existe.

Dans sa tête, une voix lui souffle : « Prends le fric et casse-toi, Jo ! Tout de suite ! Ne perds pas de temps ! »

Le junkie se secoue. Il tourne la tête vers Guillaume Vanderkeren, le caissier, et observe, satisfait, que celui-ci lui a obéi : il est passé de l'autre côté de la caisse et se tient couché par terre, immobile, osant à peine respirer.

— Toi ! crie-t-il vers lui.

Guillaume semble pétrifié, statue de pierre incapable du moindre geste.

— C'est à toi que je cause, le caissier ! insiste Jo en élevant le ton.

Le pauvre homme frémit et ose enfin tourner la tête vers l'agresseur.

— Relève-toi et file-moi le fric qu'il y a dans la caisse.

Guillaume s'exécute à la hâte, mouvements désordonnés, esprit étourdi par l'angoisse. Il repasse de l'autre côté de la caisse, l'ouvre, s'empare d'une liasse de billets, fébrile, anxieux… Ne sait où la poser.

— Je les mets où ? demande-t-il d'une voix minée par la peur.

Jo le regarde comme s'il n'avait pas compris la question. Il n'a pas pensé au sac ! Faut dire qu'il n'a pas pensé à grand-chose. Guillaume le contemple, figé devant sa caisse, billets en main, et Jo, balayant la scène d'un coup d'œil, réalise que tout le monde attend sa réponse.

— Tu les mets dans un sac, Ducon ! hurle-t-il.

Les têtes se baissent de concert, comme assommées par le cri, en même temps que Guillaume se remet en mouvement, les membres secoués de tremblements. Il attrape un sac en plastique au logo du magasin et y fourre les billets ; ses mains vont et viennent de la caisse au sac.

— Vous voulez les tickets-restaurants, aussi ?

— Tu vides ta caisse !

— OK. OK.

Guillaume se remet à la tâche.

Dans un silence de mort, Jo contemple son œuvre, il jouit de la terreur qu'il inspire, se gorge d'une puissance nouvelle, inconnue. Une maîtrise presque orgasmique des gens, des lieux, du temps. Jamais il n'a connu pareille sensation. Jamais il n'a éprouvé un tel trouble, l'empreinte de la force, la marque du droit.

Soudain, un mouvement attire son attention sur la droite. L'une des clientes se redresse sur son coude et tente d'entrer en contact avec lui. Jo braque aussitôt son arme sur la jeune femme et, sans même écouter ce qu'elle veut lui dire, crache sa fureur en un hurlement menaçant :

— Couche-toi, bordel ! Couche-toi ou tu ne te relèveras plus jamais !

Léa Fronsac

C'est un cauchemar.

Un calvaire.

Léa Fronsac a la sensation que l'enfer vient de l'engloutir tout entière. Un voile noir s'abat sur elle, ténèbres hostiles et crues qui la glacent jusqu'aux os. Elle est là, couchée sur le béton rugueux d'une supérette, ce magasin dans lequel, chaque jour depuis qu'elle vit dans le quartier, elle vient faire quelques courses, ce lieu familier, ce décor ordinaire…

Épouvantée, la jeune maman ose à peine redresser la tête. Ses muscles, tendus à l'extrême, se rebellent, se refusent à elle, figés par le stress plus que par son inconfortable posture, à deux doigts de la tétanie. Elle aimerait changer de position, le bras gauche endolori, la nuque ankylosée, la poitrine oppressée, ça la lance jusque dans le dos, une douleur sournoise, sans compter les crampes qui lui tordent les boyaux… Elle voudrait bouger, de quelques centimètres seulement.

Parvient tout juste à lever les yeux.

Ça y est, elle le perçoit, elle le devine. Contour sombre et inquiétant d'un homme sans visage qui braque une arme sur eux. Dépourvu de traits, dissimulés derrière sa cagoule et ses lunettes de soleil, il semble inhumain. Il est là, juste devant, cinq mètres à tout casser, et pourtant elle peine à distinguer quelque détail que ce soit tant son esprit est paralysé par l'angoisse. Dans sa tête, dans son cœur, dans ses tripes, une seule image, un but unique, comme une mission : rentrer chez elle. De toute urgence. Retrouver son enfant, le protéger de la folie du monde. Lui dire qu'elle est là, que tout va bien.

Léa se cramponne à cet espoir, sortir de là, il le faut, elle n'a rien à voir avec tout ça, elle n'a rien vu, elle ne dira rien… Il est encore temps de partir, avant que ça dégénère, il ne s'est rien passé, pas vraiment, il faut qu'il comprenne qu'elle ne peut vraiment pas rester, c'est une question de…

La jeune femme panique. Son enfant est seul chez elle ! Quel genre de mère peut faire ça ? Elle est délibérément sortie de chez elle en laissant son petit garçon de 3 ans sans aucune surveillance ! En estimant le temps qu'elle a mis pour arriver au magasin, elle calcule que le DVD va s'arrêter dans un quart d'heure, vingt minutes à tout casser… Quand l'enfant s'apercevra qu'il est seul, comment réagira-t-il ?

Dévastée par les pensées qui envahissent son esprit, Léa étouffe une plainte accablée. Impossible de bloquer le flux des images, Émile parcourant les pièces de l'appartement désert en appelant sa maman ; Émile qui comprend qu'il n'y a personne, qu'il est seul ; la frayeur qui le gagne ; ses traits qui se tordent sous l'effet de la peur, de l'incompréhension ; les larmes qui roulent sur ses joues ; les hoquets qui secouent son petit corps ; la certitude que sa mère l'a abandonné…

L'étau se resserre, glacé, comprimant ses organes

internes jusqu'à l'insoutenable. Son souffle devient court, elle peine à respirer. Sans vraiment contrôler ses gestes, Léa se relève, maladroitement, s'appuie sur son bras, redresse la tête, le torse…

— Couche-toi, bordel ! lui ordonne Jo en la mettant en joue. Couche-toi ou tu ne te relèveras plus jamais !

Léa baisse aussitôt la tête, comme si elle refusait de voir la menace, se protège en même temps des deux mains, qu'elle agite fébrilement devant elle…

— Je vous en supplie, hoquette-t-elle, la voix entrecoupée de sanglots désespérés. Mon petit garçon est à la maison, il est tout seul, je dois…

— La ferme !

Sommation implacable, Léa comprend qu'il n'y a pas de connexion possible : celui qui l'empêche de rejoindre son enfant n'est pas un homme, c'est un obstacle. Un monstre sans visage. La cagoule et les lunettes dissimulent ses traits, son regard, son âme… Comment dialoguer avec un obstacle ? Comment faire entendre raison à un monstre ? Comment communiquer quand on ne voit rien de ce qui l'anime ? La jeune femme se laisse sombrer dans un état de torpeur, oscillant entre turbulence et hébétude. Son enfant est seul à la maison. Personne ne sait qu'il est là, livré à lui-même. Elle ne peut prévenir personne…

Mais si, elle peut ! Son téléphone portable est là, dans son sac, à portée de main !

Léa se raidit. Ce nouvel espoir la remplit d'un flux d'énergie à la fois salvateur et douloureux. Son esprit est à présent braqué sur son sac, qu'elle doit ouvrir sans attirer l'attention pour attraper son téléphone et envoyer un texto à…

À qui ?

La jeune maman se fige dans le dilemme, un choix à faire qui, sans nul doute, redistribuera les cartes entre les parties qui s'opposent pour obtenir la garde de l'enfant. Elle pense naturellement à sa mère qui, toutes affaires cessantes et sans se poser de questions, se précipitera chez elle pour s'occuper de son petit-fils. Malheureusement, sa mère réside à une demi-heure de là en transport en commun, plus encore si elle prend la voiture. Trop loin en tout cas pour rejoindre Émile dans un délai raisonnable.

En revanche, Fred habite tout près, à quelques rues de chez elle. Si elle parvient à le prévenir, il peut être avec Émile en cinq minutes, même pas. Dans quelques instants à peine, son fils peut être en sécurité.

Mais Léa ne se fait pas d'illusions sur la suite des événements.

En apprenant qu'elle a laissé leur enfant de 3 ans seul à la maison, sans surveillance, Fred n'hésitera pas une seconde à l'accuser de négligence et d'irresponsabilité afin de la discréditer auprès de la juge aux affaires familiales. Il se servira de cet argument pour réclamer la garde exclusive de leur fils et, sans l'ombre d'une hésitation, piétiner la précieuse relation qui lie le petit garçon à sa maman… Elle imagine déjà les horreurs que Fred ne se privera pas de dire à Émile à son sujet, les réflexions assassines qu'il lâchera à haute voix devant lui, sans se soucier un instant du mal qu'il occasionnera dans le cœur de son fils.

Oui, elle peut tenter de prévenir Fred.

Reste à savoir si elle est prête à en payer le prix.

Le dilemme est insoutenable.

Dans ce moment perdu dans les affres de l'affolement, Léa ne songe même pas à prévenir les forces de l'ordre. Ses pensées sont littéralement ravagées par une seule et unique obsession : savoir son petit garçon en sécurité, sous la surveillance d'un adulte responsable.

Elle déglutit. Par brefs coups d'œil, elle tente d'analyser la situation, repérer la position de chacun, le meilleur moment pour bouger, évaluer les risques, la menace.

Avec une infinie précaution, elle glisse sa main à l'intérieur du sac et, lentement, prudemment, palpe chacun des objets qu'elle rencontre, son portefeuille, un paquet de chewing-gums, une serviette hygiénique, son trousseau de… Léa se fige, elle perçoit le cliquetis caractéristique des clés qui se heurtent, ferme les yeux, n'ose regarder en direction du braqueur, suspend son souffle…

Rien ne se passe.

Plus lentement encore, elle reprend à tâtons la fouille du sac… Ses doigts rencontrent enfin la forme rectangulaire du smartphone. S'en saisissent. Ça y est, elle le tient. Léa entreprend de le sortir, furtivement, sans bruit. Elle se concentre sur chaque mouvement et parvient, au prix d'une maîtrise surhumaine, à extraire le téléphone du sac sans attirer l'attention du braqueur.

Son cœur défonce sa poitrine. Elle a l'impression que chaque martèlement résonne dans tout le magasin, battant la mesure de son effroi.

Tremblants et moites, ses doigts glissent maintenant sur l'écran tactile, le déverrouillent, cherchent l'application de la messagerie. Elle n'a qu'une vue partielle sur son écran sans bouger la tête, baisse les yeux au maximum et s'inflige une pression oculaire presque douloureuse. De plus, couchée sur le côté, face au forcené, Léa a beaucoup de mal à coordonner ses gestes, dominer sa détresse et canaliser son attention à la fois sur ce qui se passe autour d'elle et sur l'enchaînement à opérer pour rédiger son texto. Elle fait défiler la liste de ses contacts, le pouce crispé, la gorge serrée, incapable de faire un choix, sortir son fils d'une situation angoissante au prix de leur relation future…

Entre raison et stratégie, son cœur s'affole, se noie, suffoque sous le poids du choix impossible…

Léa suspend le défilement lorsque le nom de Fred apparaît, et la douleur qui oppresse sa poitrine se fait plus corrosive. Consciente de la gravité du moment, elle n'y voit plus, perd patience, laisse échapper un gémissement, se fige…

Attend.

— On peut savoir ce que tu fais ? hurle juste au-dessus d'elle une voix proche de l'hystérie.

Au même instant, le métal glacé du canon s'enfonce brutalement dans sa tempe.

Léa pousse un hurlement de terreur. D'instinct, elle lève précipitamment les bras et lâche le smartphone qui ricoche sur le sol à quelques centimètres de Jo.

Joachim Fallet

— Putain !

En découvrant le smartphone à ses pieds, Jo se sent submergé par un cocktail d'émotions, entre fureur et panique. Cette pétasse a prévenu les flics ! De rage, il lève la jambe en position d'attaque, prêt à lui arracher la tête d'un implacable coup de pied… Léa hurle plus fort encore, le déstabilisant un court instant, suffisamment en tout cas pour qu'elle puisse brailler quelques mots qui laissent ses doutes en suspens… Et son geste par la même occasion.

— Je n'ai pu joindre personne, je n'ai pas eu le temps !

Jo, les traits crispés par la rancœur, fait mine de ne rien entendre : à tous les coups, elle ment, on ne peut pas faire confiance à ce genre de pétasse !

— Vérifiez vous-même dans l'historique des appels et dans la messagerie ! glapit encore la jeune femme qui sent qu'elle va se prendre le pied du junkie en pleine figure. Par pitié, ne me faites pas de mal !

Jo hésite. Il aime entendre cette petite bourge lui demander pitié, il prend un plaisir inédit à se repaître de sa frayeur, la voir se tortiller devant lui, se répandre à ses pieds, elle qui, il y a quelques instants à peine, était de ceux qui lui crachaient dessus, ceux qui le vomissaient, ceux qui le méprisaient…

— Supplie-moi ! ordonne-t-il soudain d'une voix glaciale.

Léa reste interdite devant cette requête à laquelle elle ne s'attendait pas.

— Supplie-moi, répète-t-il sur le même ton.

— Je vous en supplie ! obtempère-t-elle aussitôt. Ne me faites pas de mal, par pitié !

— Encore !

Léa réalise soudain qu'il l'écoute.

— Laissez-moi partir, s'il vous plaît ! Mon petit garçon est tout seul chez moi, je vous promets que je ne dirai rien. Il attend mon retour, il a juste 3 ans, il faut que je rentre à la maison ! Je vous pro…

— Ta gueule !

La dominant de toute sa taille, Jo laisse tomber sur elle un regard torve, comme un crachat glaireux qui n'en finit pas de s'étirer, irrésistiblement attiré vers le sol, le fond, la fange. Le voilà donc, le vrai visage de ces gens bien comme il faut ! La crasse sous le vernis. Le désodorisant pour couvrir l'odeur de la merde, celui qui répand alentour ses effluves nauséeux. Et ce sont ces gens-là qui forment la norme, que l'on respecte, que l'on érige en exemple ! Ceux qui ont trouvé leur place dans la société. Ceux qui le méprisent, le jugent, le condamnent ! Ceux-là mêmes qui sont capables de laisser un enfant de 3 ans livré à lui-même, dans les griffes de l'angoisse, du silence, de l'accablant sentiment d'abandon.

Flash. Images fugaces. Ébauche d'un cri, goût de

larmes, perceptions furtives qui se faufilent entre les entrailles, s'immiscent dans l'estomac, le retournent, remontent jusqu'au cœur. Jo se souvient de cet enfant terrorisé par le vide, le rien, le silence. Il se souvient de ces heures passées à attendre sa mère, avec pour seule compagne la peur de ne jamais la revoir. L'immobilité presque totale qu'il s'infligeait pour percevoir au plus tôt le moindre mouvement en provenance de l'escalier. Les secondes figées dans l'effroi, l'étreinte de la solitude, le poids de l'ignorance. Et ces sanglots accumulés au fil des heures dans le creux de sa gorge, formant bientôt une boule compacte qui, parfois, l'empêchait de respirer. Quel genre de mère est capable d'abandonner son enfant ?

Le souvenir injecte son poison chargé de rancœur comme un jet d'acide qui fait bouillonner son sang. L'aversion qu'il éprouve pour ces gens le bouffe de l'intérieur, parce qu'il se sait honni, parce qu'une fois de plus il est du mauvais côté, c'est lui le méchant, le laid, celui qui fait peur, celui qui pue. Et là, devant lui, il y a cette femme qui tremble, qui pleure, avec sa belle gueule et ses fringues qu'elle ne porte jamais deux jours de suite, avec son ticket d'attente pour ne pas dépasser du rang, et sa vie comme un tapis roulant qui avance lentement, tout droit, toujours à la même vitesse…

Jo les regarde. Ils sont là, ceux qui le blâment, ceux qui se pincent le nez pour ne pas respirer l'odeur de la misère. Le parfum de la détresse. Et de les voir ramper à ses pieds, l'implorer, le craindre, eux couchés et lui debout, pour une fois, ça lui fait un bien fou, ça le galvanise, ça l'exalte, ça l'excite.

Jo abat sauvagement son pied sur le smartphone qui

éclate sous le choc. Léa ravale un cri, lequel se mue en une plainte qu'elle laisse échapper malgré elle. Le junkie fait trois pas en arrière et s'adresse à l'ensemble de ses victimes.

— OK ! Vous sortez tous vos téléphones et vos portefeuilles ! Et vos bijoux ! Vous balancez tout ça par terre et le premier qui fait un pas de travers, je le bute !

Une fébrilité exacerbée se répand dans l'assistance, chacun fouille son sac, ses poches, saisit son portable, son portefeuille, se défait de ses bagues, ses bracelets, ses ornements divers avant de les lâcher à l'unisson aux pieds du braqueur.

Sophie Cheneux, la réceptionniste, pleure à gros sanglots, à l'évidence ses nerfs sont en train de lâcher.

— Dis donc, la grognasse ! l'alpague le junkie. Tu veux que je te donne une bonne raison de chialer ?

Tétanisée, la jeune femme redouble de hoquets, incapable de se dominer.

— Tu vas la fermer, oui ! s'énerve Jo de plus belle.

À côté d'elle, Thomas Piscina tente maladroitement de la rassurer pour qu'elle se taise.

— Calme-toi, on fait ce qu'il dit et tout se passera bien, bafouille-t-il sans grande conviction.

— Ça, c'est toi qui le dis, Ducon ! ricane le braqueur.

Grisé par la volupté du pouvoir, Jo cherche à prolonger quelques minutes encore cette ivresse méconnue. Se sentir vivant, se savoir important. Attirer l'attention. Exister. Inspirer la crainte et le respect. Imposer sa volonté. Alors il effectue en sens inverse les trois pas qu'il vient de faire et empoigne Léa Fronsac par les cheveux, la forçant à se relever. Celle-ci pousse un hurlement, de douleur autant que de terreur, que Jo étouffe violemment en lui plaquant son épaisse main gantée sur la bouche. De l'autre main, il lui colle le revolver sur la tempe. Puis, se tournant vers Guillaume Vanderkeren, le caissier :

— Toi, tu baisses le store du magasin !

— Pa… Pardon ?

— Tu fermes boutique ! Si quelqu'un entre maintenant, je lui fais exploser la cervelle ! précise-t-il en accentuant la pression du canon sur la tête de Léa.

Elle éructe un gémissement tourmenté et ses yeux se gorgent de larmes. Le jeune caissier se fige soudain, pétrifié par la responsabilité qui l'écrase. Il fixe d'un œil dévasté la pauvre femme qui, de son côté, le supplie du regard. Jo perd patience.

— Si quelqu'un entre maintenant, elle meurt, répète-t-il en détachant ses mots.

Enfin Guillaume se reprend. Il file vers l'angle du magasin qui jouxte la porte d'entrée et, après avoir déverrouillé la porte du panneau électrique, il abaisse un des nombreux interrupteurs. Aussitôt, un bruit métallique se fait entendre tandis que, peu à peu, la pénombre envahit les lieux, laissant aux seuls néons le soin de dispenser de la lumière.

Guillaume Vanderkeren

Pendant que le rideau descend, Jo expose ses nouvelles règles.

— À partir de maintenant, si quelqu'un tente quoi que ce soit pour s'échapper ou pour prévenir les flics, ou si j'ai simplement l'impression qu'on essaie de m'entuber, c'est elle que je bute. Capiche ?

Les têtes s'agitent, fébriles, acquiescent, consentent.

— OK ! déclare Jo, satisfait.

Puis, se tournant vers Guillaume :

— Toi, tu reviens ici fissa et tu ligotes les autres bouseux.

— Hein ?

— Tu veux que je répète ? menace-t-il en accentuant la pression de son arme sur la tempe de Léa Fronsac.

— Non ! hurle Guillaume, et son cri se confond avec celui de Léa qui semble cette fois défaillir entre les bras du braqueur. Je… Je les ligote avec quoi ?

— Vous vendez pas de la corde ou de la ficelle dans ton putain de magasin ?

— Si ! On doit avoir ça ! Juste là, dans le rayon à droite !

— Va la chercher !

Guillaume s'exécute, se hâte, anxieux, démarche disloquée, mouvements décousus, tandis que, dans son dos, Jo lui rappelle les conséquences de toute tentative d'entourloupe.

Moins de trente secondes plus tard, le caissier réapparaît, muni d'un rouleau de cordelette, qu'il tend à Jo d'une main tremblante.

— Qu'est-ce que tu veux que j'en foute ? s'impatiente le junkie. C'est toi qui les attaches, les mains derrière le dos, bien serré. Je te préviens, je vérifierai. Et si le boulot est mal fait, la pétasse y passe.

Puis, relevant la rime, il éclate de rire.

— La pétasse y passe ! Elle est pas mal, celle-là…

L'opération prend une dizaine de minutes, durant lesquelles Jo ne desserre pas son emprise sur Léa. Il se nourrit de sa terreur, se remplit des émanations d'épouvante qui suintent d'elle, sa peau, le tressaillement de ses muscles, les spasmes de sa respiration. Il savoure sa puissance, se délecte de sa force. Il étanche sa soif d'exister. Pour la première fois de sa vie, il est le maître du monde.

Lorsque Guillaume a terminé, il se tourne vers le braqueur et l'interroge du regard. Ivre des sensations nouvelles qui l'électrisent, Jo s'énerve :

— T'as pas encore fini de vider ta caisse, connard ?

Le jeune homme hoche fébrilement la tête. Puis, regagnant son poste, il finit de remplir le sac des quelques malheureux billets, tickets restaurant et petites pièces que contient sa caisse.

Les mains tremblantes et le souffle court, Guillaume se demande s'il n'est pas en train de vivre la pire journée de sa vie. Il n'a rien à faire là, c'est Camille qui devrait être à sa place. Camille qui devrait à l'instant remplir ce foutu sac plastique. Camille qui devrait trembler comme une feuille, se demander si sa dernière heure est arrivée, prier tous les saints du paradis auquel elle n'a jamais cru pour sortir vivante de cette terrible épreuve.

Guillaume, dans un accès de faiblesse désespérée, et à son âme défendant, ne peut s'empêcher de penser que s'il avait refusé de remplacer sa collègue ce matin, tous ses problèmes seraient réglés : d'abord, il ne serait pas là, complètement terrifié, sous la menace d'une arme, vidant les tiroirs-caisses de son patron. Ensuite, si les choses devaient mal tourner, c'est Camille qui en aurait fait les frais. Sans vraiment comprendre pourquoi, Guillaume imagine les titres des journaux du lendemain, rubrique faits divers : Camille, malheureuse victime d'un braqueur fou, reçoit une balle en plein cœur et meurt sur le coup.

L'image de la jeune fille inanimée, gisant sur le sol et baignant dans son sang vient effleurer l'imagination paniquée du caissier. Suivie d'une réflexion, d'une simplicité confondante.

Plus de Camille, plus de grossesse.

Honteux, Guillaume chasse cette abjecte pensée et tente de se concentrer sur sa tâche. Mais l'idée amère qu'il se trouve au mauvais endroit, au mauvais moment, continue de lui suggérer des images lénifiantes.

Autre possibilité, autre titre de faits divers, moins cruel mais tout aussi définitif : Camille, enceinte d'à peine quelques jours, fait une fausse couche nerveuse à la suite d'un braquage sur son lieu de travail. Guillaume n'est pas certain de la réalité médicale d'une fausse couche nerveuse, mais s'il existe des grossesses nerveuses…

— Elle est vide, cette caisse, oui ou merde ?! hurle Jo en braquant son arme sur le pauvre employé.

Celui-ci sursaute, réalise que oui, tout est à présent dans le sac, et se dépêche de le porter au junkie. Jo lui arrache le sac des mains puis, comme une monnaie d'échange, pousse Léa Fronsac dans ses bras.

— Tu l'attaches comme les autres.

Guillaume obéit, entrave la jeune femme et l'aide à s'allonger auprès des otages.

— Maintenant tu vas te coucher à terre avec tes petits copains, lui ordonne Jo. Les mains sur la tête, sans bouger !

Guillaume s'apprête à s'allonger.

— Et file ton portefeuille et ton téléphone, là, par terre, ajoute Jo en désignant le tas d'effets personnels au beau milieu de l'allée centrale.

Le caissier extirpe son portefeuille de la poche arrière de son pantalon et le balance sans hésitation. Au moment où il s'apprête à faire de même avec son téléphone, quelque chose le retient, comme un aimant, l'objet ventousé à sa main, impossible de s'en défaire. Il jette de furtifs coups d'œil alentour, considère ensuite le braqueur d'un regard implorant, tente d'exprimer sa détresse, comme si le téléphone le reliait à la vie.

— Tu attends quoi ? s'énerve l'autre.

À contrecœur, Guillaume obtempère. Il s'avance vers le tas et dépose son téléphone au milieu des autres. Puis, la mort dans l'âme, il rejoint ses compagnons d'infortune et se laisse attacher à son tour.

Aline Verdoux

Étendue sur le sol, les mains liées dans le dos, Aline Verdoux vient de voir son dernier espoir de prévenir son fils s'éloigner de quelques mètres. Si proche et pourtant inaccessible. Théo a-t-il conscience du drame qui se déroule dans le magasin ? Constatant que le rideau métallique est à présent baissé, se demande-t-il ce qui se passe à l'intérieur ? Si c'est le cas, il y a une chance pour que tout rentre très vite dans l'ordre… L'adolescent aura-t-il la présence d'esprit de…

Aline se fige, juste avant la chute, le vertige de la déception, la sensation d'être aspirée au fond d'un gouffre, et les longues secondes durant lesquelles elle réalise l'ampleur de la bêtise qu'elle a faite en lui confisquant son smartphone. Par principe, par excès d'autorité, par vengeance aussi, pour lui montrer qui est le plus fort, pour lui inculquer le respect et la politesse, elle a délibérément laissé le téléphone à la maison.

Rongée par le regret, elle se mordille la lèvre inférieure en tentant d'envisager une solution, n'en trouve aucune, s'en veut, se giflerait, réprime le besoin de trépigner sur place pour expulser le trop-plein de colère qu'elle éprouve contre elle-même… Se raccroche à l'idée absurde de pouvoir rembobiner le film, histoire d'expulser la tension qui comprime sa gorge, sa poitrine, l'empêche presque de respirer. Revenir en arrière. On oublie tout et on recommence.

On se la refait, comme dirait Théo.

Aline laisse échapper un gémissement, de rage, de dépit, de désespoir. Se retrouver prisonnière, effrayée, immobilisée sous la menace d'une arme pointée sur elle et une huitaine d'autres personnes, totalement incertaine de l'issue de l'affaire… Et, à l'extérieur, Théo, son fils, un adolescent avec lequel elle vient de se disputer à mort, qui a été contraint de la suivre, qu'elle a privé de tout moyen de communication et qui, en cet instant précis, est son seul et unique espoir de pouvoir se sortir de ce merdier.

La jeune femme tente de maîtriser les assauts de panique. Elle réprime un frisson… Pourquoi s'est-elle arrêtée ici ? Comme si le destin lui faisait un pied de nez, pauvre sarcasme…

Il faut qu'elle trouve le moyen de partir, vite et loin !

Avant l'arrivée des flics.

Avant le départ du braqueur.

Comme si elle n'était jamais venue.

Comme si elle n'existait pas.

Reste la menace du junkie… Peut-il réellement abattre la jeune femme de sang-froid ? Aline chasse l'idée de son esprit, la compassion n'est pas de mise. Si les remords s'en mêlent, elle est perdue.

Elle s'efforce de neutraliser toute pensée qui pourrait se mettre entre elle et sa dernière planche de salut, et étudie l'espace qui l'entoure, repère les différentes issues, évalue les distances, mémorise la position de chacun. L'immobilité des autres otages est un atout. Reste à trouver le moyen de se défaire de ses liens et anticiper les réactions du braqueur, par nature imprévisibles. Le temps joue contre elle, elle doit faire vite. Elle n'aura pas de seconde chance.

Jo s'accroupit devant son butin, téléphones, portefeuilles et autres affaires dont la valeur semble occuper toute son attention. Il commence à tout transférer dans le sac en plastique fourni à l'instant par le caissier... Aline estime ses chances : si ses mains sont entravées, ses pieds et, par conséquent, ses jambes, restent libres. Elle se déplace de quelques centimètres sur le côté, plus pour tester la réactivité du junkie que pour se rapprocher d'une sortie.

Jo ne bronche pas. Il semble que le mouvement de la jeune femme ne soit pas entré dans son champ de vision.

OK. C'est maintenant ou jamais. Aline a repéré une porte de service juste derrière les caisses, à sept ou huit mètres à peine. Une porte sans poignée, mais une barre métallique fait office de levier pour actionner l'ouverture. En profitant de l'effet de surprise, elle a peut-être une chance de l'atteindre et, en faisant pression sur la barre avec son coude, fausser compagnie au braqueur.

Poussée d'adrénaline qui accélère le souffle, le rythme cardiaque, contracte les muscles et les pensées.

Aline hésite encore... Son plan d'action implique d'abandonner son téléphone et son portefeuille sur place.

Estimation des conséquences.

Plus le temps.

Tant pis.

Au moment où elle s'apprête à bondir en direction de la sortie, une voix rocailleuse au timbre méprisant retentit sur sa droite, à quelques centimètres à peine. Une voix qui brise le silence terrifié qui règne à l'intérieur du magasin.

— La grosse est en train de nous lâcher…

Une voix qui attire aussitôt l'attention du braqueur.

Michèle Bourdieu

Si quelqu'un connaît la peur en cet instant précis, c'est assurément Michèle Bourdieu. La peur viscérale, l'épouvante primitive, celle qui paralyse, celle qui vide, celle qui brouille. La terreur instinctive qui ne se raisonne pas. La bouche qui s'assèche, comme si les parois buccales n'étaient plus qu'aspérités rugueuses, absorbant la moindre touche d'humidité. Le cœur qui hésite entre le plein régime et l'arrêt total. Les muscles qui se tendent jusqu'à la tétanie. Le souffle qui suspend son vol et se bloque dans la gorge. Les cheveux qui se dressent, les pensées qui se figent, les boyaux qui se tordent.

Allongée par terre, Michèle Bourdieu ne trouve même pas la force de sangloter. Elle reste là, pauvre chose immobile, les yeux rivés au sol, incapable du moindre mouvement ou de la plus simple réflexion. Elle perçoit des sons autour d'elle, principalement la voix brutale et menaçante d'un homme sans visage, et parfois celles, sans timbre et résignées, des autres clients. Elle tente désespérément de reprendre le contrôle de ses émotions, de ses fonctions organiques, mais il semble que son corps et son esprit lui échappent. Le temps lui-même paraît s'être perdu dans des dimensions qui lui étaient jusqu'alors inconnues. La luminosité détonne en périphérie, flashs crépitants juste aux coins des yeux, là où les fantômes se glissent à la sauvette pour disparaître sitôt que l'on tourne la tête.

Soudain, une douleur fulgurante plante ses crocs dans son bras et la lance jusque dans la poitrine avec la sauvagerie d'un fauve. La pauvre femme se raidit de la pointe des pieds jusqu'à la racine des cheveux, elle ouvre la bouche sur un cri muet, écarquille les yeux sur un voile obscur, hoquette, éructe…

— La grosse est en train de nous lâcher…

À ses côtés, Germaine Dethy n'a pas perdu une miette des fluctuations vitales de son aide familiale.

— La ferme !

Jo, accroupi dans l'allée centrale, remplit le sac que Guillaume vient de lui tendre. Concentré sur sa tâche, il ne prête pas vraiment attention à ce qu'on lui dit.

— Si tu veux passer du chef d'inculpation de braquage à main armée à homicide volontaire, c'est ton problème, petit con. C'est juste que l'addition risque de ne pas être la même !

— Hein ?

Cette fois, l'alarme intérieure de Jo a résonné dans la bouillasse qui lui sert de hangar à neurones. Il lève la tête vers Germaine Dethy qui, d'un coup de menton, lui montre Michèle Bourdieu : son teint est d'une pâleur mortelle, son corps complètement raide, sa bouche, béante, comme si elle s'apprêtait à dire quelque chose…

Sauf qu'elle ne dit rien.

— Qu'est-ce qu'elle a ? demande Jo en avançant vers elle comme on s'approche d'une bête curieuse.

— Attaque cardiaque, répond calmement Germaine Dethy. Si tu ne réagis pas très vite, elle va mourir. Homicide volontaire, ça s'appelle.

— Tu délires ! s'insurge-t-il d'un ton scandalisé. J'y suis pour rien, moi !

Ses traits sont toujours masqués par la cagoule et ses yeux dissimulés derrière des lunettes de soleil, mais on perçoit dans sa voix l'indignation qu'une telle accusation provoque en lui.

— Pourtant, il ne sera pas très difficile de prouver que c'est ton agression qui a provoqué son attaque. Avant que tu n'entres dans le magasin, elle allait très bien, j'en suis témoin !

Jo prend conscience de la gravité de l'instant, mais pas au point de réagir. Il observe Michèle Bourdieu, ahuri et impuissant, avant de se tourner vers ses otages en quête d'une solution.

— Il y a un docteur ? demande-t-il d'une voix de moins en moins assurée.

Personne ne bouge.

— Putain mais faites quelque chose ! s'énerve-t-il. Vous ne voyez pas qu'elle est en train de crever, là ?

— La faute à qui ? remarque perfidement Germaine Dethy.

Cette fois, Jo perd ses moyens. Il abandonne toute menace physique et s'approche de l'aide familiale.

— Madame ? Ça va, madame ?

— Si tu crois qu'elle va te répondre…

— Toi, tu fermes ta sale gueule de vioque ! éructe-t-il.

— Moi, je suis médecin ! s'exclame Aline Verdoux.

Toutes les têtes se tournent vers elle. Jo la dévisage, entre espoir et méfiance.

— T'es médecin, toi ? Quel genre de médecin ?

Aline hésite quelques secondes.

— Je suis chirurgienne.

— Tu peux la sauver ?

— Faudrait d'abord me détacher, pour ça.

La remarque semble contrarier le braqueur. Il fixe Aline, mais impossible, derrière les lunettes de soleil, de déceler les émotions qui l'animent. À ses pieds, Michèle Bourdieu plonge rapidement dans l'inconscience, ce que Germaine Dethy ne manque pas de commenter.

— Prends ton temps surtout ! Dans quelques minutes, ça ne changera plus grand-chose.

Jo baisse les yeux sur l'aide familiale, et force lui est de constater que la vieille a raison : Michèle Bourdieu gît à terre, soudain molle, sans souffle, sans couleurs et sans connaissance.

— Bordel de merde ! gémit-il, tandis que la panique monte en lui.

Il se précipite vers Aline Verdoux, pose son revolver à terre et entreprend de la détacher. Mais les liens sont solidement noués, et les gants brident encore sa dextérité mise à mal par son état.

— Il faut lui faire un massage cardiaque, déclare Aline d'une voix autoritaire tandis que Jo s'acharne dans son dos.

Puis, se tournant vers Guillaume :

— Vous avez un défibrillateur dans le magasin ?

— Un quoi ?

— Un appareil médical qui envoie des chocs électriques pour faire repartir le cœur !

— Qu'est-ce que j'en sais ?

— Tu n'as jamais regardé « Docteur House », toi ! constate Germaine Dethy en jetant un regard plein de mépris au caissier.

— Sans défibrillateur, elle n'a aucune chance de s'en sortir, déclare Aline. Il faut appeler une ambulance !

Jo se fige, le geste en suspens.

— Une ambulance ? Tu te fous de ma gueule ?

— C'est ça ou elle meurt ! lui assène-t-elle en plantant dans le reflet de ses lunettes noires un regard qui ne laisse aucun doute sur la véracité de ses dires.

Le braqueur perd les pédales. Il se relève, abandonnant Aline avec les mains toujours attachées dans le dos, reprend son revolver et le sac en plastique contenant l'argent et les effets personnels des clients, puis s'éloigne vers le fond du magasin, à la recherche d'une issue.

— Qu'est-ce que vous faites ? hurle Aline en tentant de se dégager de ses liens. Détachez-moi ou vous aurez sa mort sur la conscience !

Jo tourne en rond. Il revient vers ses otages, le dilemme au cœur, la démarche aussi vacillante que ses réflexions.

— Laisse tomber, coco ! raille Germaine Dethy en fixant le corps de l'aide familiale. *Game over*, comme disent les jeunes aujourd'hui !

De fait, Michèle Bourdieu semble à présent sans vie.

— Non ! s'exclame Aline Verdoux. Ce sont les premiers effets de l'infarctus, mais il nous reste encore deux ou trois minutes pour la sauver ! Détachez-moi et laissez-moi lui faire un massage cardiaque ! Vous n'avez qu'à vous enfuir par la porte de service, là, ajoute-t-elle en indiquant d'un coup de menton la porte qu'elle a repérée derrière les caisses.

La perspective d'une issue de secours redonne espoir au braqueur qui paraît reprendre possession de ses moyens. Il revient vers Aline, dépose arme et butin à terre et recommence à s'acharner sur ses liens.

— Putain de merde ! hurle-t-il en perdant patience. C'est quoi ces nœuds à la con !

— C'est... C'est vous qui m'avez dit de serrer bien fort, bégaie Guillaume, confus.

Jo s'acharne rageusement, pressé d'en finir et de mettre les voiles. Toute son attention se focalise sur sa tâche. Enfin, la cordelette montre des signes de relâchement. Quelques secondes encore, et la voilà capable de s'extraire seule de ses liens.

Le junkie pousse un cri de victoire. Il s'apprête à se redresser, pivotant sur lui-même pour reprendre son arme et son sac avec la ferme intention de quitter rapidement les lieux.

En relevant la tête, il découvre, debout devant lui, le dominant de toute sa taille, un jeune garçon d'une quinzaine d'années qui braque le revolver sur lui.

Théo Verdoux

— D'où il sort, celui-là ? bafouille Jo, cloué par la surprise.

— Théo ! s'exclame Aline, tout aussi stupéfaite. Qu'est-ce que…

Entre stupeur et soulagement, et tandis qu'elle achève d'extraire ses poignets des restes de cordelette, Aline se redresse puis se précipite vers son fils pour le prendre dans ses bras.

— Tout va bien, Théo, tout va bien… Donne-moi le revolver !

— C'est bon, maman… Je ne suis plus un gosse, répond l'adolescent.

Il s'écarte d'elle en gardant la tête du braqueur dans sa ligne de mire. Puis il ordonne d'une voix implacable :

— Toi, tu te couches par terre ! Maintenant !

— Théo ! insiste Aline, encore sous le choc. On n'est pas dans un de tes jeux vidéo ! Donne-moi ce revolver !

— Obéis à ta mère, mec ! bredouille Jo dont la voix a soudain perdu toute consistance.

— Tu te couches par terre, j'ai dit ! rétorque aussitôt

le jeune homme sans se préoccuper ni des ordres d'Aline, ni des supplications du braqueur.

— Ne rends pas les choses encore plus compliquées, Théo, s'impatiente Aline. Je…

— Dites… Elle a vraiment pas l'air d'aller bien, la dame, intervient Sophie Cheneux, les yeux rivés sur le corps apathique de Michèle Bourdieu.

— C'est le moins qu'on puisse dire, ricane Germaine Dethy.

Aline ne sait plus où donner de la tête. Elle baisse les yeux vers l'aide familiale et constate que la situation est réellement critique. Revient ensuite sur Théo qui ne lâche pas le junkie, l'arme toujours braquée sur lui. Jo n'a plus rien du prédateur arrogant qu'il était quelques secondes encore auparavant. Il se tient maintenant courbé, tremblant, les bras repliés devant lui en guise de bouclier.

— Tu vas te coucher, oui ou merde ! hurle Théo.

— Je me couche, mec ! Je me couche ! gémit Jo en s'aplatissant au sol.

— Calme-toi, Théo ! lui ordonne Aline, visiblement dépassée par la situation.

Puis, rejoignant Michèle Bourdieu, dont le corps ne présente plus aucun signe de vie, elle tente de parer au plus pressé.

— Bon, empêche-le de s'enfuir le temps que je m'occupe de cette dame. Et appelle une ambulance ! Vite !

Aline s'agenouille devant l'aide familiale et commence le massage cardiaque.

— Ah oui ? rétorque Théo. Et je l'appelle avec quoi, l'ambulance ?

— Dans le sac en plastique ! s'exclame Léa Fronsac. Là, sur votre gauche. Tous nos téléphones sont dedans.

Théo avise le sac à moins d'un mètre de lui, le récupère de sa main libre, sans lâcher Jo du regard. À l'intérieur, des téléphones, des pièces, des billets et des coupons, des portefeuilles, quelques bijoux.

— Vous pourriez me détacher, s'il vous plaît ? ajoute la jeune maman d'une voix plaintive. Il faut absolument que je rentre chez moi… Mon petit garçon est tout seul à la maison et…

— Appelle l'ambulance, Théo ! crie Aline qui, alternant les pressions rythmées sur la cage thoracique de Michèle Bourdieu et le bouche à bouche, s'épuise à tenter de faire repartir son cœur. Je suis en train de la perdre !

— Vous fatiguez pas, ma jolie, ricane Germaine Dethy, ça fait quelques minutes qu'elle ne respire plus.

— Oh vous ! s'énerve Aline sans cesser de pomper. Fermez-la deux secondes !

Entretemps, Théo a pris un téléphone au hasard et tente de l'allumer.

— Il est à qui, ce téléphone ? J'ai besoin du code.

Personne ne répond. Du moins, pas à la question de Théo.

— S'il vous plaît, supplie Léa Fronsac. Laissez-moi rentrer chez moi !

— Ho ! insiste l'adolescent en haussant le ton. Il est à qui, ce téléphone ?

— C'est le tien, non ? remarque Sophie Cheneux en se tournant vers Thomas Piscina.

Le comptable semble contrarié. Il acquiesce d'un signe de tête, de toute évidence à contrecœur.

— Je pourrais avoir votre code ?

— Vous ne pourriez pas en prendre un autre ?

La réceptionniste dévisage son amant avec surprise. À côté d'eux, Léa Fronsac se tortille dans tous les sens pour se libérer.

— Est-ce que quelqu'un peut me détacher, bordel de merde ! finit-elle par crier, soudain totalement hystérique.

— Théo, appelle le 112 ! hurle Aline à son tour. Pas besoin de déverrouiller l'appareil, les numéros d'urgence sont gratuits !

— S'il arrive quoi que ce soit à mon fils, ce sera votre faute ! continue de brailler Léa Fronsac. Détachez-moi, merde !

— Oh, mais tu vas la fermer, toi ! réplique Théo, si énervé qu'il braque dans le même temps son arme sur la jeune maman.

Le geste de l'adolescent provoque un regain d'agitation. Sophie Cheneux pousse une exclamation outrée tandis que Thomas Piscina et Guillaume Vanderkeren tentent de calmer le jeu, exhortant le jeune homme à baisser son arme au milieu de la cacophonie. Seules Germaine Dethy et Léa Fronsac gardent le silence, pétrifié pour la jeune maman, amusé pour la vieille dame. Aline relève la tête et découvre son fils tenant en joue l'une des otages.

— Théo ! rugit-elle aussitôt en se redressant. Tu as perdu la tête ? Lâche cette arme !

Théo se perd dans le tumulte ambiant, agrippé à son arme, son objet de pouvoir, son déguisement d'homme, ses couilles d'acier. Entre aplomb et panique, il recule de quelques pas, l'arme au bout du bras, pointée sur les autres, pour se défendre ou attaquer, il ne sait plus très bien, qui sont les bons, qui sont les méchants…

Puis tout s'accélère. Tout le monde parle en même temps, tout le monde LUI parle en même temps, on le sermonne, on l'accuse, on le menace, sa mère, les gens, et puis Léa Fronsac dont les nerfs lâchent, qui pousse un long cri de rage, d'effroi, de haine... Tout ce bruit l'embrouille, le perturbe. Et là, sur le côté, il y a la silhouette du braqueur qui bouge. Théo le voit se relever en titubant, recouvrer son équilibre, voilà, il est debout et se met à courir en direction des caisses, il détale, il s'enfuit, il...

Théo voudrait prévenir sa mère, les autres, les gens, ceux qui lui parlent, mais personne ne l'écoute, personne ne voit le méchant qui se fait la malle, tout le monde se braque contre lui alors qu'il n'a rien fait, il est du côté des gentils, il est là pour sauver les victimes, pour empêcher le méchant de...

Est-ce pour leur faire voir clairement que le braqueur détale comme un lapin ? Théo pointe son arme vers Jo, il voudrait l'arrêter, l'empêcher de fuir, mais tout va trop vite, et puis personne ne le laisse parler, personne ne fait attention à ce qui se passe, à ce qui est vraiment grave, lui veut donner l'alerte, sommer le junkie de stopper, pas un pas de plus ou je tire, mais il y a trop de bruit, trop de monde, trop de...

La déflagration éclate dans le magasin comme un coup de tonnerre.

Soudain c'est le silence. Un silence glacial, total, implacable.

Un silence de mort.

Plus personne ne bouge, figé dans le cri ou le geste ébauché à l'instant où Théo a tiré. Traits crispés par la peur ou la colère, souffles suspendus.

De longues secondes en apnée.

Puis, lentement, les yeux retrouvent leur mobilité… Les regards se croisent, s'interrogent ! Que s'est-il passé ? Qui est touché ? Qui est blessé ? Qui est mort ?

La réponse arrive, là, juste derrière eux. Le bruit sourd d'une masse qui s'effondre. Le bruit mat d'un corps qui s'écroule à terre.

Le bruit terrifiant d'un homme qui meurt.

Dans la stupeur générale, chacun se tourne, pivote, la tête, les yeux, les épaules. Lentement. Avec précaution. Comme si le cauchemar pouvait encore être évité.

Un peu plus loin, Jo gît face contre terre, presque dans la même position que quelques secondes auparavant, si ce n'est qu'un liquide rouge sombre s'écoule de son dos pour se répandre paresseusement sur le béton.

Aline Verdoux

L'effarement est palpable. Le silence se prolonge. Personne n'ose parler, murmurer, respirer… Personne n'ose y croire.

Les otages, les mains toujours liées dans le dos, allongés par terre comme un tapis de paresseux, contemplent, bouche bée, la mare de sang qui s'étend tout autour du junkie.

Théo, lui, ne bouge plus, le regard fixe, rivé au corps inanimé, celui qu'il vient d'abattre…

À ses côtés, sa mère, les yeux exorbités, le souffle bloqué, les traits marqués par l'horreur, passe de l'un à l'autre, le braqueur, Théo, le braqueur… Elle regarde vers le sol, lève les yeux sur son fils, revient à terre…

C'est Germaine Dethy qui met un terme à la stupeur générale.

— Et de deux !

Comme s'ils avaient attendu ce signal donné, les autres se secouent, se redressent comme ils peuvent pour s'asseoir, tentent de trouver une position moins inconfortable que celle imposée par Jo. Puis les réactions montent dans les airs, telle une partition affligée où percent des notes d'incompréhension.

— Il… Il est mort ? murmure Sophie Cheneux.

— Non, il fait semblant, c'est une caméra cachée ! rétorque la vieille Dethy de son ton hargneux.

— Vous n'avez donc aucun cœur ? s'insurge Thomas Piscina, sincèrement outré.

— C'est un cauchemar, sanglote Léa Fronsac.

— Faudrait peut-être que quelqu'un aille vérifier… insiste la réceptionniste. Parfois, dans les films, un mec se fait tirer dessus, tout le monde croit qu'il est mort et en fait…

— Faut appeler la police ! déclare Guillaume Vanderkeren. Et mon patron !

— Vous pouvez commencer par nous détacher ? demande cette fois Thomas Piscina.

Devant eux, la mère et le fils restent sans réaction. Théo ressemble à une statue de pierre, assommé par l'inéluctable. Aline demeure tout aussi immobile, exsangue, sous le choc. Des inconnues aux conséquences multiples s'échappent de sa conscience et s'enchevêtrent, filaments tortueux, confus et menaçants. Appeler la police ? Oui, à l'évidence, il faut appeler la police. Détacher ces pauvres gens. S'en remettre aux autorités. Expliquer les choses telles qu'elles se sont déroulées.

— Moi, je commencerais plutôt par reprendre l'arme des mains du gamin, commente Germaine Dethy. Des fois qu'il aurait une nouvelle poussée d'hormones…

Reprendre l'arme des mains du gamin… Aline regarde Théo qui tient toujours le revolver, les doigts crispés sur la crosse, en position de tir. Alors, avec douceur, elle saisit le poignet de son fils et, lentement, doigt après doigt, lui fait lâcher sa prise.

Une fois délesté de l'objet coupable, l'adolescent semble retrouver un souffle de vie. Il tourne vers sa mère un regard égaré, dévasté par l'horreur, cerné de noir et de terreur. Et ce qu'Aline voit dans les yeux de son fils lui broie le cœur plus sauvagement qu'une coquille d'œuf dans la main d'un enfant.

— Viens t'asseoir, Théo..., murmure-t-elle en le prenant par le bras.

Elle l'accompagne jusqu'à la caisse et l'installe sur la chaise qu'occupait Guillaume avant l'arrivée du braqueur. L'adolescent se laisse guider, comme dépouillé de toute volonté propre.

— Reste là, continue-t-elle d'une voix qu'elle espère rassurante, même si elle est très loin d'éprouver le moindre soulagement. Je vais détacher les autres et puis on avisera. Surtout ne bouge pas. Et ne touche à rien.

— En espérant qu'il vous obéisse ! remarque Thomas Piscina avec amertume. On aura peut-être une chance de s'en sortir vivants...

Aline, qui s'apprêtait à rejoindre le groupe d'otages, pile sur place.

— Qu'est-ce que vous insinuez par « on aura peut-être une chance de s'en sortir vivants » ? demande-t-elle, toutes griffes dehors.

— S'il vous avait obéi quand vous lui avez demandé de vous donner le revolver, tout ça ne serait pas arrivé ! réplique-t-il d'une voix tremblante qui indique qu'il est sur le point de craquer.

— S'il n'était pas intervenu, vous seriez toujours

sous la menace de ce taré…, s'insurge Aline en désignant la dépouille du junkie.

— Ah pardon ! Le taré était en train de prendre congé quand votre fiston a fait son apparition. Maintenant, nous sommes tous impliqués dans une affaire de meurtre !

— De meurtre ! s'exclame Aline, sidérée. C'est… C'est un accident !

— Un accident ! ricane à son tour le comptable au bord de l'hystérie. Avec une balle dans le dos ? Tirée à même pas cinq mètres de la cible ? Moi, je dis au contraire que les flics vont lui décerner la médaille du meilleur tireur !

— Catégorie junior, ajoute Germaine Dethy sur le ton de celle qui minimise l'exploit.

Aline reste sans voix. La tête lui tourne, elle tente de reconstituer la scène, identifier les éléments qui prouveraient que son fils a agi en position de légitime défense, qu'il est une victime parmi les autres. Les images se percutent dans son esprit, s'embrouillent, se mélangent : leur dispute, le revolver, Théo qui refuse de l'accompagner chez son grand-père, les clients ligotés par le caissier, la manette PS4 jetée par terre, le corps du braqueur baignant dans son sang…

Elle secoue la tête, tente de faire le vide. C'est un accident ! Bien sûr que c'est un accident ! Son fils n'aurait jamais fait de mal à une mouche…

Son fils n'est pas un meurtrier !

Il n'est pas un de ces gosses dont on parle dans les journaux, totalement déconnectés de la réalité, gavés de jeux vidéo ultraviolents, qui font feu sur tout ce qui bouge et terminent leurs jours en prison ou en hôpital psychiatrique.

Prison. Hôpital psychiatrique.

Aline ferme les yeux, se concentre… Ce n'est pas le moment de perdre les pédales. Peu à peu, les événements se mettent en place, comme une mise au net, reprennent leur place dans son esprit : Théo qui ne voulait pas l'accompagner chez son grand-père, leur fracassante dispute, Théo qui boude dans la voiture…

Un flash, l'irruption de l'homme cagoulé, des cris, la peur, le danger, des questions, des menaces, des sanglots…

Théo qui tient le braqueur en joue. Théo qui refuse de lui donner l'arme comme elle le lui ordonne…

Sa gorge s'assèche, ses intestins se nouent, son cœur cogne plus vite et plus fort.

Théo qui met en joue la jeune femme en jogging, elle ne sait pas pourquoi…

Le sang d'Aline se fige dans ses veines.

Théo qui tire, sans sommation, dans le dos du braqueur.

Le cœur au bord des lèvres, elle tente désespérément de trouver des faits, des circonstances atténuantes, des éléments qui prouveraient l'innocence de son enfant.

Le braqueur présentait-il une menace quand Théo a tiré sur lui ?

Le vertige insidieux la laisse pantelante, tandis que la nausée déferle dans son ventre, ravage ses boyaux, remonte jusque dans sa poitrine.

Le braqueur avait-il pris son butin, piètre raison qui pourrait expliquer que Théo ait voulu l'arrêter, sans intention de le tuer ?

Aline tourne la tête. Le sac est là, posé à terre. Intact.

Le sol tangue sous ses pieds, les murs se rapprochent

dangereusement, menacent de la broyer, l'écraser comme un insecte.

— Il a bougé ! s'écrie soudain Sophie Cheneux en fixant le corps de Jo d'un œil épouvanté.

Toutes les têtes se tournent vers le cadavre.

— Vous n'êtes pas un peu dingue de crier comme ça ! s'insurge Germaine Dethy.

— Je suis sûre qu'il a bougé, gémit la réceptionniste… Son pied… Son pied a tremblé.

— C'est dans ta tête que ça tremble, ma pauvre fille !

Le cri de la jeune femme perce la détresse d'Aline, écho tranchant au milieu du marasme qui saccage son cerveau, lui faisant l'effet d'un électrochoc salvateur. Elle tressaille, frissonne, rassemble ses forces éclatées, son énergie moribonde… Et se précipite vers la dépouille du braqueur, qu'elle retourne comme un sac.

L'espoir est de courte durée. Il ne faut pas plus d'un coup d'œil à Aline pour comprendre que la réceptionniste a totalement fantasmé. L'homme gît à ses pieds, la poitrine immobile, pas le moindre souffle de vie. Son visage est toujours dissimulé sous la cagoule et les lunettes de soleil. Aline chancelle, s'agrippe de justesse au rayonnage tout proche pour ne pas tomber.

— Alors ? demande Sophie Cheneux, le souffle court.

— Il est mort, déclare Aline d'une voix d'outre-tombe.

— Tant que vous êtes là, profitez-en pour lui enlever sa cagoule, suggère Germaine Dethy avec désinvolture. Je me demande à quoi ça ressemble en vrai, un voyou de bas étage.

Aline n'a pas le cœur de relever l'inconvenance de

la vieille dame. Elle s'agenouille à côté du corps et retient son souffle. Puis, d'une main tremblante, elle saisit un pan de la cagoule, au niveau de la gorge, et elle commence à soulever, laissant apparaître quelques centimètres de peau.

Une première révélation comme un coup de poignard dans le dos : cette peau qui se révèle est d'un noir ébène.

Un Black ! Le braqueur est d'origine africaine.

Théo a tiré sur un corps sans visage, anonyme, dépourvu d'expression, d'émotion, d'humanité. Au moment où Aline lui ôte sa cagoule, elle comprend que soudain il acquiert une identité, une histoire, un destin. Et quand le passe-montagne de laine libère le visage de Jo, c'est le ciel tout entier qui s'effondre sur elle, mère d'un adolescent de 15 ans qui vient de commettre l'irréparable.

Les yeux clos, la bouche entrouverte, les traits figés pour l'éternité sont ceux d'un tout jeune garçon, 18, 20 ans maxi.

Un gamin. Un gosse livré à lui-même. Un môme abandonné.

Une victime.

— Ben dis donc ! s'exclame la Dethy sans laisser le temps à Aline d'accuser le coup. Un jeune Black abattu dans le dos par un petit bourge blanc, fils de médecin de surcroît… Ça va faire les choux gras de la presse à sensation, cette affaire-là !

Guillaume Vanderkeren

La vie est un parcours qui se trace au fil du temps, autoroute bien droite pour certains, chemin de croix pour d'autres, quand le destin bascule, quand on arrive à un carrefour, quand il faut choisir un itinéraire.

Prendre à gauche ou à droite ?

Continuer d'avancer ou faire demi-tour ?

Quitter les sentiers battus, s'engouffrer dans un sens interdit, s'égarer dans une impasse…

Aline sait qu'elle doit faire un choix entre deux voies. Deux voies qui, l'une comme l'autre, lui paraissent sans issue. Elle doit pourtant en prendre une, au risque de se perdre. Sans aucune possibilité de retour en arrière.

— Il faut nous détacher, maintenant ! lance au loin une voix qui la tire de son hébétude, purgatoire éphémère dans l'aller simple pour l'enfer.

Puis d'autres voix, d'autres cris, d'autres sanglots troublent sa torpeur, ponctuent sa prise de conscience, comme autant d'échos aux battements de son cœur.

— Madame ! Détachez-nous, bon sang !

— Je veux rentrer chez moi ! Par pitié, laissez-moi rentrer chez moi…

— Allô la Lune, ici la Terre !
— Hé ho ! Vous nous libérez, oui ou merde ?
— Ça devient complètement ridicule, cette histoire !
Aline émerge. Devant elle, les otages, exaspérés par la situation, s'agitent, s'impatientent, se contorsionnent dans tous les sens, pressés d'en finir. Guillaume est même parvenu à se relever et se dirige d'un pas ferme vers le tableau électrique.
— Qu'est-ce que vous faites ? l'alpague-t-elle en bondissant à sa suite.
— Je vais relever le rideau, déclare-t-il, à cran. Et déclencher l'alarme.
— Holà ! Une petite minute !
Aline rattrape le caissier en quelques pas, le dépasse et se campe résolument devant lui, l'empêchant d'avancer.
— Pas de précipitation ! Il faut d'abord qu'on parle !
Mais le jeune homme ne l'entend pas de cette oreille. Agacé, il fait un pas de côté et tente de la contourner.
— On parlera quand les flics seront là.
Sans lui laisser le temps d'effectuer un pas de plus, Aline suit le mouvement : elle se déplace à son tour et lui barre le passage.
— Justement ! Je préférerais parler AVANT l'arrivée des flics.
Guillaume est forcé de s'arrêter.
— C'est quoi, votre problème ?
— Mon problème ? répète-t-elle en tentant désespérément de conserver son calme.
Elle tourne la tête vers son fils, toujours assis derrière la caisse, les yeux perdus dans le vide. Quelques instants de doute, le cœur qui se déchire, la sensation d'être aspirée vers le fond, irréversiblement. Puis elle

pousse un soupir si profond qu'il lui vide entièrement les poumons.

— Il est là, mon problème ! reprend-elle en désignant Théo d'un coup de menton.

Guillaume suit la trajectoire de son regard, s'arrête quelques instants sur l'adolescent prostré, puis revient sur elle.

— Qu'est-ce que vous voulez que j'y fasse ? maugrée-t-il.

Et, sans attendre de réponse, il essaie une nouvelle fois de la contourner.

— Justement ! insiste Aline en suivant ses mouvements en miroir. Il faut qu'on accorde nos violons. Qu'est-ce que vous comptez leur dire, aux flics ?

— La vérité.

— Si vous dites la vérité, mon fils risque d'aller en prison !

— Et j'y peux quoi, moi ? C'est pas moi qui ai tiré sur l'autre taré, là !

Guillaume se fait plus pressant : un pas en avant, puis un autre. Au troisième, il bouscule Aline sans ménagement.

— Attendez ! s'écrie-t-elle sans parvenir à maîtriser tout à fait l'affolement qui la gagne. Je sais que mon fils a fait une connerie ! Mais il n'a que 15 ans ! C'est un accident, un terrible accident ! Il ne mérite pas d'aller en prison ! Je vous en prie !

— Et lui, là-bas, il a quel âge à votre avis ? rétorque Guillaume en indiquant le corps de Jo de la tête. Lui aussi, il a fait une connerie ! Il méritait de mourir pour ça ?

— On peut juste en parler deux minutes ?

supplie-t-elle, les larmes aux yeux. Je vous demande seulement deux minutes !

Derrière eux, Léa Fronsac se met à hurler comme une hystérique, frappant des pieds sur le sol.

— Je n'ai pas deux minutes, bordel de merde ! Mon fils à moi, il a 3 ans ! Et il est tout seul ! Si on ne me détache pas tout de suite, je vais tout casser ! Vous m'entendez ? JE VEUX RENTRER CHEZ MOI !

— Si on appelle les flics maintenant, vous n'êtes pas près de rentrer chez vous ! lui assène Aline en tentant de crier plus fort qu'elle.

— Vous mentez ! vocifère à son tour Guillaume qui, cette fois, perd complètement patience. Je ne sais pas comment vous comptez vous sortir de cette merde, et franchement, ce n'est pas mon problème ! Qu'est-ce que vous voulez qu'on fasse ? Qu'on raconte aux flics que ce petit délinquant de merde s'est tiré tout seul une balle dans le dos ? Vous délirez, ou quoi ? Vous pensez vraiment que tout le monde ici est prêt à faire un faux témoignage pour épargner à votre gamin d'assumer ses responsabilités ? Écoutez, je suis absolument désolé pour vous si votre fils ne sait pas dominer ses pulsions, c'est peut-être un bon petit gars en général, mais là, on ne rigole plus ! J'ai deux macchabées sur les bras et si je ne préviens pas mon patron tout de suite, je suis bon pour faire la queue à Pôle Emploi lundi matin. Et croyez-moi, ce n'est vraiment pas le moment ! Alors maintenant, vous me détachez et vous me laissez passer !

— Et toc, dans les gencives ! ironise Germaine Dethy. Dommage que tu n'aies pas eu autant de couilles face à l'autre petite frappe, tout à l'heure…

De fait, durant sa sortie, tout le monde s'est tu. Même Léa Fronsac a cessé de sangloter.

Aline considère le caissier quelques secondes. Elle sait qu'il a raison : espérer obtenir la complicité de tant de témoins que, ce matin encore, elle ne connaissait ni d'Ève ni d'Adam est tout à fait inconcevable. Elle n'a aucune chance de les rallier à sa cause. Théo a a commis l'irréparable. Et, pour ne rien arranger, il a menacé une des otages alors qu'il était censé les protéger. Aucune de ces personnes ne lui fera le moindre cadeau. Le combat est perdu d'avance.

Elle qui pensait avoir le choix…

— OK, concède-t-elle, la mort dans l'âme. OK. Restez là, je vais chercher de quoi vous détacher.

Guillaume pousse un soupir irrité ; on le sent, lui aussi, à deux doigts de craquer.

— Il y a des ciseaux dans le tiroir de ma caisse, l'informe-t-il froidement.

Aline s'éloigne en direction de la caisse.

— Comment je fais pour l'ouvrir ? demande-t-elle une fois devant.

— Ce n'est pas dans la caisse même, c'est dans le tiroir juste en dessous.

Lorsqu'elle revient auprès de Guillaume, celui-ci lui présente son dos afin qu'elle défasse les liens qui enserrent ses poignets.

Mais au lieu d'un coup de ciseau, il sent le canon du revolver s'enfoncer entre ses deux omoplates.

— Désolée, caissier, mais tu ne me laisses pas vraiment le choix. Alors maintenant, tu retournes auprès des autres si tu ne veux pas être le troisième macchabée de la journée.

Léa Fronsac

La surprise étouffe l'angoisse. Pas longtemps, quelques instants seulement, distordus par la stupeur, figés dans le doute. Comme un vinyle rayé qui répète inlassablement une séquence brisée, un fragment de couplet, sans queue ni tête. De ces litanies infernales qui rendent fou.

Ça fait penser à un aller-retour perpétuel, interminable.

Un cercle vicieux qui vous happe.

— C'est une blague ! s'exclame Sophie Cheneux, la réceptionniste, portant sur Aline un regard halluciné.

— J'ai l'air de rigoler ?

Cette phrase-là lève une tempête dans l'esprit de Léa Fronsac. La certitude, soudaine et féroce, que ça n'en finira jamais. La douloureuse évidence qu'elle doit bouger. Il y a cette image qui s'impose : elle tient son propre cœur entre ses mains, le tord, l'essore, comme pour en dégorger la souffrance… Et du muscle cardiaque s'échappe une fumée noire, pleine de suie, qui coule entre ses doigts en volutes crasseuses et se grave dans sa peau.

Alors, son imagination prend le relais.

Le dessin animé est terminé. Sur l'écran du téléviseur, le générique de fin défile, agrémenté de petites animations rigolotes sur fond sonore joyeux, parce que le monde est doux et que la vie est belle... Émile est seul. Il appelle, passe d'une pièce à l'autre, se rassure en se disant que maman joue à cache-cache, qu'elle va apparaître au détour d'une porte, surgir de derrière un meuble... Personne ne répond. L'enfant regarde autour de lui, l'immensité des pièces qui l'écrase, l'immobilité des lieux qui l'effraie, le menu du DVD qui passe en boucle et ressemble de plus en plus à une rengaine grinçante... Il appelle et sa propre voix ricoche contre les murs, ça résonne dans sa tête, alors il appelle encore parce que ses cris endiguent l'écho de sa peur. Bientôt les larmes débordent sans qu'il les ait senties venir. Son petit corps tremble sous les assauts d'un cœur qui se débat plus qu'il ne bat, pris en étau entre l'épouvante et l'incompréhension.

Maman ?

Ce « maman ? », Léa Fronsac l'entend. Ça lui déchire les tympans, ça lui arrache les tripes, ça lui coupe le souffle. Son enfant souffre, son enfant tremble, il la réclame, écrasé par tout ce rien qui l'entoure, ses plaintes sans fin, ses questions sans réponse. Et le couperet de la culpabilité achève de la sabrer, parce qu'elle est l'unique responsable de la douleur de son enfant. Maman. Maman.

Maman.

Théo Verdoux

— Maman !

Le regard halluciné, Théo contemple sa mère, l'arme dans sa main, braquée sur le caissier. L'image fouette son esprit, une gifle en pleine conscience, on dirait qu'on moleste sa raison. Un brutal retour à la réalité. L'adolescent se met à pleurer. Il se prend la tête entre les mains et rythme sa terreur en mouvements disloqués.

— Maman ! Qu'est-ce que j'ai fait ? sanglote-t-il comme on appelle à l'aide. Mais qu'est-ce que j'ai fait ?

— Théo ! Reprends-toi bon sang ! Ce n'est pas le moment…

Aline a fait son choix. Celui qu'elle n'avait pas. Un choix par défaut. Les mains crispées autour de la crosse du revolver, elle tient le caissier en joue, le menace pour qu'il avance, rejoigne les quatre autres, s'assoie parmi eux, ne bouge plus.

Guillaume s'exécute, les mains toujours liées dans le dos, le bout de métal entre ses omoplates qui lui brûle la peau. Il pense à Camille, à l'enfant que, peut-être, elle porte en elle, à la vie qui éclot, à celle qui s'éteint.

C'est la première fois qu'il envisage la fragilité de son existence, sa propre vulnérabilité. Sa possible disparition. C'est aussi la première fois qu'il pense à une éventuelle descendance. Un être issu de lui. Le pouvoir de donner la vie. Au moment où quelqu'un d'autre détient celui de lui donner la mort.

Ça lui fait comme un vide au milieu du ventre. Un grand trou à l'intérieur. En l'espace de quelques heures, la vie et la mort ont fait irruption devant lui avec une violence inouïe.

En fin de matinée, il apprenait qu'il pouvait possiblement être papa.

En début d'après-midi, il apprenait qu'il pouvait possiblement ne plus être.

Bizarrement, les deux nouvelles ont suscité des émotions similaires : la peur, proche de l'effroi ; l'impuissance, cette sensation que son destin lui échappe, pris en otage dans les arcanes du hasard, le sentiment d'être un jouet, un pantin dont on tire les ficelles. Subir. La folie du monde, les caprices de l'adversité, l'intransigeance de la fatalité.

Les tripes nouées, Guillaume obéit. Il serre les dents, les poings, ravale sa colère, étouffe cette envie d'en découdre, violente, sauvage, ça le prend, ça l'agrippe, c'est injuste…

Aline ne le lâche pas avant qu'il soit installé, rentré dans le rang. Puis elle se tourne vers son fils. L'adolescent sanglote toujours. Ses deux bras croisés autour de lui, il se balance d'avant en arrière, fixant le sol d'un œil horrifié. Aline marque un temps d'hésitation. Puis elle le rejoint en quelques pas et l'alpague brutalement :

— Théo ! Reprends-toi, bon sang ! Il faut m'aider, là !

Le jeune homme ne réagit pas.

Le caissier, lui, ne la quitte pas des yeux. Il a capté l'instant de doute dans son regard, l'éclat d'incertitude, comme un désarroi mal fagoté, impossible à dissimuler.

L'aveu de sa force à lui.

La mère saisit son fils par les épaules et le secoue sans ménagement.

— Regarde-moi !

Théo se noie dans ses larmes, dans son épouvante, il suffoque, incapable de maîtriser la panique. On dirait un ver qui se tortille au bout d'un hameçon.

Guillaume ne rate pas une miette de la scène, il perçoit l'affolement, devine l'égarement aussi, les questions qui se bousculent dans la tête de la mère. Que faire ? Comment se sortir de là ? Il comprend qu'elle n'en sait rien, prisonnière d'une situation qui la dépasse. Ça lui apparaît comme une évidence. Aline est une femme acculée, au pied du mur. Elle s'est trouvée au mauvais endroit au mauvais moment. Comme eux tous, d'ailleurs. La faute à pas de chance. La victime a endossé le costume du bourreau, malgré elle. Contre son gré.

— Regarde-moi ! répète Aline en haussant le ton. Théo, pour l'amour du ciel, secoue-toi !

Théo tressaille et, enfin, lève vers sa mère un regard chargé de douleur et d'appréhension. Un regard qui pulvérise le cœur d'Aline, la cisaille. Théo la voit, fragile, tendre la main vers lui, effleurer ses cheveux, frôler sa joue… Il y a si longtemps qu'elle ne s'est autorisé un geste de tendresse envers lui qui, depuis la puberté, s'oppose à elle avec passion, comme s'il en allait de son honneur, de son intégrité. De sa vie, même parfois, tant il met de cœur et d'énergie à la contrarier, la provoquer, la blesser… Comme une profession de foi. Ou un maléfice. La tyrannie des hormones.

Mais aujourd'hui, là, devant elle, il est redevenu son garçon, son tout-petit.

Son bébé.

Et soudain, comme un écho à cette émotion oubliée, pulvérisant les griefs, les colères, les rancœurs, les blessures qu'on s'était promis de ne jamais effacer, les cicatrices de l'âme, et puis cet abîme qui depuis des mois les sépare, ce fossé que les générations entretiennent avec ivresse, campées sur leurs principes, chacun sur sa rive à ne pas comprendre, à juger celui d'en face… Tout ça et même plus, tout cela s'étiole, se délite, emporté par le tsunami d'une larme qui roule sur une joue.

Théo s'effondre dans les bras de sa maman. Il s'agrippe à elle comme s'il allait se noyer, lui demande pardon, la supplie de l'aider, de ne pas l'abandonner, de l'emmener loin d'ici… Bouleversée, Aline reçoit ce grand corps éperdu, l'accueille pour bientôt refermer les bras sur lui, le protéger, le rassurer.

Son enfant souffre, son enfant tremble, il la réclame, écrasé sous le poids de la faute, ses plaintes sans fin, ses questions sans réponse. Le couperet de la culpabilité achève de la sabrer, parce qu'elle est l'unique responsable du drame qui vient de se jouer. Parce que Théo, lui, ne voulait pas venir, refusait obstinément de la suivre. Tout ce qu'il voulait, c'était rester à la maison, bien au chaud, à l'abri de son écran. Tirer sur des cibles virtuelles.

— Ne pleure pas, Théo. Je te promets qu'on va s'en

sortir ! Tu me fais confiance ? Personne ne te fera de mal ! Fais ce que je te dis et tout ira bien.

— Et eux ? sanglote l'adolescent en désignant les otages. Ils ont tout vu, eux. Ils vont tout raconter, ils vont me dénoncer…

Aline se tourne vers « eux ». Ils sont cinq. Cinq témoins, cinq menaces. Cinq obstacles entre son fils et un possible avenir.

Cinq ennemis à abattre.

Thomas Piscina

Le comptable oscille entre le désespoir de l'injustice et celui de la fatalité. En neuf ans de mariage, il n'a jamais trompé sa femme. Pas une seule fois. Il n'en a même jamais eu envie. Alors pourquoi aujourd'hui ? Quelle était la probabilité que le jour où, passant à l'acte pour la première fois en neuf années d'une union sans nuage, ce jour-là précisément, le seul parmi quelque trois mille trois cents de fidélité à toute épreuve, il se retrouve ligoté, otage d'un braqueur, témoin d'un meurtre et à présent prisonnier d'une mère visiblement prête à tout pour éviter la prison à son rejeton. Thomas Piscina voudrait connaître le pourcentage, juste comme ça, par curiosité. Pour savoir.

Ce genre de concours de circonstances permet à certaines personnes de gagner au Loto. Lui vient de perdre tout ce à quoi il tient : sa vie de famille. L'affaire est devenue trop grave. Il lui sera impossible de cacher les événements de cette journée maudite à sa femme. Quelle qu'en soit l'issue. Comment expliquer sa présence dans cette supérette, à des kilomètres de son lieu de travail et de son domicile, en compagnie de la réceptionniste de son agence ? Sans compter que, pour justifier son absence du bureau, il a prétexté une urgence familiale. Son chef de service, magnanime, lui a accordé trois heures, exigeant qu'il soit de retour pour 15 heures afin de boucler un dossier urgent avant le week-end. Quand il ne le verra pas revenir, il tentera de le joindre sur son téléphone portable. Sans réponse de sa part, au bout de quelques tentatives, il appellera sur son fixe. Et là…

Ravagé par l'inquiétude et la culpabilité, Thomas imagine l'odieuse conversation entre son chef de service et sa femme. La surprise de celle-ci quand elle apprendra qu'il n'est pas au bureau. Celle de son chef quand il comprendra qu'il n'y a jamais eu d'urgence familiale. Le désarroi de sa femme quand elle avouera qu'elle ignore totalement où il se trouve. La colère de son chef quand il en déduira qu'il a menti.

La douleur de sa femme quand elle envisagera sa trahison.

Le comptable lutte contre l'accablement. Pour un peu, il croirait à une punition divine, lui qui n'a jamais eu foi en Dieu ni en une quelconque force du destin ; celle-là même qui, assurément, l'a poussé dans les bras de la réceptionniste. Depuis trois semaines que la jolie Sophie lui fait les yeux doux, Thomas a tout fait pour résister à la tentation. Au début, ce n'était que des sourires échangés de loin, lorsqu'il passait devant la réception ; ou dans les couloirs, quand ils se croisaient au hasard de leurs déplacements. Elle l'a abordé la première. Une remarque sur sa cravate nouée de travers. Un peu plus tôt dans la matinée, au moment de partir au boulot, sa fille de 15 mois avait régurgité un peu de lait sur lui, l'obligeant à changer à la hâte de chemise et de cravate. Dans la précipitation, il était arrivé à l'agence sans remarquer sa négligence. Confus, il avait gauchement tenté d'y remédier. Le regard amusé de la jeune femme le troublait, conférant à ses gestes une maladresse dont il se serait bien passé. Elle s'était finalement chargée de refaire le nœud et ce premier contact avait provoqué en lui un émoi qu'il ne s'expliquait pas. Ou qu'il ne s'expliquait que trop bien, ce qui était pire encore.

À partir de ce jour-là, les yeux verts de la jolie réceptionniste avaient pris leurs quartiers dans ses pensées. Thomas se sentait comme envoûté par ce regard qui se posait sur lui dès qu'il arrivait à l'agence. Ils avaient lié connaissance, quelques mots échangés chaque matin, puis une discussion plus soutenue devant la machine à café, à propos d'horaires de train jamais respectés… C'est ainsi qu'il avait appris qu'elle venait de Lille et que, chaque week-end, elle rentrait chez ses parents. Qu'elle vivait en colocation avec deux autres filles encore étudiantes. Qu'elle avait 22 ans. Et qu'elle était célibataire.

Le comptable ne fit aucun mystère de sa situation familiale, espérant et redoutant à la fois que l'affaire s'arrête là. Il n'en fut rien : Sophie continua à lui sourire chaque matin, à rechercher sa compagnie, à poser sur lui ce regard qui le déconnectait de la réalité, à lui faire deviner le désir qu'il suscitait en elle… Un premier baiser fut échangé dans l'ascenseur, un mardi entre 10 h 41 et 10 h 42. Il s'en souvient car elle était en train de lui montrer la nouvelle application qu'elle venait de télécharger sur son smartphone au moment où, le prenant par surprise, elle s'était laissée aller contre lui avant d'entrouvrir les lèvres sur une dimension qui l'avait aspiré. Le temps avait suspendu son cours, son cœur avait cessé de battre, tout s'était arrêté l'espace d'un instant chargé d'effroi total et de bonheur absolu. Lorsque leurs bouches s'étaient séparées, elle avait repris la conversation et il avait constaté avec étonnement que l'unité des minutes affichées sur le smartphone était passée à la suivante.

Après ce baiser, le piège s'était refermé sur lui. Forte de cette première victoire, Sophie avait poussé son avantage, multipliant les occasions de se trouver seule avec lui, avant d'exprimer sans aucune ambiguïté son désir de passer à l'étape suivante. Thomas n'avait pu éloigner le fantasme puissant, son corps, ses lèvres, ses yeux, sa silhouette, son parfum, sa peau, ses cheveux, son sourire, sa démarche, sa voix, ses désirs si franchement exprimés…

Dans la rue, sur les panneaux publicitaires, des jeunes femmes au physique avantageux prenaient les traits de la réceptionniste et s'animaient sous ses yeux ahuris pour lui adresser des messages sans équivoque. Le prénom de Sophie résonnait à ses oreilles à longueur de journée, quels que soient la conversation, les circonstances, le lieu, les personnes, la langue ou même les sons perçus.

Lorsqu'elle lui a proposé de passer à l'action et de louer une chambre d'hôtel le vendredi après-midi suivant, il n'a opposé aucune résistance, comme si on lui avait ôté toute faculté de discernement et rendu soudain plus vulnérable qu'un poussin à peine sorti de l'œuf.

C'est un peu la même sensation qu'il éprouve maintenant, les mains attachées derrière le dos, tel un pantin à la merci d'un marionnettiste pervers. Un sortilège qui se défait et le crache en dehors de son univers enchanté. Des créatures divines aux contours parfaits qui se métamorphosent en démons.

Un rêve qui vire au cauchemar.

Le paradis si proche de l'enfer.

Égaré dans le labyrinthe de ses regrets, Thomas déconnecte quelques instants d'une réalité qui lui ronge l'esprit. Finalement, il ne sait pas ce qu'il redoute le plus : rester à l'abri de son statut d'otage ou affronter les conséquences de ses actes en s'en libérant.

C'est alors qu'une sonnerie de téléphone portable retentit, faisant tomber le bouclier de chimères qui le protégeait de sa conscience. Là, pense-t-il, dans le sac en plastique contenant le butin du junkie, ça vibre et ça sonne, comme une alarme qui signerait le coup d'envoi des hostilités. À la deuxième sonnerie, le cœur de Thomas bondit dans sa poitrine, et la violence du choc manque de lui couper le souffle. Il n'a aucune idée de l'heure mais, il en est persuadé, c'est son chef de service qui cherche à le joindre, déjà agacé. Dans dix minutes, il fera une autre tentative, peut-être même une troisième dans un quart d'heure… Ensuite, il appellera sur le fixe.

— S'il vous plaît, intervient Guillaume Vanderkeren en s'adressant à Aline Verdoux tandis que résonne la troisième sonnerie. Je crois que c'est mon téléphone qui sonne et… j'attends un coup de fil très important… Vous pourriez…

— Tu me prends pour une idiote ?

Le caissier se renfrogne, le cœur en proie au doute. En cette seconde précise, il donnerait tout au monde pour ne pas mourir sans savoir s'il va être papa ou non.

— Ce n'est pas le téléphone de l'un d'entre nous,

remarque Sophie Cheneux en même temps que la quatrième sonnerie se fait entendre.

Aline Verdoux suit le regard de la réceptionniste qui se tourne du côté du corps du braqueur. En effet, les sonneries viennent plutôt de là. Aline pose le revolver sur la caisse, s'approche de la dépouille et, guidée par le son, fouille la poche de sa veste. Elle en retire un téléphone portable qui vibre au son d'une mélopée synthétique.

Une cinquième sonnerie déchire le silence pétrifié qui vient soudain de se faire.

Sur l'écran du cellulaire, le nom de l'appelant clignote sans merci : « Maman ».

Théo Verdoux

Fuir. De toutes les pensées qui saturent l'esprit de Théo, la fuite est celle qui s'impose avec le plus de férocité. Comme un décompte fatal, le besoin de disparaître, de bouger, impérieux, vital même. Et puis l'illusion de l'espoir, tellement précaire qu'elle ressemble à une flamme qui vacille au milieu de la tempête, mais qui ne s'éteint pas, le forçant à relever la tête, se battre contre cette envie despotique de tout laisser tomber.

Se rendre à l'évidence. Et aux forces de l'ordre.

Le coup de feu ne cesse de retentir dans son crâne, et chaque déflagration lui retourne les entrailles. Fuir aussi ce corps inerte, là, à quelques mètres, cette mare de sang qui ne cesse de grandir, ce rouge qui envahit l'espace, sa vision, ses idées.

— Faut s'en aller, m'man, parvient-il à articuler, et chaque mot lui fait l'effet d'un coup de poignard dans la gorge.

Aline l'observe, interdite, on dirait qu'elle découvre qu'il est capable de parler, émettre des sons, former une phrase. Elle tient toujours le téléphone portable du braqueur dans sa main, on dirait presque qu'elle va passer un coup de fil…

— On doit partir d'ici, répète-t-il, avec la sensation oppressante que c'est la seule pensée qu'il soit capable de formuler.

Sa mère hoche la tête. Enfin. Elle a compris. Elle est d'accord. Puis elle baisse les yeux sur l'écran du cellulaire.

« Appel en absence ». Et, juste en dessous : « Maman ».

Les mots dansent sous ses yeux, la narguent, l'accusent, avant de disparaître sans bruit, comme s'échappe d'une bouche entrouverte le dernier souffle d'un moribond. Un souffle qui injecte dans chaque cellule de son épiderme le frisson glacé de la culpabilité.

Un fils en absence. Une mère en souffrance.

Du côté des otages, ça recommence à s'agiter. Du coin de l'œil, Théo capte les mouvements, perçoit les chuchotements ; il tourne la tête, déchiffre la menace. Sophie Cheneux et Thomas Piscina échangent quelques mots à voix basse. Léa Fronsac le scrute avec crainte et méfiance. Haine, aussi. Il est devenu l'adversaire. L'ennemi à abattre. Au moment où leurs yeux se croisent, Léa se détourne, les traits hostiles. Ça le terrasse avec une brutalité sauvage, il voudrait lui dire qu'il regrette, qu'il ne voulait pas, qu'il est comme elle, qu'il n'a rien fait, pas vraiment, faire c'est quand on veut, quand les gestes sont guidés par la volonté… Il voudrait lui ouvrir son âme comme on ouvre une boîte, en extraire ses pensées, exhiber ses intentions recto et verso. L'aveu de sa sincérité. La preuve de son innocence.

— OK, soupire soudain Aline, l'arrachant à son silencieux plaidoyer.

D'un geste de la main, elle laisse tomber le téléphone portable au pied du cadavre comme on se débarrasse d'un objet encombrant et sans valeur. Puis elle s'adresse à son fils.

— Tu as raison. Il faut filer d'ici. Mais avant ça…

Elle pivote vers les otages et, d'un mouvement de tête, les désigne collectivement.

— On doit se débarrasser d'eux, chuchote-t-elle à la seule attention de son fils. Les empêcher de nous dénoncer.

Son ton est dur, intransigeant. Son expression aussi d'ailleurs, visage fermé et mâchoire contractée, un faciès que Théo ne lui a jamais vu, même dans ses colères les plus incandescentes, même dans ses rancœurs les plus tenaces… Il écarquille les yeux, se tourne à son tour vers les otages tandis que le masque de l'effroi déforme à nouveau ses traits.

— Tu… Tu veux dire que…

Surprise par le regain d'angoisse qu'elle perçoit dans la voix de Théo, Aline l'observe et suit le fil de sa pensée comme on déchiffre le texte d'un livre pour enfants.

— Non ! s'écrie-t-elle, presque offusquée que son fils ait pu envisager une telle ignominie. Je veux dire qu'il faut les neutraliser le plus longtemps possible. Jusqu'à ce qu'on soit loin d'ici.

— OK, déglutit aussitôt l'adolescent sans cacher son soulagement. On s'y prend comment ?

Cette fois, Aline ne répond pas. Elle s'avance vers les caisses qu'elle contourne rapidement pour atteindre l'issue de secours. Elle appuie de toutes ses forces sur la barre métallique qui commande l'ouverture de la porte, mais celle-ci reste close. Alors seulement, elle prend le temps de répondre à l'adolescent :

— Je n'en ai aucune idée !

La mère et le fils se dévisagent, ils se bouffent du regard, leurs yeux s'agrippent, s'accrochent à cette lueur qui brille encore, là, au fond de leurs prunelles respectives, comme l'unique repère à suivre au milieu des ténèbres qui viennent d'envahir leur destinée.

— Comment es-tu entré dans le magasin ? demande Aline en revenant sur ses pas.

— Par l'arrière. Quand j'ai vu que le rideau était baissé, j'ai pas compris. J'ai fait le tour, il y a une porte de service de l'autre côté.

— Bon. On va sortir par là. Depuis l'extérieur, on voit ce qui se passe dans le magasin avec le rideau métallique ?

— Non, rien du tout. Mais j'ai clairement entendu des cris quand je me suis approché.

Aline réprime un rictus contrarié.

— Alors on ne peut pas les laisser là. Il faut qu'on trouve un endroit où ils ne pourront pas donner l'alerte. Montre-moi par où tu es passé.

Théo file aussitôt vers l'arrière du magasin, Aline sur ses talons. Il atteint bientôt une porte qui débouche sur un étroit corridor, long d'environ cinq mètres, au fond duquel une seconde porte donne à l'évidence sur l'extérieur, comme l'atteste la clarté qui s'infiltre sous le jour du battant.

Aline s'avance de quelques pas.

Sur sa gauche, une autre porte ! Elle la pousse et découvre la salle de repos destinée aux employés. Celle-ci, petite et fonctionnelle, présente deux fenêtres qui ouvrent sur le côté du bâtiment. Pensive, Aline entre dans la pièce et avise les stores relevés. Quelques instants plus tard, ceux-ci sont baissés, occultant toute possibilité de voir, du dehors, ce qui se passe à l'intérieur de la pièce.

— OK. On va les mettre ici.

Théo est suspendu à ses lèvres. Il hoche la tête, fébrile, prêt à tout pour mettre le plus de distance possible entre lui et ce lieu maudit. Entre lui et son acte.

— Va surveiller les otages, lui ordonne-t-elle. Moi, je vais essayer de trouver du ruban adhésif ou un truc du même genre.

— Pour quoi faire ?

— Les empêcher de crier.

Le jeune homme obtempère sans protester. Il revient rapidement sur ses pas, passe la porte, suit l'allée centrale jusqu'à l'endroit où se trouvent les autres. Sitôt qu'il les aperçoit, son cœur fait un bond dans sa poitrine : il en manque un ! Il y a le couple, la vieille dame et la jeune maman, mais pas de caissier en vue.

— Où il est ? rugit-il.

Personne ne lui répond.

— Maman ! hurle-t-il encore tout en fouillant le magasin des yeux.

Il repère rapidement Guillaume Vanderkeren devant le boîtier électrique à proximité de l'entrée du magasin, qu'il tente d'ouvrir à l'aide de son menton.

L'adolescent se précipite sur lui et le bouscule. Le caissier ne peut parer le coup, ni se retenir à quoi que ce soit. Il perd l'équilibre et s'effondre de tout son long sur le sol. Le choc l'étourdit quelques secondes, mais il reprend aussitôt ses esprits et avise les jambes de Théo qui se tient debout devant lui. Profitant de sa position horizontale, il s'appuie sur ses coudes et, prenant son élan, balance de toutes ses forces ses deux pieds en avant. Théo pousse un cri de douleur, puis vacille avant de tomber à genoux. Guillaume en profite pour se redresser et, sans perdre un instant, assène au jeune homme un coup de tête d'une violence inouïe, au beau milieu du visage, juste sur l'arête du nez. Un craquement sinistre retentit en même temps que le sang gicle, jet puissant expulsé de chaque narine. La souffrance est si aiguë que Théo ne trouve même pas la force de gémir. Il s'écroule à terre, recroquevillé sur lui-même, le visage dans les mains. Sans lui laisser le temps de revenir à lui, le caissier se relève pour de bon cette fois et, visant le ventre, s'apprête à le rouer de coups. Les cris de mise en garde des autres otages le distraient une demi-seconde de son objectif. Juste assez pour prendre conscience de la menace qui vient de se matérialiser à ses côtés.

— Stop ! crie Aline en pointant sur lui le canon du revolver. Tu touches encore à un seul de ses cheveux et tu es un homme mort !

Guillaume hésite. Il sait qu'elle ne fera rien qui aggraverait encore son cas et celui de son fils, du moins pas de sang-froid. Il sait qu'elle est encore plus terrorisée que lui. Il sait qu'elle n'est pas une menace et que l'arme qu'elle tient entre les mains n'est que dissuasive. Il sait que…

La déflagration qui éclate à quelques centimètres de son oreille le tétanise de surprise. Juste avant que la douleur n'explose, aussi fulgurante qu'intolérable. Sophie Cheneux pousse un cri épouvanté qui fait écho à la détonation et achève de saisir l'assemblée. Éberlué, le caissier contemple la bouche fumante du canon et, juste derrière, l'œil féroce d'Aline. Puis, baissant les yeux, il regarde le sang s'écouler de son genou.

— Ça te fera peut-être passer l'envie de t'enfuir, déclare Aline froidement en se décidant enfin à baisser son arme.

Guillaume Vanderkeren

Plus que la douleur, c'est la stupéfaction qui marque les traits du caissier. L'hébétude aussi. Elle a tiré. Sans avertissement. Alors même qu'il n'a pas enfreint son ordre. La consternation est si grande qu'elle anesthésie presque sa souffrance.

— Je… Je ne l'ai plus touché ! bégaie-t-il entre panique et désarroi.

— Tu n'es pas mort, répond-elle sur le ton de l'évidence.

Guillaume ne parvient pas à réaliser la gravité du moment. Pas complètement. Sa conscience se refuse à admettre l'inadmissible. Il pressent l'étendue des conséquences, leur irréversibilité, les séquelles pour le restant de sa vie… Mais une part de sa raison rejette désespérément la réalité du drame. De son genou s'écoulent des flots de sang. Il voudrait endiguer l'hémorragie, comprimer la plaie pour faire cesser l'épanchement… Ses mains liées derrière le dos ne lui sont d'aucune utilité.

Aline, elle, s'est précipitée sur Théo pour évaluer les dégâts. L'adolescent est toujours au sol, plié en deux, la tête dans les bras. Il a si mal qu'il peut à peine bouger. Elle tente de parer au plus pressé, mais Théo refuse obstinément de lui présenter son visage. Elle sait qu'elle doit se montrer patiente, même si elle a juste envie de hurler et de tout casser, patiente et ferme pour convaincre Théo de se laisser faire. Quand elle découvre l'ampleur des dommages, Aline étouffe une bouffée de haine pure qui lui monte dans la gorge.

— Ton nez est cassé, Théo. Je dois le remettre en place. Ça va faire un peu mal.

Elle attend une réaction quelconque, un signe qu'il a compris ce qu'elle vient de lui dire. Théo hoche imperceptiblement la tête. Ses yeux gonflés sont baignés de larmes qui coulent malgré lui sur ses joues.

Aussitôt, elle dispose ses mains de part et d'autre du visage de son fils et positionne ses pouces sur chacune de ses narines.

— OK. Je compte jusqu'à trois. Tu es prêt ?

Théo cligne des yeux en signe d'accord. Aline ne lui laisse pas le temps de prendre son souffle : au moment où elle entame le décompte, et avant même d'atteindre le chiffre deux, elle exerce sur l'arête nasale une pression aussi précise que puissante qui la replace dans son axe naturel.

L'adolescent pousse un hurlement de douleur.

Aline attend quelques secondes, le temps qu'il reprenne ses esprits.

— Va te rincer le visage à l'eau froide, lui murmure-t-elle avec douceur, ça te fera du bien… Il faut aussi que tu nettoies tout le sang qui a coulé dans ton cou et sur tes vêtements. Il y a un évier dans la salle de repos. Je trouve de quoi te faire un pansement et je te rejoins.

Théo peine à ouvrir les yeux. Il souffle entre ses

dents, mais parvient peu à peu à reprendre possession de ses moyens. Aline, après s'être assurée qu'il est capable de surmonter l'épreuve, le regarde s'éloigner en direction de la porte de service. Quand l'adolescent a disparu de son champ de vision, elle se tourne vers le caissier toujours immobilisé à terre. S'agenouille à sa hauteur et jette un œil professionnel sur sa blessure. Ne cache pas son scepticisme quant à un éventuel rétablissement.

— Ça ne va pas être coton pour remarcher dans l'immédiat, diagnostique-t-elle d'un air qui se veut à la fois soucieux et compatissant, forçant le trait jusqu'à la caricature. Le genou est une articulation complexe, c'est pas le meilleur endroit pour recevoir une balle…

Puis elle ajoute :

— C'est vraiment pas de chance !

Guillaume la considère d'un œil horrifié, dans lequel la méfiance et la panique se lisent à livre ouvert. Aline approche sa main de la plaie, comme pour l'examiner… Et soudain elle enfonce violemment son index dans le trou creusé par la balle, qu'elle triture, totalement indifférente aux hurlements du caissier.

Thomas Piscina et Sophie Cheneux implorent un peu de pitié ; Léa Fronsac pleure sans bruit ; Germaine Dethy, cette fois, ne dit rien.

Après quelques secondes interminables, Aline retire enfin son doigt. Puis elle se redresse et jette au caissier un regard plein de mépris.

— Fallait pas toucher à mon fils, lui assène-t-elle froidement.

Ensuite, se tournant vers les autres otages, elle met les choses au point :

— J'espère que vous aurez compris qu'il est dans

votre intérêt de ne pas me mettre des bâtons dans les roues. Si vous pensez encore que j'aurai la moindre hésitation à vous faire souffrir, ceci est la preuve du contraire. Vous sortirez tous vivants de ce magasin, je vous en fais la promesse. La seule question que vous devez vous poser à présent, c'est de savoir dans quel état.

Elle s'interrompt le temps de s'assurer que son message est bien passé puis, satisfaite, Aline se tourne une nouvelle fois vers le caissier.

— J'ai besoin d'un linge pour te faire un garrot et d'un pansement pour le nez de mon fils. Ensuite, tu me diras où se trouvent les enregistrements des caméras de surveillance.

— Il y a des linges propres dans la salle de repos, l'armoire sur la droite, à côté de la fenêtre, s'empresse de répondre Guillaume dans un douloureux murmure. Les pansements sont là aussi, dans une boîte en ferblanc, sur la dernière étagère.

— OK. J'en ai pour une minute, maximum. Si vous pensez que ça vous laisse le temps de tenter quoi que ce soit, libre à vous de prendre le risque. Il me reste…

Aline cherche à faire glisser le chargeur de l'automatique dans sa paume, s'y prend à plusieurs fois avant de comprendre le mécanisme. Puis elle en inspecte le contenu.

— … quatre balles. Puisque vous êtes cinq, ça en fait un qui peut peut-être s'en sortir sans trop de dégâts. Reste à savoir lequel.

Après avoir remis le chargeur en place, Aline file vers l'arrière du magasin. Dans la salle de repos, elle retrouve Théo qui achève une toilette aussi sommaire que peu efficace : les traces de sang ont disparu de son visage, mais celles qui maculent ses vêtements se voient comme… le nez au milieu de la figure. Sa mère lui en fait aussitôt la remarque.

— J'arrive pas à les faire partir, se plaint l'adolescent.

Aline se dirige vers l'armoire décrite par le caissier et l'ouvre toute grande. Sur l'étagère du milieu, elle trouve les linges dont elle a besoin pour le garrot et la boîte en fer-blanc. Dans la penderie à côté, elle fait une autre découverte utile.

— Tiens, change-toi, ordonne-t-elle à son fils en lui balançant un pull et une veste appartenant de toute évidence à Guillaume.

Théo s'exécute sans discuter.

Puis, avec précaution, elle entreprend d'appliquer un pansement sur la moitié supérieure de son nez ainsi qu'une partie de ses pommettes. Le voilà bien arrangé… Aline pressent qu'il en gardera des traces toute sa vie.

— Je retourne là-bas, déclare-t-elle. Dès que tu es prêt, tu viens me rejoindre. Il faut qu'on soit partis dans…

Elle consulte sa montre :

— … dix minutes.

— OK.

Au moment où elle s'apprête à sortir de la pièce, Théo la rappelle.

— Maman…

— Oui ?

— Je voulais te dire…

L'adolescent la considère quelques instants, songeur, confus, reconnaissant, honteux, admiratif, penaud, mortifié, aimant, désespéré…

— Pas maintenant, Théo, l'interrompt Aline d'un ton ferme. L'urgence, en ce moment, c'est de partir d'ici au plus vite. Et d'assurer nos arrières.

Puis elle se hâte afin de dissimuler son émotion à son fils.

Dans le couloir qui mène au magasin, se laissant aller contre le mur, elle s'accorde quelques instants de répit. Bouleversée, elle pense au regard que vient de lui jeter son garçon, ce cri d'amour muet qu'elle pensait ne plus jamais recevoir.

Cette déclaration qui, sans mot ni geste, redonne enfin sens à sa vie.

Sophie Cheneux

La réceptionniste approche doucement de ses limites. Depuis l'irruption du braqueur dans la supérette, la tension met ses nerfs à rude épreuve. Elle tente de dominer ses émotions mais les larmes et l'hystérie sont sur le pied de guerre, prêtes à prendre le contrôle. Finalement, en y repensant, les quelques minutes durant lesquelles elle a cru que tout était fini, juste avant que la mère de l'adolescent pète un câble, ont eu un effet dévastateur : malgré le choc causé par l'acte irréversible du gamin, Sophie Cheneux s'est détendue, faisant croire à son corps et sa raison que le tourment allait prendre fin, juste avant que le cauchemar reprenne de plus belle, lui infligeant une pression plus pénible encore.

Elle est à deux doigts de craquer.

Car enfin, tout cela est complètement absurde ! Ça n'arrive pas, ce genre de choses, dans la vraie vie. Ou alors, ça n'arrive qu'aux autres ! C'est le genre d'histoire qu'on lit dans les journaux, des faits divers qu'on parcourt en diagonale, d'un œil distrait, et qu'on n'associe pas un instant à une quelconque réalité.

La jeune femme retient un sanglot épuisé. Tout ce

qu'elle veut, c'est rentrer à l'agence et reprendre le cours de son existence là où elle l'a laissée il y a trois heures. Se réfugier derrière le comptoir de sa vie ordinaire, tirer un trait sur toute cette histoire, et surtout, surtout, effacer le souvenir de cette erreur ridicule, ce faux pas insensé.

Une erreur du destin.

Un pari stupide.

Et qu'on ne vienne pas lui dire qu'elle l'a bien cherché, ces phrases à la con qui ne veulent rien dire, du genre « à trop jouer avec le feu, on finit par se brûler » et autres inepties. Des regrets ? Oui, elle en a, mais pas ceux que l'on croit. Séduire le comptable était puéril, elle veut bien l'admettre. Payer ce prix-là, ça, non. Pas question !

Le défi lancé par Myriam, sa collègue à l'agence, a piqué son orgueil, le désir d'affirmer son pouvoir de séduction. Et peut-être plus encore celui de se prouver des choses à elle-même. Quoi exactement ? Allongée sur le sol en béton d'une supérette de banlieue, les mains attachées dans le dos, soumise au délire d'une mère hystérique qui perd complètement les pédales, elle n'en a plus la moindre idée. Ce qu'elle sait, c'est que le jeu n'en vaut plus la chandelle.

Amère, Sophie Cheneux repense à la façon dont tout a commencé. Un matin comme un autre, il y a trois semaines, un moment banal où les choses, les gens et les événements sont à leur place, bien rangés dans l'écrin de l'habitude, la routine en bandoulière et l'ennui du quotidien. Quand Thomas Piscina est arrivé à l'agence, elle a tout de suite remarqué sa cravate nouée de travers. Étonnant pour un garçon si soigné. Elle lui en a fait la remarque, gentiment, sans penser à mal, sans même se moquer. L'émoi provoqué par cette simple réflexion l'a fait rire sous cape, le trouble du comptable était palpable, ses gestes confus, maladroits, c'était touchant, un peu ridicule aussi... Alors elle s'est penchée au-dessus du comptoir d'accueil et, tout naturellement, a renoué la cravate.

— Je rêve ou je lui ai fait de l'effet ? a-t-elle murmuré à l'attention de sa collègue tandis que Thomas Piscina disparaissait déjà dans l'ascenseur, le rouge au front et le pas incertain.

— Sans vouloir minimiser tes charmes, a répliqué Myriam d'un ton distrait, il perd ses moyens devant tout ce qui porte une jupe.

L'objection anodine émise a piqué l'amour-propre de la jolie Sophie. D'autant que Myriam n'a pas les armes pour rivaliser, avec sa physionomie quelconque, fade, sans la moindre fantaisie. Sans compter qu'elle affiche 32 ans au compteur, déjà sur la pente du déclin, autant dire bientôt hors service.

— Moi, je te dis qu'il a eu une érection, a poursuivi Sophie, mutine.

— Si ça te fait plaisir, a rétorqué Myriam, indifférente.

Dépitée par ce peu d'intérêt, la réceptionniste s'est renfrognée.

— Tu sais, c'est le genre de gars à la libido verrouillée par les convenances, a repris Myriam en remarquant la déception de Sophie.

— C'est-à-dire ?

— Ceux qui ont le désir honteux et le fantasme terne. Leurs exigences en matière de cul s'arrêtent au bon vieux missionnaire, et encore, dans le noir et seulement pendant la période d'ovulation de leur femme.

— Il est marié ?

— Je ne pense pas qu'il porte une bague à l'annulaire par coquetterie.

— Ce genre de gars, comme tu dis, se révèle parfois très surprenant au lit.

— Et le père Noël existe, si ça te chante. De toute façon, on ne pourra jamais le vérifier.

— Tu paries ?

C'était sorti tout seul, comme ça, sans réfléchir.

Myriam a relevé la tête et posé sur sa collègue un œil narquois.

— Tu comptes demander à sa femme ?

Sophie ne s'est pas donné la peine de répondre. Son regard en disait assez long.

— Tu n'y arriveras pas, a tranché sa collègue avec assurance. Ce genre de gars ne fait JAMAIS un pas de travers.

— Ce genre de gars a une queue entre les jambes, comme TOUS les gars.

Myriam s'est tue pendant un court instant. Puis, le sourire malicieux, elle a hoché la tête.

— Je te donne deux semaines.

— Un mois.

— S'il te faut un mois pour harponner ce genre de gars, c'est que tu n'as rien dans le soutif.

— OK. Trois semaines.

— Va pour trois semaines. Pas un jour de plus.

— Tope là !

Germaine Dethy

Depuis le début du drame, Germaine Dethy ne parvient pas à prendre les événements tout à fait au tragique. Du moins jusqu'au décès du braqueur. Et encore ! À aucun moment, elle le pressent, personne n'a réellement voulu la mort de personne.

Son aide familiale est morte à cause d'une défaillance : son cœur trop faible l'a emportée.

Le braqueur, lui, c'est l'autre petit con qui l'a tué. Mais en avait-il vraiment l'intention ? Germaine Dethy en doute. Une arme chargée de balles réelles dans les mains d'un gamin qui passe ses journées à tirer virtuellement, ça ne pouvait que mal finir. Du moins, c'est ce qu'elle déduit de la remarque qu'a faite la mère.

« On n'est pas dans un de tes jeux vidéo, Théo ! »

Ce gosse-là est de la même espèce que le voisin d'en face qu'elle observe régulièrement. Le cerveau dans la manette. L'aventure dans le divan. La vie sur écran.

Mais il faut bien avouer que depuis que la mère joue les terreurs avec son flingue et qu'elle a tiré dans le genou du caissier, les choses sont devenues sérieuses. Et ça l'ennuie, Germaine, quand ça devient grave. Ça l'agace. Elle est trop vieille pour ce genre de conneries. Elle n'a plus la patience. Elle a mieux à faire que de s'emmerder avec les problèmes relationnels de la famille Jeanratepazune, comme elle les a rebaptisés, un jeune crétin qui se prend pour le roi du monde et une mère complètement investie dans un rôle qui la dépasse. L'éducation, c'est comme les étiquettes sur les produits alimentaires : il y a une date de péremption. Passé cette date, ça ne sent pas bon. Ça pue, comme on dit aujourd'hui. Au-delà de cette limite, votre ticket n'est plus valable.

Voilà pourquoi, depuis quelques minutes, et même si elle n'en pense pas moins, Germaine se fait discrète. Aucune envie d'être la prochaine victime d'un coup du sort, un hasard malheureux, un funeste aléa. Et si elle pouvait réintégrer ses pénates en un seul morceau, ça l'arrangerait bien.

Quand Aline Verdoux réapparaît dans le magasin, Germaine Dethy voit à son regard qu'elle sait exactement ce qu'elle fait. La jeune femme bouge avec énergie, sans hésitation. Ses gestes sont précis, ses intentions semblent claires. Elle se dirige d'abord vers le caissier et entreprend de soigner – sommairement – sa blessure. Elle endigue l'écoulement du sang, désinfecte la plaie sur laquelle elle applique une compresse, avant d'emmailloter le genou avec le bandage trouvé dans la pharmacie de la salle de repos. Guillaume grogne, se tord de douleur, exprime bruyamment sa souffrance, ce qui ne semble pas émouvoir Aline.

— Vous pouvez vous lever ? lui demande-t-elle quand elle a fini.

Guillaume secoue négativement la tête. Il est pâle comme un linge, au bord de l'évanouissement. Aline va chercher la chaise roulante de Germaine et la pousse près de lui. Puis, avec autorité, elle lui ordonne de l'aider à se hisser sur le fauteuil : se plaçant derrière lui, elle l'attrape sous les aisselles, prend une bonne inspiration et le soulève en même temps qu'il s'appuie sur les accoudoirs.

Elle l'emmène ensuite vers le fond du magasin. Quelques secondes plus tard, Germaine Dethy entend Aline qui s'impatiente, lance un juron et appelle son fils en renfort. Au son de leurs voix, et sans tout à fait saisir ce qu'ils se disent, la vieille dame comprend qu'il y a un problème avec le fauteuil roulant. Guillaume gémit, supplie qu'on ne lui fasse pas de mal.

Puis c'est le silence, peut-être plus oppressant que les plaintes et les lamentations du caissier. Thomas Piscina, Sophie Cheneux et Léa Fronsac s'interrogent du regard, se chuchotent des questions auxquelles personne ne peut répondre, ils forment des hypothèses qui flottent dans l'incertitude du sort qu'on leur réserve, pas très optimistes.

Au bout de deux ou trois minutes, la mère et le fils sont de retour. L'adolescent pousse devant lui le fauteuil vide de Germaine, qu'il abandonne à proximité des otages. Salement amoché, le gamin ! Le pansement grossier qui couvre son nez le rend méconnaissable. Germaine Dethy devine que, outre le traumatisme psychologique, son visage portera à tout jamais le souvenir de cette abominable journée.

Aline a repris possession du revolver, qu'elle tient fermement dans sa main.

— Vous trois ! annonce-t-elle en désignant le comptable, la réceptionniste et la jeune maman. Vous vous levez et vous nous suivez.

— Qu'est-ce que vous avez fait du caissier ? questionne Thomas Piscina, entre affolement et suspicion.

— Vous allez bientôt le savoir, répond froidement Aline.

Léa Fronsac se remet à sangloter de plus belle.

— Laissez-moi rentrer chez moi, je vous en conjure, gémit-elle en enveloppant Aline d'un regard implorant. Vous êtes mère, vous aussi, vous pouvez comprendre. Mon fils n'a que 3 ans, il est tout seul à la maison, il doit être complètement paniqué… S'il vous plaît ! Je ne dirai rien, je vous le jure. Je rentre chez moi et j'oublie tout ! Vous devez me croire !

Ces supplications ébranlent Aline, qui n'imagine que trop bien dans quelles affres Léa est en train de se débattre. Angoisse, culpabilité, ignorance du sort qui attend son fils… Et puis l'impuissance, accablante. C'est peut-être la seule chose qui les différencie l'une de l'autre : Aline éprouve la même angoisse, la même culpabilité et la même ignorance sur l'avenir de Théo. Mais du moins, elle peut encore agir pour l'aider. Et pour le protéger, elle ne doit prendre aucun risque. Pas même celui de libérer Léa.

— Je suis mère, en effet, rétorque-t-elle, cinglante. Et en tant que mère, jamais je n'aurais laissé mon enfant de 3 ans seul chez moi. Même pour cinq minutes.

La violence du reproche s'abat sur Léa avec toute la cruauté que la vérité seule renferme. Dévastée, la jeune maman s'abîme dans une longue plainte de désespoir autant que de détresse.

— Debout ! ordonne Aline en haussant le ton, autant pour résister à la pression que Léa fait peser sur son cœur de mère que pour couvrir ses lamentations. Théo, aide-les !

Avec une efficacité qu'on ne lui aurait pas concédée quelques instants plus tôt, Théo aide les trois otages à se redresser. Puis, sous la menace de son arme, Aline les fait avancer à leur tour vers le fond du magasin tandis que l'adolescent, lui, reste auprès de Germaine.

Le bruit d'une porte qui s'ouvre… puis qui se ferme.

Le silence, à nouveau. Inquiétant. Mystérieux. Interminable.

Germaine Dethy observe le jeune homme qui, de son côté, la considère sans ciller.

— Il ne t'a pas raté, tente-t-elle en mettant dans sa voix toute la compassion dont elle est capable.

Ce n'est pas, il faut bien le dire, un franc succès.

Théo ne réagit pas. Il continue de la fixer sans exprimer la moindre émotion. À l'évidence, il a bien écouté les recommandations de sa mère, songe la vieille dame en regrettant qu'il ne l'ait pas fait quand elle lui réclamait le revolver…

— Tu as mal ? essaye-t-elle encore sans se démonter.

Pas de réponse.

— Comme tu veux…, soupire Germaine Dethy.

Les secondes passent dans un silence tendu et, pour la première fois depuis l'irruption du braqueur dans la supérette, Germaine éprouve un mauvais pressentiment, cette sensation indéfinissable qui résonne comme une alarme intérieure, dérangeante et persistante, impossible à faire taire. Pourquoi ont-ils emmené les autres et pas elle ? Où sont-ils à présent, et dans quel état ? Quel était le problème avec son fauteuil roulant ? Quel sort lui réserve-t-on ? Autant de questions qui tournent en boucle dans son esprit, sans qu'elle puisse y apporter le plus petit élément de réponse.

Au bout d'un moment qui lui semble démesurément long, elle perçoit enfin un mouvement à l'arrière du magasin. Aline réapparaît, les traits soucieux.

— OK, déclare-t-elle, visiblement à cran. C'est fait. Maintenant, on s'en va !

— On sort par où, vu qu'on ne peut pas passer par derrière ? demande Théo, tout aussi tendu.

— On n'a pas le choix : il faut relever le rideau et passer par la porte d'entrée.

— C'est risqué…

Aline balaie les réflexions qui lui viennent. Inutiles.

— Je ne vois pas d'autre solution. Aide-moi à l'installer dans sa chaise roulante, ajoute-t-elle en désignant Germaine Dethy qui a suivi leur échange avec la plus grande attention.

— Oh ! proteste la vieille dame. Vous comptez faire quoi, là ? Où sont les autres ?

Parfaitement synchronisés, Aline et Théo la saisissent ensemble par les bras puis, d'un même mouvement, la déplacent jusqu'au fauteuil.

— Je peux savoir ce qui se passe ou c'est trop vous demander ? répète-t-elle, perdant son flegme narquois.

— Ça fait plaisir de constater que certaines choses vous inquiètent, ironise Aline sans pour autant répondre à la question.

— Ça fait plaisir de constater que vous n'êtes pas devenue complètement sourde ! éructe Germaine Dethy qui, cette fois, se laisse aller à la colère.

La voilà installée dans sa chaise roulante, mais ses

mains attachées dans le dos rendent la position très inconfortable, ce dont elle se plaint avec humeur.

— Si vous comptez mettre les voiles, ce serait gentil de me détacher avant. De toute façon, que voulez-vous que je fasse, dans mon état ?

— C'est justement pour cette raison que vous venez avec nous, lui annonce Aline.

Aline Verdoux

À l'annonce de son départ imminent avec la mère et le fils, Germaine Dethy libère un torrent de protestations. Sans se préoccuper des remarques acerbes de la vieille dame, Aline fait signe à Théo qu'elle a besoin de lui pour dégager les deux corps qui gisent encore sur le sol et les dissimuler derrière une allée.

Ils commencent par Michèle Bourdieu, qu'ils traînent péniblement vers l'arrière du magasin chacun par un bras. La rigidité cadavérique n'a pas encore eu le temps de s'installer et la grosse femme ressemble à un amas de chair molle et blafarde. Ses yeux grands ouverts semblent les fixer, prunelles vides dans lesquelles l'imagination trouve autant de reproches que d'accusations ; sa tête ballottée au rythme du déplacement achève de les accuser.

— Ne la regarde pas, conseille Aline à Théo qui, elle le voit bien, ne peut détourner les yeux du sinistre spectacle.

Théo hoche la tête et obtempère. Quelques instants plus tard, soulagés, ils l'abandonnent à proximité de la porte qui mène à la salle de repos.

Au retour, Aline passe par le rayon hygiène et se sert

en serpillières et autres linges absorbants. Elle prend aussi des gants de vaisselle et les enfile dans la foulée.

— Trouve-moi des sacs poubelles, lance-t-elle à Théo.

Fébrile, l'adolescent bifurque vers la droite et disparaît dans l'allée voisine. Aline frissonne : elle aimerait tant reconnaître la sensation de maîtrise qu'elle éprouve lorsqu'elle est au pied du mur ; sa faculté à distinguer progressivement l'ensemble des problèmes et, par conséquent, la capacité de les résoudre. La vie l'a habituée aux conditions de stress : passé le premier instant de stupeur, elle parvient d'ordinaire à se sortir sans trop de mal des situations critiques. Pas aujourd'hui. L'accumulation de disputes et des soucis qui bouleversent son existence a eu raison de son sang-froid. Pour la première fois, elle perd les pédales et n'arrive pas à se reprendre.

Comme avec Théo.

Jusqu'à présent, il a été le seul capable de la pousser dans des accès de rage d'une intensité maximale. Il arrive à provoquer en elle des sentiments aussi diamétralement opposés que la tendresse la plus pure et l'animosité la plus violente, dans un laps de temps infinitésimal. Il peut déclencher en elle des humeurs excessives en une fraction de seconde, aussi bien des colères démesurées, des angoisses extrêmes, que des bonheurs suprêmes.

Inspirée par l'activité principale de son fils, Aline a souvent comparé sa relation avec lui à un jeu vidéo. Au début, c'est facile. Les épreuves sont relativement simples et se franchissent en deux coups de cuillères à pot. Au fur et à mesure qu'on avance dans le jeu, ça devient de plus en plus ardu. Les problèmes à résoudre sont plus complexes, les ennemis à abattre plus puissants, et les batailles à livrer plus destructrices. Passer au niveau supérieur devient alors un véritable défi. Parfois, elle a l'impression d'être coincée dans un niveau, sans en trouver l'issue : ces périodes durant lesquelles la tension est permanente et tout contact serein, exclu. La moindre remarque est prétexte à des discussions sans fin, la moindre directive déclenche des confrontations épuisantes, et obtenir de lui ne fût-ce qu'un bonjour quand il rentre de l'école relève du miracle. Dans ces moments-là, Aline a la sensation de tourner en rond, prisonnière d'un niveau qu'elle connaît par cœur mais dont elle ne trouve pas la sortie : quand elle doit répéter constamment les mêmes choses, c'est un peu comme si elle passait et repassait sans cesse aux mêmes endroits. Et puis, soudain, sans qu'elle comprenne réellement quel mécanisme a dévoilé une issue, les tensions s'apaisent et, pour quelques jours au moins, Théo devient le plus charmant des adolescents.

Elle est passée au niveau suivant.

Qui, très vite, se révèle plus difficile encore que le précédent.

Alors, quand l'accablement la menace, quand le désespoir la talonne, elle s'accroche à l'idée que l'adolescence n'est qu'une épreuve à surmonter, un niveau à dépasser, et qu'un jour, ils triompheront ensemble du dernier niveau.

C'est son fils. Son garçon. Elle l'aime, c'est aussi flagrant qu'inéluctable. Il est ce qu'elle a de plus cher. Et le souci qu'il lui donne est en proportion.

Accroupie à côté du cadavre du braqueur, elle se met à éponger grossièrement le sang sans prendre la peine d'essorer chaque torchon. Théo lui tend un rouleau de sacs poubelles, elle en arrache un, l'ouvre et y enfouit les linges imbibés. Un second sac lui sert de tapis de protection : elle l'étale par terre et fait rouler la dépouille dessus, puis ils tirent ensemble le corps jusqu'à l'arrière du magasin, évitant ainsi de laisser sur le sol une traînée de sang suspecte.

L'opération est douloureuse. Le contact physique avec le junkie est une réelle épreuve. Il suscite, chez l'adolescent comme chez sa mère, un malaise pesant, un vertige nauséeux, un trouble particulièrement pénible. Ils tentent, l'un comme l'autre, de faire abstraction de l'horreur de ce qu'ils sont en train de faire. Ils parent au plus pressé.

— Trouve un moyen de cacher le sang qui reste par terre, dit-elle à son fils tandis qu'ils reviennent vers l'avant de la supérette.

— Comment ? s'exclame-t-il.

Théo a atteint sa limite. Chaque pore de sa peau se glace à la seule idée d'être encore en contact avec du sang. Aline hausse un sourcil irrité.

— Démerde-toi !

Le ton est mordant, sans réplique. Les tripes de Théo se nouent, sa gorge gonfle. Il n'est pas remis des événements de cette dernière heure, la dispute avec sa mère, sa colère abusive, la haine féroce qu'il a éprouvée pour elle. Puis le braquage, la tension insoutenable, la situation qui lui échappe, le coup de feu… Son geste irréparable… Et la seule main tendue à laquelle il a réussi à se raccrocher alors qu'il sombrait dans les flammes de l'enfer.

À contrecœur, mais sans un mot, il passe dans les rayons et attrape une série de paquets, sucre, céréales, farine, dont il déverse le contenu sur la flaque de sang au sol. Amère, Aline regrette qu'il ait fallu deux cadavres pour que l'adolescent, enfin, l'écoute et lui fasse confiance ; qu'il comprenne qu'elle est une alliée, qu'ils retrouvent une complicité évanouie depuis trop longtemps.

Chassant la rancœur de ces pensées, elle se dirige vers la porte d'entrée. À travers les interstices entre chaque lame de fer du rideau, elle scrute l'extérieur. Le parking est vide, à l'exception de deux voitures, la sienne et une autre. Quelques mètres plus loin, sur le trottoir qui longe les places de stationnement, de rares passants traversent son champ de vision. Aline tente d'évaluer une moyenne de temps entre les différents passages qui s'opèrent dans un sens comme dans l'autre… C'est absurde, elle en convient. L'intervalle entre l'apparition de chaque piéton ne peut obéir à aucune logique.

Elle doit se rendre à l'évidence : il n'y a plus qu'à compter sur la chance. Ou reconsidérer son plan, ce qui ne l'enchante pas plus. Emmener un otage lui paraît inévitable, une garantie nécessaire si les choses devaient mal tourner. Sa préférence s'est tout naturellement portée sur la vieille harpie. Dans son état, le risque qu'elle tente une évasion est minime. Malheureusement, cet avantage comporte aussi des inconvénients : le fauteuil roulant de la vieille ne passe pas dans le couloir qui mène à la porte arrière. Soit ils la laissent en compagnie des autres otages, ligotés et bâillonnés dans la salle de repos, soit ils sortent avec elle par devant. Avec tous les risques que cela présente.

La chirurgienne se mordille frénétiquement la lèvre inférieure, les yeux perdus dans un ailleurs, quelque part, loin. Une grêle de questions, de doutes, d'hésitations et de scrupules lui martèle l'esprit, grignote ses facultés de raisonnement, comme un rat le ferait d'un quignon de pain rassis, un nuisible parmi les déchets de ses pensées. À force d'agir à l'instinct, Aline trébuche sur les écueils de son jugement, oscille entre une audace qui frise la démence et une angoisse qui frôle la léthargie. En vérité, elle est foutrement incapable de savoir ce qu'elle doit faire pour sauver l'avenir de Théo, et son désarroi lui fait perdre de précieuses secondes. Dans les films, dans les livres, ça paraît tellement simple, un héros pris dans un enchevêtrement poisseux de circonstances, seul contre le monde entier, perdu à l'évidence et, pourtant, au milieu des kilos de merde qui lui tombent sur le coin de la tronche, il parvient à prendre la bonne décision et à prouver son innocence à ceux qui ne juraient que par sa culpabilité.

Naviguant à vue dans une mer d'atermoiements, Aline distingue soudain une silhouette qui s'avance sur le parking, en direction de la porte du magasin. L'espace d'un instant, elle retient son souffle, épie les mouvements de la personne qui s'approche… C'est une jeune fille d'environ 18 ans, qui pianote assidûment sur son smartphone, concentrée sur un échange de textos. Ses pouces se promènent à toute vitesse sur le clavier tactile, elle avance au radar, sans regarder où elle va, traverse le parking d'un pas régulier…

Instinctivement, Aline se recule légèrement pour ne pas trahir sa présence.

Enfin, à quelques mètres de la porte d'entrée, la jeune fille relève la tête et, s'arrêtant tout net de pianoter, elle considère, étonnée, le rideau métallique baissé. Aline la voit froncer les sourcils, consulter son téléphone, sans doute pour vérifier l'heure et trouver une explication logique au fait que le magasin soit fermé… Puis, visiblement résignée, elle hausse les épaules et fait demi-tour, reprenant l'écriture de son texto.

Aline pousse un soupir de soulagement. À l'évidence, le volet métallique dissuade les gens de s'approcher de la supérette sans susciter de demande d'explication pour cette fermeture intempestive. C'est sans doute la raison pour laquelle personne ne s'est présenté au magasin depuis le début du drame.

La tension se relâche imperceptiblement. Tant que le rideau restera baissé, les otages ne seront pas découverts. Ça lui laisse un peu de temps. Temps qu'elle doit mettre à profit pour s'éloigner le plus possible. Et trouver un moyen de disparaître sans laisser de traces.

Félix Marbeau

— Tu veux encore une crêpe ?

La bouche pleine de celle qu'il vient de terminer, Félix hoche vigoureusement la tête, les yeux brillants et le cœur en fête. Chaque fois qu'il va chez elle, la voisine le comble de douceurs, en des quantités qui feraient dresser les cheveux sur la tête de sa mère.

— Ensuite, il faudra que tu rentres chez toi, mon bonhomme, l'informe Mme Bertille en consultant sa montre.

Elle dispose une quatrième crêpe sur son assiette, puis étale une généreuse couche de confiture, la roule et la présente à l'enfant qui se rue dessus comme s'il n'avait pas mangé depuis une semaine.

— Prends ton temps, personne ne va te la voler…

Une boule de poils grise passe nonchalamment entre les jambes de la vieille dame. Celle-ci se penche vers l'avant, s'empare du chat qu'elle cajole en le couvrant de surnoms saugrenus d'une voix suraiguë. Félix observe la scène en plaignant secrètement le félin ainsi couvert de ridicule et se fait la promesse que, si un jour il possède un chat comme il l'espère depuis longtemps, il veillera toujours à respecter sa dignité et son intégrité.

— Toi aussi, tu es content que notre petit voisin soit venu nous rendre visite, n'est-ce pas mon Grizouzou d'amour ? minaude Mme Bertille.

Le chat ronronne, indifférent à la question de sa maîtresse. Sans lâcher l'animal, la vieille dame prend place sur la chaise qui fait face à celle de Félix et reporte son attention sur le petit garçon.

— Et toi, mon grand ? Comment ça se passe, à l'école ?

— Bien.

— Tu travailles toujours aussi bien ?

— Oui.

— Et avec tes petits copains, tout va bien ?

— Oui.

Mme Bertille esquisse un sourire indulgent. Peu bavard de nature, Félix n'a jamais été très enclin à lui faire la conversation, mais qu'importe : sa présence, même silencieuse, égaye une solitude parfois pesante.

L'enfant a maintenant terminé sa dernière crêpe. Mme Bertille lui tend une serviette pour essuyer les traces de confiture aux coins de sa bouche. Puis elle repose son chat par terre et invite Félix à rentrer chez lui.

— Ta maman t'attend, mon petit cœur. Rentre chez toi, mais reviens me voir bientôt, d'accord ?

Docile, Félix se laisse raccompagner jusqu'à la porte d'entrée.

— Merci pour les crêpes, madame Bertille.

— Il n'y a pas de quoi, mon grand, répond la vieille dame en tapotant avec tendresse la tête de l'enfant.

Elle ouvre la porte de son appartement et regarde

le petit garçon disparaître dans la cage d'escalier. Puis elle guette la voix de sa voisine du dessous et s'assure que celle-ci est bien présente pour accueillir son fils avant de réintégrer son domicile.

Un étage plus bas, Géraldine est loin d'avoir terminé son tiramisu. Le téléphone a sonné à deux reprises, d'abord sa mère dont elle a eu un mal de chien à se débarrasser, ensuite son amie Gwen qui vient ce soir avec son mari et avec laquelle elle a fait le point des préparatifs de la soirée. Le retour de Félix la contrarie un peu, d'autant que bientôt elle doit sortir chercher sa cadette à l'école maternelle.

— Tu veux bien aller me chercher le paquet de café à la supérette ? demande-t-elle en espérant gagner quelques précieuses minutes.

— Et je peux m'acheter une sucrerie ?

— Oui, je te l'ai promis. Tu as encore les cinq euros que je t'ai confiés tout à l'heure ?

Félix fouille dans sa poche avant d'en retirer les pièces de monnaie qu'il présente à sa mère.

— Parfait ! Ne les perds pas. Et ne traîne pas en route.

Le petit garçon acquiesce d'un signe de la tête et reprend sa descente jusqu'au rez-de-chaussée. Quelques instants plus tard, il sort de l'immeuble et prend à droite, vers la supérette de la rue des Termes.

Aline Verdoux

Quittant son poste d'observation, Aline revient vers Théo qui la dévisage, intrigué. Ils échangent un regard et elle finit par hocher la tête.

— Bon. On s'en va. Maintenant.

— Et les enregistrements vidéo ?

— D'après le caissier, ils sont dans le bureau, à l'étage. On y accède par la porte derrière les caisses. Elle est fermée et il n'y a que le patron qui ait la clé. De toute façon, j'ai bien réfléchi : ça ne sert à rien de se débarrasser des enregistrements si on laisse les témoins en vie. Vidéos ou dépositions, les faits sont là : tu as tiré sur le braqueur.

— Tu comptes les laisser là ?

— Je compte surtout ne pas perdre plus de temps à essayer de les récupérer. Si on ne part pas maintenant, Théo, on n'a aucune chance de s'en sortir.

— Peut-être… Mais sur la vidéo, on nous reconnaît, réplique-t-il avec conviction. La police nous identifiera en deux temps trois mouvements.

— La police nous identifiera de toute façon, que ce soit par les enregistrements ou par les témoignages. Il leur suffira d'établir un portrait-robot, ce qui devrait leur prendre une demi-heure, à tout casser. Ce serait idiot de perdre du temps à vouloir en gagner.

L'adolescent baisse la tête, comme s'il s'obligeait à ne plus émettre d'objections ; l'effort, visiblement, lui en coûte plus qu'il ne veut bien l'admettre.

— Fais-moi confiance, mon cœur, murmure sa mère en mettant dans sa voix une assurance qu'elle est loin d'éprouver.

Théo acquiesce, soupire, puis redresse la tête.

— On s'y prend comment ?

— Je vais actionner le système d'ouverture du volet métallique. Toi, tu te tiens prêt avec la vieille. Dès que tu peux passer, tu pousses le fauteuil jusqu'à la voiture pendant que je réenclenche le système de fermeture. Je passe à mon tour, je te rejoins et on démarre.

— OK.

Aline hésite, jette un œil alentour, comme si elle avait peur d'oublier quelque chose.

— On devrait peut-être prendre de la nourriture, suggère-t-elle en avisant les rayons. De quoi tenir quelques jours sans prendre le risque de se faire repérer dans un magasin…

Théo se frappe le front en signe d'évidence. Sans perdre une seconde, il détache un sac poubelle du rouleau, l'ouvre et, passant entre les allées, le remplit généreusement de boîtes, paquets, barquettes, bouteilles et autres cartons.

Pendant ce temps, Aline positionne la chaise roulante de Germaine Dethy devant la porte d'entrée. Les mains toujours liées dans le dos, celle-ci se tortille dans tous les sens, souffle, grommelle, émet des borborygmes exaspérés.

— Si je vous détache, vous me promettez de la

fermer ? lui propose Aline, entre agacement et compassion.

Détacher la vieille dame ne comporte pas un risque énorme, elle qui ne peut ni se lever, ni marcher. En revanche, se promener en compagnie d'une grand-mère entravée peut sérieusement leur attirer des ennuis.

— Marché conclu ! triomphe la vieille avec un sourire torve.

Aline soupire, tergiverse quelques courtes secondes encore avant de finalement s'employer à défaire les liens. Une fois libérée, Germaine ne manque pas de manifester sa satisfaction.

— Je vous ai dit de la fermer ! lui rappelle la chirurgienne en durcissant le ton.

— Désolée, ricane l'aïeule. C'est plus fort que moi.

— Je vous préviens, l'avertit encore Aline en pointant sur elle le canon de son arme. À la première entourloupe…

— Tu me tires une balle dans le genou, je sais ! Cela dit, sans vouloir te décevoir, non seulement je ne sentirai rien, mais ça ne changera pas grand-chose pour moi.

Aline ne peut s'empêcher d'esquisser un sourire crispé. Malgré la situation, la vieille dame ne se laisse pas démonter, au mépris des menaces qui pèsent sur elle. Elle est insupportable, mais sa gouaille et la verdeur de son tempérament forcent l'admiration.

Délaissant un moment Germaine Dethy, Aline se campe devant le panneau électrique, l'ouvre et tente de s'y retrouver parmi les nombreux boutons, fiches et commutateurs. Cherche celui qui actionne l'ouverture du volet métallique. Perplexe, elle passe en revue les indications sommaires inscrites sous chaque poussoir, dont beaucoup sont effacées par l'usure et le temps. Elle se risque à appuyer sur l'un, abaisser un autre, redresser un troisième… À part quelques néons qui clignotent et la ventilation qui se met en route, il ne se passe pas grand-chose.

— On y va ? s'impatiente Théo qui, chargé du ravitaillement, se tient prêt derrière le fauteuil de Germaine Dethy.

— Je cherche le bouton pour ouvrir le rideau, s'énerve Aline.

Elle fait une énième tentative et, bingo !, le volet se relève lentement dans un fracas de métal rouillé.

— Tu es prêt ? demande-t-elle à Théo. Comporte-toi comme si tout était normal : tu aides ta grand-mère à faire ses courses et tu la pousses calmement jusqu'à la voiture, OK ?

L'adolescent acquiesce de la tête.

— Et vous, ajoute Aline à l'attention de Germaine Dethy, sachez qu'il y a d'autres endroits tout aussi délicats que le genou pour recevoir une balle. Si vous nous gênez, nous n'aurons plus rien à perdre.

— Pour rien au monde, je ne raterais ces moments d'intense complicité avec mon petit-fils, susurre-t-elle, parodie de parfaite grand-mère.

Le rideau est sur le point de dépasser la hauteur du fauteuil de la vieille. Aline vérifie que le parking est vide et qu'aucun piéton ne traîne dans les parages immédiats.

— Dans deux secondes, tu y vas.

Quelques centimètres encore et, au signal de sa mère, l'adolescent pousse la porte du magasin. Il sort du bâtiment et se dirige d'un pas rapide vers la voiture.

Toujours à l'intérieur, Aline attend une dizaine de

secondes supplémentaires avant d'inverser le processus. Lorsqu'elle positionne le commutateur dans l'autre sens, le rideau ralentit sa progression, s'immobilise puis, dans un douloureux crissement, entame sa descente. Aline se dépêche de sortir à son tour.

Elle a fait quelques pas sur le parking lorsque, brutalement, c'est le silence. La soudaine interruption du grincement la fige sur place.

Elle se retourne et constate avec horreur que le volet s'est immobilisé.

— Qu'est-ce qui se passe ? crie Théo qui a déjà presque atteint la voiture.

— Continue ! lui intime sa mère en faisant demi-tour. Je vais voir ce qui cloche.

Elle retourne à l'intérieur, file vers le panneau électrique et enclenche de nouveau l'interrupteur. Un claquement creux se fait entendre, mais le volet métallique ne bouge pas d'un iota. Aline s'acharne sur le commutateur. Il ne se passe rien.

— Merde !

Aline se sent soudain accablée, paralysée par son impuissance à régler le problème, par les options qui déferlent en vrac dans son esprit, choix en tous genres parmi lesquels il faut faire le meilleur, le plus simple, le plus réaliste, le moins risqué. Elle considère le panneau électrique, hésite encore sur ce qu'elle doit faire, s'agace de son incapacité à réagir puis, découragée, choisit l'unique solution qui clignote encore dans son crâne : la fuite.

Les boyaux en compote, elle se presse vers la sortie.

En passant la porte de la supérette, son cœur manque un battement. Théo se tient là, à une dizaine de mètres, près de la voiture. Il a placé le fauteuil juste à côté de la portière arrière et, tourné vers le magasin, guette l'apparition de sa mère.

Quand il la voit enfin surgir, il esquisse un sourire soulagé. Sur le visage d'Aline, en revanche, l'effarement le dispute à la fureur. Tournant le dos à la chaise roulante de Germaine Dethy, Théo ne s'est pas aperçu que la vieille dame s'est levée de son fauteuil et, sans aucun problème de motricité, avance à petits pas rapides vers le trottoir tout proche, qu'elle est déjà sur le point d'atteindre.

Léa Fronsac

Dans la salle de repos, il règne une atmosphère sinistre.

Quatre corps sont allongés sur le sol, pieds et mains liés, un large morceau de ruban adhésif plaqué sur la bouche, de celui qu'on utilise pour sceller les boîtes en carton.

Dans le silence lugubre, quelques bruits étouffés surnagent.

Incapables de communiquer entre eux, les otages se jettent des regards hagards, qui expriment la douleur, l'anxiété, l'affolement ou l'impuissance, pour certains tout cela à la fois.

Guillaume Vanderkeren souffre le martyre. Son genou pansé lui fait endurer un calvaire que le moindre mouvement amplifie. Aucune position ne parvient à le soulager, et même l'immobilité est un supplice. Pour ne rien arranger, son bâillon l'empêche de donner libre cours à ses plaintes, pauvre apaisement d'une souffrance sans répit. En tentant de trouver une position moins douloureuse, il prend instinctivement appui sur sa jambe blessée et la plaie se déchire un peu plus. Après un hurlement étouffé par le bâillon adhésif, à bout de forces, il sombre dans une salutaire inconscience.

Sophie Cheneux, elle, se contorsionne frénétiquement, mue par la hargne et la frustration, la colère, la rancœur, mélange détonnant qui paralyse toute capacité de réflexion. Elle veut bouger, se lever, s'en aller, et chaque effort pour parvenir à ses fins, soldé par un échec, accroît encore sa rage. À travers son bâillon, elle laisse échapper de petits cris étouffés.

À côté d'elle, Thomas Piscina la regarde s'évertuer à recouvrer sa liberté de mouvement, lutte dérisoire contre la fatalité du moment. Lui a trouvé appui contre une armoire métallique, dans une position moins inconfortable. Autre avantage, et non des moindres : les coins de l'armoire sont affûtés. Subrepticement, par petits coups secs et précis, il y frotte la cordelette qui entrave ses poignets. L'opération est douloureuse, car si le frottement cadencé entame incontestablement ses liens, il fait de même avec sa peau.

Un peu plus loin, Léa Fronsac demeure inerte. Allongée sur le côté, elle fixe, le regard absent, l'horloge murale dont les aiguilles trottinent inlassablement, indifférentes à son tourment. En admettant qu'Émile ne se soit pas aperçu de son absence avant la fin du dessin animé, celui-ci est maintenant terminé depuis une demi-heure. Trente longues minutes durant lesquelles la peur a pénétré ses pensées, ses émotions et son corps. L'image du petit visage poupin baigné de larmes et agité de sanglots la hante, ses pleurs résonnant dans le vide, ses yeux égarés, ses appels à l'aide auxquels personne ne répond… La jeune maman peine à respirer tant l'appréhension l'oppresse, comprime sa poitrine et pèse sur son cœur. Et puis les mots d'Aline

Verdoux vibrent sans discontinuer dans sa tête, cruels et assassins. Ces mots qui se répètent en boucle et se fracassent sur les parois de sa mémoire dans une litanie confuse dont l'écho ricane à l'infini. Ces mots qui sont sur le point de la rendre folle.

« Je suis mère, en effet. Et en tant que mère, jamais je n'aurais laissé mon enfant de 3 ans seul chez moi. Même pour cinq minutes. »

L'accusation lui retourne les boyaux, faisant monter en elle une nausée brûlante. Ses tripes en bouillie semblent vouloir inonder sa trachée pour jaillir hors d'elle.

À présent qu'il ne se passe plus rien, si ce n'est le temps qui déploie sa langueur immobile, et avec lui le désespoir de ne pouvoir rentrer chez elle, Léa a toute latitude pour penser à ce qui suivra. Quand il apprendra le traumatisme vécu par son fils, à cause d'elle, Fred en informera son avocat dans la minute. Celui-ci sautera sur l'occasion pour prouver qu'elle est incapable de s'occuper correctement de son enfant. Elle imagine déjà les arguments brandis devant la juge aux affaires familiales, soulignant à quel point elle est instable et irresponsable. Fred réclamera la garde exclusive d'Émile, avec pour elle un droit de visite réduit à peau de chagrin. Il lui balancera au visage les quelques miettes d'intimité parentale qu'il voudra bien lui concéder. Elle n'aura plus son petit garçon qu'un week-end sur deux, et encore, si on l'autorise à rester seule avec lui.

Quatre jours par mois.

Autant dire rien.

Pas assez pour construire une relation qui puisse compter dans la jeune existence d'Émile.

Trop peu pour assouvir ce trop-plein d'amour qu'elle éprouve pour lui et recevoir en retour les marques d'affection qui lui sont devenues vitales.

Léa connaît déjà la virulence du mal qui, chaque jour passé sans son enfant, sans pouvoir le toucher, le palper, le respirer, le serrer, l'embrasser, viendra la consumer à petit feu pour bientôt l'éteindre à tout jamais.

Et puis le manque, le vide, le silence. Ce néant qui accompagnera ses jours et ses nuits, cette absence intolérable, cette odieuse carence. Ce regret permanent qui s'installera dans chacune de ses pensées. Cette lacune persistante qui envahira sa raison. Cette pénurie de tendresse et de bonheur dont elle portera à jamais le souvenir douloureux. Léa le sent, elle le sait, elle n'y survivra pas.

Un jour, peut-être pas si lointain, Fred se remariera. Une autre femme prendra la place laissée vide dans le cœur de son enfant. Une femme qu'il appellera bientôt « maman ».

Pensées infectes, indigestes, qui lui donnent envie de vomir. Léa ferme les yeux pour tenter de maîtriser l'écœurement qui tempête dans son ventre, sa poitrine, sa gorge… La répulsion lui retourne l'estomac et soulève son cœur, elle hoquette son dégoût, résiste comme elle peut aux assauts d'aversion qui saccagent ses entrailles. Le bâillon l'empêche d'inspirer l'oxygène qui l'aiderait à contrer la nausée de plus en plus violente qui fait rage en elle, apaiser les reflux de nourriture gâtée par la tension et l'anxiété que son organisme cherche à expulser. Elle éructe, tousse et crache, mais le ruban adhésif maintient à l'intérieur de sa bouche les expectorations nocives à son corps, qui lui-même se débat pour éviter qu'elles ne retournent à leur point de départ.

La lutte s'intensifie au fil des secondes. Sous les pressions contraires qui se combattent à l'intérieur de son organisme, son rythme cardiaque s'accélère. Elle ne parvient plus à inhaler assez d'air et se met bientôt à suffoquer.

Toujours allongée sur le côté, Léa se recroqueville sur elle-même, essaye de reprendre son souffle, rétablir l'équilibre entre sa respiration et les battements de son cœur, mais ne parvient plus à endiguer le processus de rejet. Ça s'emballe dans ses boyaux, ça se contracte dans sa poitrine, ça se crispe dans sa gorge avant de se relâcher d'un coup pour éjecter la bile glaireuse et les reliefs de nourriture non digérés.

Incapable d'expulser les déjections qui se pressent contre le bâillon, Léa se débat, tente de reprendre de l'air, panique en sentant que ses narines ne pourront pas suffire à lui donner l'oxygène dont elle a besoin, obstrués qu'elles sont par la morve, les glaires et tout ce qui tente de se frayer un passage vers l'extérieur. Chaque inhalation bouche inexorablement la trachée.

Après s'être contorsionnée dans tous les sens durant d'interminables secondes, cherchant à éructer ses démons avariés, Léa Fronsac, 27 ans, maman d'un petit Émile, meurt étouffée, lentement asphyxiée dans son propre vomi.

Germaine Dethy

Ce coup-là, ils ne l'ont pas vu venir. Si elle avait pu, Germaine Dethy se serait bien arrêtée quelques instants pour profiter du spectacle : la mine ahurie de la mère et celle, plus abasourdie encore, de son grand dadais de fils.

Sans ralentir le pas, la vieille harpie profite de l'effet de surprise autant que de l'heureuse issue qui l'attend, enfin libre de ses mouvements et dans le même état qu'avant d'entrer dans ce foutu magasin. Certes, elle y a laissé son aide familiale et son fauteuil roulant, deux pertes conséquentes, mais Germaine Dethy se console en se disant qu'elle pourra très certainement récupérer son fauteuil quand toute l'affaire sera réglée. Quant à une aide familiale, ça se remplace.

Prudente, elle ne crie pas encore victoire. Il lui faut rejoindre au plus vite une rue fréquentée afin de couper l'herbe sous le pied de ses poursuivants et pouvoir rentrer chez elle en toute tranquillité.

Elle a presque atteint le trottoir qui longe le parking de la supérette quand elle entend la mère de l'adolescent pousser un cri d'alarme. Ça y est, ils l'ont découverte ! Le souffle court, elle accélère encore le pas en entendant dans son dos le bruit d'une galopade, le boutonneux s'est lancé à ses trousses. Malheureusement pour elle, cela fait bien longtemps qu'elle n'a plus marché à l'extérieur, se contentant de piètres exercices dans l'espace restreint de son appartement. Les dénivellations du trottoir sont autant de pièges qui risquent de la faire tomber. Privées d'entraînement, ses jambes manquent à plusieurs reprises de se dérober sous elle, mais Germaine Dethy tient bon : elle ne compte pas se laisser reprendre aussi facilement.

Quand elle arrive enfin au trottoir, elle étouffe un juron. Les piétons sont rares dans ce quartier résidentiel, tout comme les quelques voitures qui passent sur l'avenue. Elle regarde à gauche, puis à droite, avise plus loin une silhouette qui avance vers elle et choisit cette direction. Pour mettre toutes les chances de son côté, elle se met à trottiner, mais Théo arrive derrière elle. Quelques secondes plus tard, le jeune homme parvient à sa hauteur.

— Ben alors, mamie… tu as retrouvé l'usage de tes jambes ?

— C'est bien la preuve que les miracles existent ! rétorque-t-elle sans ralentir le pas.

L'adolescent glisse son bras sous celui de Germaine Dethy comme s'il voulait la soutenir. Elle se dégage aussitôt, proteste, puis pousse des cris de goret qu'on égorge dans l'espoir d'alerter la personne qui arrive en sens inverse.

— Au secours ! Aidez-moi ! On veut m'enlever ! Appelez la police ! Au secours !

Sans se démonter, Théo passe un bras protecteur autour de ses épaules et, la maintenant fermement, la force à ralentir.

— Mais lâchez-moi, bon sang ! s'énerve-t-elle en tentant de se libérer de son emprise. Je ne vous connais pas ! Au secours ! Police ! Aidez-moi !

La silhouette se rapproche et lorsqu'elle n'est plus qu'à quelques mètres, Germaine Dethy découvre avec consternation qu'il s'agit d'un petit garçon qui ne doit pas avoir plus de 8 ans. Il ralentit le pas, hésitant, et considère d'un œil intrigué l'étrange couple qui lui fait face.

— Petit ! hurle Germaine en alpaguant l'enfant. Cours prévenir la police ! Ou alors ta maman ! Dis-lui qu'il y a des otages dans le…

— Allons, mamie ! l'interrompt Théo en criant plus fort qu'elle. Calme-toi, tu vois bien que tu lui fais peur !

Puis, s'adressant au garçonnet, qu'il gratifie d'un large sourire rassurant :

— Ne t'inquiète pas, c'est ma grand-mère. Elle perd un peu la tête et elle ne sait plus très bien ce qu'elle…

Un crissement de pneus l'empêche de finir sa phrase. Soulagé, Théo voit débouler du parking la voiture de sa mère qui, la seconde d'après, se range à leurs côtés. Aline sort aussitôt du véhicule et sermonne la vieille harpie.

— Maman ! gronde-t-elle d'une voix mécontente. Ce n'est pas sérieux ! Ça fait dix minutes qu'on te cherche partout. Aller, monte dans la voiture, on rentre à la maison !

— Ne les écoute pas, petit ! Ce sont des menteurs ! Et des meurtriers ! Va voir dans le magasin, là-bas, il y a des gens qui sont retenus en otage ! Et des cadavres, aussi ! Cours chercher la police !

Tandis qu'elle débite à la vitesse de l'éclair le plus

d'informations possible, Aline fait le tour de la voiture, ouvre la portière arrière et, avec l'aide de Théo, force Germaine à pénétrer à l'intérieur. Celle-ci lutte tant qu'elle peut mais le combat est inégal : quelques instants plus tard, la voilà poussée de force sur la banquette arrière. Aline claque aussitôt la portière et se tourne vers l'enfant.

— C'est ma maman, explique-t-elle d'une voix à la fois apaisante et désolée. Elle est vieille et en plus elle est malade, et parfois, elle ne sait plus très bien ce qu'elle dit. Je vais la reconduire chez elle.

Théo est monté à l'avant de la voiture et, entre les deux sièges afin que le garçonnet ne remarque rien, il braque la vieille dame avec le revolver qu'Aline a laissé sur le tableau de bord.

— Vous allez la fermer, maintenant ! l'avertit-il en serrant les dents.

— Sinon quoi ? ricane Germaine Dethy d'un ton mauvais. Tu vas me tirer dessus, c'est ça ?

— Tu veux vraiment le savoir ? rétorque l'adolescent en plantant brutalement le canon de l'arme dans son genou.

La vieille n'a pas le temps de répliquer qu'Aline entre à son tour et claque la portière.

— Si vous me refaites un coup pareil, je n'hésiterai pas une seconde ! menace-t-elle en démarrant sur les chapeaux de roues.

— Tu veux bien poser ce flingue, petit ? demande Germaine, méfiante.

— Théo, pose ce revolver ! renchérit Aline.

— Écoute ta mère, mon garçon, ajoute la vieille. Tu as fait assez de conneries comme ça pour aujourd'hui.

L'adolescent s'exécute : il se retourne sur son siège,

dépose l'arme sur le tableau de bord et regarde droit devant lui, l'œil sombre.

— Range ça dans la boîte à gants, s'il te plaît, murmure Aline, les yeux vissés sur la route.

Durant de longues minutes, plus personne ne dit mot. Aline tente de se dominer : elle respecte les limitations de vitesse au chiffre près et s'arrête à chaque feu de signalisation, même à l'orange, malgré son envie impérieuse d'écraser la pédale de l'accélérateur. S'ils se faisaient arrêter par la police maintenant, tout serait perdu.

Théo ne dit plus rien : il continue de fixer la route et semble ruminer de sombres pensées.

Quant à Germaine Dethy, elle paraît avoir rendu les armes. Aline lui lance régulièrement de brefs coups d'œil dans le rétroviseur pour s'assurer qu'elle ne prépare pas un mauvais coup.

— On va où ? demande finalement Théo en se tournant vers sa mère.

— Là où on avait prévu d'aller, lui répond-elle comme une évidence. Chez ton grand-père.

Félix Marbeau

La voiture a démarré en trombe, emportant la vieille dame, la femme et le grand garçon. Félix reste seul sur le trottoir, un peu tourneboulé par la dispute à laquelle il vient d'assister. L'espace d'un instant, il se demande ce qu'il doit faire, s'il faut prendre au sérieux la grand-mère ou faire confiance aux deux autres…

L'enfant regarde autour de lui, à gauche, à droite…

Sur le trottoir d'en face, un monsieur se presse dans la direction opposée à la sienne. Félix hésite, anticipe la scène ; il aborde l'homme, lui raconte ce qu'il vient de voir, une vieille dame emmenée de force par une femme plus jeune dans une voiture avec un grand garçon qui lui a dit que sa grand-mère était malade… Son récit lui semble soudain décousu, il peine à mettre de l'ordre dans ses idées.

Va-t-on le prendre au sérieux ? Va-t-on seulement le croire ?

Le temps de peser le pour et le contre, l'homme a disparu. L'enfant soupire et décide de poursuivre son chemin.

Quelques mètres encore et il arrive au parking

de la supérette. Devant lui, la façade affiche un aspect inhabituel. Félix ne peut le définir avec précision, mais il voit bien que quelque chose ne va pas. Le volet métallique est à moitié baissé, comme si le magasin était sur le point de fermer. L'enfant s'approche et remarque l'obscurité qui règne dans le bâtiment.

Félix fronce les sourcils : jamais sa mère ne l'aurait envoyé faire une course aux heures de fermeture de la supérette. Sans vraiment réfléchir, il continue d'avancer jusqu'à la porte d'entrée puis, se hissant sur la pointe des pieds, jette un œil à l'intérieur.

Le magasin est vide.

Qu'il n'y ait pas de clients n'a rien d'exceptionnel, les allées de la supérette sont souvent désertes. Ce qui l'est moins, c'est l'absence totale de personnel. À moins que, profitant de ce qu'il n'y ait personne, la caissière soit partie se soulager ? Par acquit de conscience, Félix tire la porte vers lui… Celle-ci s'ouvre sans opposer la moindre résistance.

Alors, l'enfant pénètre à l'intérieur du magasin.

Le silence qui l'accueille le fait frissonner mais, à première vue, rien ne présage un quelconque danger. Il fait quelques pas vers les deux caisses, passe une tête du côté de l'allée centrale, vide, tout comme celle de gauche et celle de droite…

— Hé ho ! appelle-t-il, en craignant presque de recevoir une réponse.

L'absence de réaction le rassure et l'effraie en même temps. Dans sa poche, il serre les quelques euros que sa mère lui a confiés pour acheter le café… Comment va-t-il faire s'il n'y a personne pour encaisser son argent ? Le petit garçon avance entre les rayons vers le fond du magasin, là où sont rangés les paquets de café, avec le reste de ce qui sert au petit déjeuner, céréales, pots de confiture, biscottes… Il repère la marque que sa mère préfère et déchiffre le prix affiché : quatre euros vingt. L'enfant sort la monnaie de sa poche, additionne les pièces pour faire l'appoint et décide de laisser l'argent sur la caisse. Fier de son choix, il prend un paquet de café et s'apprête à rejoindre l'entrée du magasin.

Il tourne un instant la tête et un détail accroche son regard. Dans l'obscurité, il distingue mal la forme qui dépasse à même le sol. De toute évidence, quelque chose traîne par terre, qui ne devrait pas s'y trouver… Plus curieux qu'inquiet, Félix recule légèrement, cou tendu pour comprendre ce que c'est, devine que la forme se prolonge plus loin sur la droite, fait quelques pas de plus, vers l'avant cette fois. S'en approche.

Il atteint bientôt le bout de l'allée…

Quand il découvre les deux cadavres étendus sur le sol, ses cheveux se dressent sur son crâne. Le corps de Jo est allongé sur le ventre, face contre terre, silhouette anonyme reposant grossièrement sur un sac poubelle. À ses côtés, la dépouille de Michèle Bourdieu est beaucoup plus impressionnante : l'amas de chair sans vie de l'aide familiale s'étale mollement sur le béton, sa tête est tournée vers l'enfant et son regard vide le fixe avec insistance, dépourvu de toute humanité.

Le sinistre spectacle provoque en lui un puissant haut-le-cœur. Ça lui retourne les tripes. Comme une crêpe. Quatre en l'occurrence. Qui se répandent à ses pieds en une gerbe abondante.

Après avoir rendu le contenu de son estomac, Félix recule instinctivement, se cogne aux montants d'acier du rayonnage tout proche puis, prenant ses jambes à son cou, il détale comme une flèche en poussant un hurlement d'épouvante.

Germaine Dethy

Après tant de cris, d'angoisse, de violences et d'appréhensions, le silence qui règne dans l'habitacle de la voiture résonne comme une trêve salutaire. Aline, Théo et Germaine savourent cet intermède impromptu, entracte bienvenu qui profite à leurs nerfs autant qu'à leurs oreilles. Comme en écho à ce répit dans la succession des événements, le véhicule roule à faible allure et emprunte des artères peu fréquentées, bordées de résidences qui respirent le calme et l'opulence.

Germaine, le visage tourné vers la fenêtre, se perd dans la contemplation d'un monde qu'elle a banni de sa vie depuis bien longtemps : une mère de famille qui sort du coffre de sa voiture des sacs de courses au logo d'une grande chaîne commerciale ; une petite fille aux couettes bouclées qui fait du patin à roulettes sur un trottoir dont les dénivellations parsèment sous ses roues leurs pièges sournois.

Elle saisit à la volée ces bribes de quotidien. Le paysage ordinaire qui défile ravive le souvenir d'un temps dont la dépouille se décompose lentement dans les geôles de sa mémoire. Elle n'est pas certaine de vouloir réveiller un appétit qui, autrefois, nourrissait son existence d'envies et de besoins, mais du moins sa curiosité est piquée et elle savoure ces miettes de destinées banales qu'elle fuit comme la peste depuis un certain temps. Deux jeunes hommes et une adolescente, juchés sur le muret d'une propriété cossue, fument des cigarettes en bavardant.

Au-dehors, la luminosité dispensée par un soleil magnanime ajoute une touche de féerie au rappel d'un serment qui, en vérité, lui semble soudain terriblement lointain.

Germaine Dethy se sent étrangement calme. Elle a presque envie de sourire.

Bientôt, la voiture bifurque à droite et rejoint la route nationale toute proche, délaissant la banlieue nantie au profit de zones commerciales éparses.

— On peut savoir pourquoi vous faites croire que vous êtes invalide alors que vos jambes fonctionnent parfaitement ?

En posant cette question, Aline arrache la vieille dame à sa contemplation béate.

— Ça, ma belle, ça ne vous regarde pas, répond-elle en grommelant.

Agacée d'avoir trahi une vieille promesse, Germaine pince les lèvres en ravalant sa rancœur. Au moment où elle s'est levée de son fauteuil roulant, parquée à proximité de la voiture comme un vulgaire paquet, elle ne s'est pas posé de question. La liberté a un prix et elle était prête à s'en acquitter. Mais l'acariâtre grand-mère a rompu son engagement sans rien gagner en retour.

— Ce que vous faites pour votre gamin est honorable, ajoute-t-elle pourtant avec un certain dédain. Prendre tous ces risques pour lui, avec, à la clé, le maigre espoir qu'il puisse échapper à la justice… Sincèrement, vous pensez vraiment que vous allez pouvoir vous en tirer ?

— Pour tout vous dire, je n'ai pas vraiment eu le temps de réfléchir, rétorque Aline, acerbe.

— C'est bien dommage… C'est peut-être la seule chose que vous auriez dû faire.

— Désolée. J'ai demandé deux minutes de réflexion… On ne me les a pas accordées.

D'un bref haussement de sourcils, Germaine Dethy lui accorde qu'il régnait une sacrée confusion dans le magasin et qu'elle a été forcée de réagir dans la précipitation.

Les yeux rivés sur la route, Aline interprète le silence de la vieille dame comme un discret mais évident désaccord.

— J'imagine que c'est le genre d'erreur que vous ne risquez pas de commettre, poursuit-elle de plus en plus amère.

— Pourquoi dites-vous ça ? ne peut s'empêcher de lancer Germaine Dethy, piquée au vif.

Aline esquisse un sourire narquois.

— Je ne sais pas… J'ai comme dans l'idée qu'à part votre petite personne, peu de choses vous intéressent. Et quand je parle de choses, je pense aussi aux gens.

À son tour, la vieille dame ébauche un rictus de mépris mêlé d'ironie. Elle s'apprête à répliquer puis semble soudain prise d'une lassitude pesante. Son regard se voile et, sans plus chercher à répondre, elle tourne la tête et s'abîme dans la contemplation apaisante des enseignes commerciales.

Se réfugier dans l'indifférence, imperméable aux attaques.

S'extraire des émotions qui affaiblissent.

Se barder d'une armure d'arrogance pour ne plus souffrir.

Les mots tournent dans sa tête, les images, les souvenirs. Germaine Dethy tente de contrôler le flux des réminiscences qui s'évadent des recoins secrets de sa mémoire. Pourquoi cette idiote de chirurgienne lui fait-elle tant penser à elle au même âge ? Tout comme elle, elle possède cette audace qui frôle l'inconscience, cette naïveté de penser que le droit triomphera des aléas impitoyables de l'existence, ce culot insensé de ne pas dévier de sa route et d'aller au bout de ses idées. Espérer à défaut de raisonner, vaincre à défaut de convaincre. Elle connaît cette exigence viscérale qui pousse à ne suivre que ses certitudes, ce qui fait vivre, vibrer, sentir, éprouver, et qu'importent les conséquences, car la ferveur d'une conviction vaut toujours mieux qu'une froide réflexion.

— Vous êtes tellement sûre de ce qu'il faut faire, ricane-t-elle soudain, plus pour endiguer le flot d'images qui remontent à la surface que pour poursuivre la conversation. Au nom de l'amour que vous portez à votre fils, juste parce que vous êtes mère. Le droit du sang ! Laissez-moi rire !

— Je ne suis sûre de rien, réplique instantanément la chirurgienne. Je n'ai pas eu le choix.

— Mauvaise réponse : on a toujours le choix.

— Vous n'avez pas d'enfant, n'est-ce pas ?

— Qu'est-ce qui vous fait dire ça ?

Aline affiche la moue caractéristique de l'ignorance : haussement de sourcils et déclivité de la commissure des lèvres.

— Cette certitude qu'on a toujours le choix,

justement, répond-elle. Tout ça, ce sont des conneries auxquelles s'accrochent les gens qui n'aiment personne, terrifiés à la seule arrière-pensée d'avoir des regrets. Les gens de votre espèce, ça me dégoûte !

— Les gens de mon espèce, s'offusque Germaine Dethy. Et c'est quoi, exactement, les gens de mon espèce ?

— Ceux qui adoptent constamment une attitude critique ou asociale, juste par peur du ridicule. Parce que en faisant preuve d'amour, de compassion et de générosité, ou même de faiblesse, on est toujours à la limite du ridicule.

La vieille harpie garde le silence un court moment : cette petite conne commence sérieusement à l'agacer avec ses opinions à deux balles et ses idées toutes faites. Et si elle cherche des vérités qui n'en sont pas, elle va en trouver !

— En somme, ton fils bute un gamin à peine majeur, sans aucune sommation, sous prétexte que celui-ci se carapate en douce ; toi, tu prends tout le monde en otage et, sans la moindre hésitation, tu tires dans le genou d'un pauvre gars qui ne t'a strictement rien fait, du moins pas encore, tout ça sous le couvert de sauver l'avenir de ton rejeton, assène-t-elle en passant délibérément au tutoiement, histoire de bien marquer son dédain. Et à part ça, c'est moi qui adopte une attitude critique et asociale !

La riposte est acide et cloue le bec d'Aline qui rumine ses griefs sans quitter la route des yeux. Mais Germaine Dethy n'a pas décoché sa dernière flèche :

— Et encore, si tout cela servait à quelque chose ! Si tout cela pouvait faire avancer le schmilblick, lui mettre un peu de plomb dans la cervelle, à ton gamin, au lieu d'en truffer le dos des autres. Mais je suis prête à parier que ça ne l'empêchera pas de te chier dans les bottes dès qu'il n'aura plus besoin de toi.

— Hé ho ! s'insurge Théo. Si je vous dérange, dites-le !

— C'est ce que je fais, petit ! ricane la vieille. C'est exactement ce que je fais.

La brutale franchise de Germaine Dethy jette les Verdoux, mère et fils, dans une sombre réserve. L'irascible grand-mère se délecte de voir que ses propos ont porté. Dans le reflet du rétroviseur, le regard d'Aline n'est plus qu'un gigantesque point d'interrogation. Elle s'en pose, des questions, la chirurgienne ! Les mêmes que celles que se posait Germaine quand toutes ses certitudes ont volé en éclats. Le jour où le destin lui a présenté une facture qui l'a terrassée plus sauvagement qu'un déluge de décombres. Quand, sur le champ de bataille, n'est plus restée qu'une existence en miettes qui s'éparpille aux quatre vents.

De cela, on ne se relève jamais.

C'est ce qui s'est passé pour Germaine Dethy : elle ne s'en est pas relevée. Et alors que depuis sa prime enfance elle se tenait fièrement debout, pylône dressé vers le ciel et résistant aux tempêtes de la vie, un jour funeste, elle a plié sous le poids du reproche et, assommée, s'est assise.

Pour ne plus jamais se redresser.

Thomas Piscina

Le comptable et la réceptionniste ont assisté, impuissants, à l'agonie de Léa Fronsac. Vision d'horreur que ce corps qui se débat pour éviter l'asphyxie, vain combat pour une bouffée d'oxygène, calvaire à la fois foudroyant et pourtant si long en regard de la souffrance éprouvée, et si cruel…

Quand le corps de la jeune femme s'est immobilisé après un dernier soubresaut, tous deux ont cessé de respirer, vaine solidarité pour un dénouement inéluctable.

Incapable de détacher son regard du corps inerte, Sophie Cheneux ne trouve pas la force de résister à la déferlante de terreur qui désagrège les digues de sa raison et anéantit toute possibilité de réflexion. La réceptionniste, entravée et bâillonnée, s'abandonne à l'angoisse et au dégoût, son esprit refusant la réalité en bloc. Incapable d'exprimer toute la violence de son effroi, autant par les gestes que par la voix, elle sombre dans une crise de nerfs muette et léthargique.

Ses joues sont baignées de larmes, et les sanglots qui s'échappent de son bâillon, aussi profonds qu'inextinguibles, manquent de la faire suffoquer à son tour.

Les sens en alerte, Thomas Piscina suspend sa tentative de délivrance. Il observe sa compagne luttant contre l'égarement qui l'oppresse. Lui aussi retient son souffle tandis que dans sa tête germe un espoir qu'il refuse encore de laisser grandir. Mais les images sont là, forçant le barrage de sa conscience : le décès de Léa Fronsac, dont personne n'est directement responsable, distille dans ses pensées la possibilité d'une solution à tous ses malheurs.

Le comptable ferme les yeux. Il perd la tête. Se raisonne. Déglutit. Puis se reprend.

Quand il rouvre les yeux, Sophie paraît toujours en difficulté. Elle pleure abondamment, renifle tout autant, et chaque inspiration semble plus laborieuse que la précédente. La toux qui la prend fragilise encore son état. Elle se recroqueville sur elle-même, éructe, n'arrive pas à reprendre son souffle.

L'espoir de Thomas revient à la charge, plus net, plus fort, plus fou. Malgré lui, l'infâme désir s'insinue dans chacune de ses pensées, vampirise ses remords, endort ses scrupules. Sophie est l'unique témoin de son infidélité. Si elle disparaissait maintenant, comme vient de le faire Léa Fronsac, plus rien ne pourrait prouver sa faute.

Une fois encore, il repousse l'ignoble souhait. Les événements de ces dernières heures l'ont complètement bouleversé, il a vu mourir trois personnes sous ses yeux, et cette violence l'a déstabilisé. Il ne sait plus où il en est, oscille entre la révolte et la psychose, éprouve le vertige de l'égarement. Face à la férocité d'une réalité qui lui est totalement étrangère, son instinct de survie s'est emballé : Thomas Piscina, petit comptable sans envergure, époux modèle et père de famille irréprochable serait capable de tuer pour retrouver le confort d'une vie sans histoire.

Pétrifié par un choix qui, malgré son obstination à refouler l'impensable, s'impose envers et contre tout, il guette les réactions de sa maîtresse. Celle-ci est à présent parvenue à maîtriser ses émotions et retrouve peu à peu une respiration régulière.

Le cœur de Thomas se serre.

S'il doit intervenir, c'est maintenant ou jamais.

Imprimant de nouveau un va-et-vient à ses poignets, le comptable se hâte d'user la cordelette. Il chasse les questions, les doutes, la honte et la peur, pour se concentrer sur son objectif. Retrouver sa liberté. Reprendre possession de son destin. Sauver sa vie. Préserver son couple.

À côté de lui, Guillaume Vanderkeren est toujours inconscient. Le cœur de Thomas s'affole : toutes les conditions sont réunies pour que son plan fonctionne. Un peu plus loin, Sophie Cheneux sanglote doucement, entre désespoir et résignation.

Il suffirait de si peu.

Tandis qu'il s'active, le comptable inspecte la pièce : les stores sont baissés et ne laissent rien entrevoir du dehors. Si quelqu'un devait passer par là, il ne distinguerait rien non plus de ce qui se passe à l'intérieur. Aucune caméra visible n'enregistre les activités qui se déroulent dans la salle de repos.

Aucun témoin.

Thomas sent ses liens se détendre. Encouragé par cette promesse de réussite, il s'active de plus belle, malgré la brûlure qui entaille sa chair.

À moins de deux mètres de lui, Sophie semble

maintenant prostrée. Elle se tient allongée sur le côté et lui tourne le dos.

La friction de la corde arrache au comptable des gémissements qui s'échappent de son bâillon en plaintes étouffées. Celles-ci finissent par parvenir à la conscience de la réceptionniste, laquelle émerge de son inertie accablée, tend l'oreille, se tourne vers lui…

En découvrant qu'il est sur le point de se libérer, Sophie retrouve instantanément un souffle de vie. Une lueur fébrile s'allume dans son regard et tout son corps se tend vers lui dans un élan d'encouragement tandis que, derrière son bâillon, elle pousse des cris de joie. Décontenancé par cette nouvelle énergie chez celle qu'il s'apprête à tuer, Thomas ralentit la cadence.

Ses poignets sont en sang.

La tête lui tourne.

Son cœur martèle sa poitrine avec une violence qui achève de l'étourdir.

À ses côtés, Sophie reprend à son compte les douloureux efforts de son amant : à travers son bâillon, elle l'alpague et l'exhorte à persister et endurer son tourment à coups de cris et de mouvements de tête.

Thomas est pétrifié.

Il contemple ce visage dont il ne voit que le regard, unique expression de ce qui l'anime. Sophie, elle, est complètement survoltée. Ses yeux ne le lâchent plus, rivés à ses poignets et le poussent à poursuivre sa besogne.

Sans se douter un seul instant qu'elle signe là son arrêt de mort.

Rassemblant ses dernières forces pour affronter la douleur, le comptable reprend ses mouvements secs et répétitifs. Et soudain, c'est la délivrance. Brusquement, ses deux bras se séparent, que Thomas ramène aussitôt devant lui.

Sophie se remet à sangloter, mais de joie cette fois. Elle porte sur son amant un regard soulagé, reconnaissant, admiratif, et doit se faire violence pour contenir son euphorie, difficilement exprimable en l'état. C'est la fin du cauchemar, elle en est persuadée. Dans quelques secondes, elle sera, elle aussi, libérée. Dans quelques instants, la vie va pouvoir reprendre son cours et tout cela ne sera plus qu'un mauvais souvenir. Elle ne quitte pas Thomas des yeux, unique possibilité de dialogue avec lui, et dans son regard défile une succession de messages qui le félicitent, le remercient, le supplient de venir la délivrer.

Thomas s'est débarrassé de la cordelette qui enserrait ses poignets, salement écorchés. Il s'accorde un court moment de répit pour se remettre de l'épreuve qu'il vient de subir, puis entreprend de décoller son bâillon. Cette opération est, elle aussi, des plus pénibles : encore tremblant, il peine à ôter le scotch d'un coup net et prolonge malgré lui son calvaire. La colle entraîne avec elle des touffes de poils de son bouc, lui arrachant des cris de douleur.

Dernière étape, il détache la corde autour de ses chevilles et le voilà enfin totalement libre.

Le comptable se tient debout, étourdi. Sophie a suivi toute l'opération et ses borborygmes confus traduisent son impatience. La gorge sèche, Thomas fait quelques pas vers elle, tremblant comme une feuille, au bord du vertige. Il s'approche. Elle le couve de ses grands yeux aux prunelles ardentes, lui crie sa gratitude, il est son héros, son preux chevalier, elle lui vouera désormais une reconnaissance éternelle. Encore un mètre et il sera tout près d'elle. Thomas peine à le franchir, tendu à l'extrême, il sait qu'il n'a pas le choix, que sa vie est à ce prix. Ses jambes se dérobent sous lui, ses boyaux se tordent, son souffle se fige. Elle est là, devant lui, totalement à sa merci…

Au moment où il s'accroupit à sa hauteur pour accomplir son funeste projet, la porte de la salle de repos s'ouvre à toute volée : deux policiers font irruption dans la pièce, l'arme au poing en position de défense. En une demi-seconde, ils sécurisent la pièce. Sur la foi de ce qu'ils découvrent en pénétrant dans les lieux, à savoir trois corps allongés par terre, bâillonnés et ligotés, et un individu libre de ses mouvements qui se penche sur l'un d'eux, cela juste après avoir trouvé deux cadavres abandonnés dans le magasin, leur analyse se fait aussi rapide que logique.

— Pas un geste ! hurle l'un des deux policiers en pointant son arme sur Thomas. Écartez-vous tout de suite et levez les bras, bien au-dessus de la tête !

Sophie Cheneux

Sous le coup de la surprise, Thomas ébauche un mouvement de recul qui le déséquilibre. Il tombe à la renverse tandis que le second policier se précipite sur lui pour l'immobiliser, genou plaqué contre sa poitrine, arme braquée à quelques centimètres de sa tête. La violence de l'attaque lui coupe le souffle et lui fait inonder son pantalon. Sans lui laisser le temps de comprendre ce qui lui arrive, le policier le retourne comme une crêpe, ses deux bras sont brutalement ramenés dans son dos et ses poignets menottés. Le contact des bracelets de métal sur ses plaies à vif le fait hurler.

À peine libéré, le voilà à nouveau prisonnier.

Il lui faut attendre que Sophie soit délivrée à son tour et qu'elle ait résumé la situation pour être reconnu comme la victime qu'il est encore, plutôt que comme le bourreau qu'il était sur le point de devenir. Ignorant tout du sort qui lui était réservé, la réceptionniste l'a défendu bec et ongles, refusant de se calmer tant que le « courageux » comptable demeurait entravé, suspecté d'agression, de vol à main armée et de meurtre.

Quelques minutes plus tard, Thomas et Sophie sont pris en charge par les forces de l'ordre, tandis que

Guillaume est évacué en urgence vers l'hôpital le plus proche. Les trois cadavres sont laissés sur place, en attente du médecin légiste qui ne tarde pas à arriver. Le parking de la supérette se remplit bientôt : police locale, police nationale et brigade scientifique. Un périmètre de sécurité est établi tout autour du magasin. Derrière les cordons de police, les badauds guettent le drame, avides de révélations, la curiosité sur le pied de guerre et le commentaire au taquet. Pour une fois qu'il se passe quelque chose dans ce quartier…

Installés à l'arrière d'une voiture de police, Thomas et Sophie attendent maintenant la suite des événements : ils sont les seuls témoins conscients de la tragédie. Un lieutenant – dont ils n'ont pas retenu le nom – va venir les interroger d'une minute à l'autre.

Profitant de la relative tranquillité que leur offre l'habitacle du véhicule, ils gardent le silence.

Thomas est prostré, plongé dans une apathie post-traumatique, comme si son esprit en ébullition retardait autant que possible la prise de conscience de ce à quoi il vient d'échapper : à quelques secondes près, les policiers le surprenaient en pleine tentative de meurtre !

Existe-t-il une justice divine qui équilibre la balance entre un châtiment mérité et le déchaînement inconcevable des circonstances ? Thomas se pose la question. Il veut trouver un sens aux atrocités qu'il a subies autant qu'à l'infamie qu'il s'apprêtait à commettre. Sa santé mentale en dépend. Serait-il possible que, cherchant à le punir de son infidélité, Dieu n'ait pas mesuré la cruauté de la sanction ? À l'origine, Son intention devait être de lui envoyer un avertissement et non pas une condamnation, mais voilà, les événements Lui ont échappé, les désastres se sont succédé, la fatalité y a mis son grain de sel et, sans qu'Il ne puisse plus rien faire pour arrêter le processus cataclysmique qu'Il avait déclenché, Dieu a du moins réussi à lui épargner le pire.

Oui, ce doit être cela. Thomas s'accroche à cette explication comme si sa vie en dépendait. Et peut-être est-ce le cas. Les dernières heures ont eu raison de sa résilience et il échoue à mettre sa pensée en ordre de marche, dans ce tumulte dont il n'est ni coutumier, ni friand.

Et puis surtout, l'épreuve n'est pas terminée : il va maintenant falloir affronter sa femme, expliquer à son patron pourquoi il a menti et pourquoi il était présent dans cette supérette en compagnie de la jolie réceptionniste. Cela lui ferait presque entrevoir cette horrible expérience comme une partie de rigolade.

À côté de lui, Sophie tente peu à peu de reprendre pied dans la réalité. Encore sous le choc, elle se tient elle aussi immobile, ressassant la succession de menaces mortelles auxquelles elle vient d'échapper. Dans sa tête, des images bouleversantes se heurtent les unes aux autres, d'abord cette grosse femme littéralement morte de peur, son cadavre, sa bouche béante et figée, comme pétrifiée dans la souffrance, la déflagration qui éclate à quelques mètres de son oreille, le corps du braqueur qui s'effondre ; elle, ligotée puis bâillonnée, entreposée dans une pièce tel un vulgaire sac de patates… Et enfin l'horreur extrême, l'indicible, l'atrocité poussée à son paroxysme : la mort monstrueuse de cette mère de famille qui suppliait de pouvoir rentrer chez elle.

Soudain une pensée fulgurante la fait se redresser, l'esprit en alerte. Elle se tourne vers Thomas, le souffle court, les yeux grands ouverts dans lesquels se lit l'abomination d'une réflexion.

— L'enfant de la femme qui est morte dans son vomi…, murmure-t-elle en réalisant l'ampleur du cauchemar. Il est toujours tout seul chez lui ! Il faut le retrouver !

Elle sort en trombe de la voiture et se précipite vers le magasin en quête d'un responsable des forces de l'ordre.

Arraché à ses sombres pensées, Thomas vit cette rupture de ton comme un soulagement. Comme si le fait de savoir que quelqu'un est dans une situation pire que la sienne pouvait alléger son tourment. Sophie a raison : ils sont les seuls à savoir qu'un enfant de 3 ans est livré à lui-même depuis un bon moment et qu'il attend désespérément le retour de sa maman. Réagissant avec un train de retard, il se hâte de rejoindre Sophie qui s'est déjà frayé un passage jusqu'à l'entrée de la supérette. Un policier en faction bloque l'entrée.

— Je dois parler à quelqu'un, s'énerve-t-elle. Il y a un môme de 3 ans quelque part dans ce bled qui est tout seul chez lui et qui attend que sa mère revienne. Le souci, c'est que sa mère, c'est un des trois corps qui pourrit dans ce foutu magasin. Vous voyez un peu le problème ?

Devant l'aplomb de la jeune femme, le policier fléchit. Il jette un œil à l'intérieur du magasin puis fouille le parking des yeux.

— Adressez-vous au lieutenant Neubel, là-bas, lui conseille-t-il en désignant un homme d'une cinquantaine d'années qui fait les cent pas un peu plus loin sur le bitume, un téléphone à l'oreille.

Thomas sur ses talons, Sophie file et vient se planter devant lui sans aucun souci de discrétion.

— Lieutenant, je dois vous parler !

L'homme la regarde d'un œil intrigué.

— Je te rappelle plus tard, dit-il à son interlocuteur.

Puis il coupe la communication.

— Je vous écoute.

— Le corps qui était avec nous dans la salle de repos est celui d'une jeune maman dont l'enfant de 3 ans est en ce moment même tout seul chez lui, débite-t-elle d'un trait, et l'angoisse qui perce dans sa voix achève de convaincre Neubel qu'il y a urgence. Il attend que sa mère revienne !

Le policier la considère quelques instants, pendant lesquels l'image du corps de la jeune femme étouffée dans son vomi se superpose à celle d'un jeune enfant abandonné dans un appartement désert. Il fronce les sourcils, un douloureux rictus qui donne la mesure de la gravité de la situation.

— OK ! réplique-t-il sans hésitation. Je m'en occupe. Veuillez patienter encore quelques instants dans la voiture, on va venir vous interroger.

Thomas et Sophie regagnent le véhicule, soulagés de pouvoir s'éloigner de l'agitation environnante. La réceptionniste se sent étrangement galvanisée, contrecoup euphorisant de la tension accumulée ces dernières heures. Bouger librement, aller où bon lui semble lui apparaît comme le plus délectable des luxes. De plus, elle prend l'affaire du petit orphelin très à cœur et déroule à voix haute ses espoirs qu'on le retrouve dans les plus brefs délais. À ses côtés, Thomas a replongé dans le drame conjugal qui l'attend. Son pantalon souillé le démange horriblement, et la honte qu'il en éprouve achève de l'accabler. L'œil tourmenté, les traits soucieux, il prête à peine attention au verbiage exalté de Sophie.

— Qu'est-ce que tu as ? lui demande-t-elle bientôt, intriguée par son silence abattu. Tu n'es pas content qu'on s'en soit sortis ? Il faudrait peut-être prévenir le boss, il doit se demander où on est passés…

— Il a sans doute déjà appelé ma femme, murmure le comptable d'une voix sombre.

Sophie s'immobilise, interdite, comme si elle avait tout oublié de ce qui les a conduits jusqu'à la supérette. Elle observe son amant intensément. La compassion finit par prendre le pas sur ses interrogations et elle lui adresse un sourire bienveillant.

— Écoute… Je n'ai absolument pas envie de foutre la merde dans ton couple. Tu as raconté quoi au patron, pour cet après-midi ?

— Une urgence familiale, répond Thomas, la gorge serrée.

Sophie fait la grimace, pessimiste.

— Bon ! Je raconterai que je t'ai demandé de me rendre service…

Elle s'interrompt, cherche une excuse plausible, puis reprend :

— Je dirai que j'ai une vieille tante dans le coin, qui avait un contrôle fiscal, et que tu as très aimablement accepté de venir la défendre face aux inspecteurs du fisc.

— Pourquoi aurais-je inventé cette histoire d'urgence familiale ?

— Parce que tu étais persuadé que le boss t'enverrait sur les roses. À raison, d'ailleurs.

Thomas reste songeur quelques instants.

— Une vieille tante avec un contrôle fiscal…, répète-t-il, sceptique. C'est gros !

— Justement ! Ce sont les trucs les plus gros qui passent le mieux. Fais-moi confiance.

Incertain, le comptable la dévisage longuement, et dans son regard passe une telle détresse qu'elle ne peut s'empêcher de lui tapoter gentiment le genou, comme on le ferait pour réconforter un enfant.

— Je te promets que ta femme n'en saura jamais rien, murmure-t-elle avec douceur.

Cette simple phrase, prononcée avec tant de tendresse, déclenche chez le pauvre homme un tsunami d'émotions.

Le soulagement d'abord. Profond. Intense. Libérateur.

La reconnaissance ensuite. Pudique mais bien présente. Solide.

La culpabilité surtout. Brûlante. Violente. Féroce.

Il la regarde toujours. Il essaye de l'imaginer morte à cause de lui et se demande comment il aurait fait pour vivre avec ça. Il se demande aussi s'il aurait eu la force d'aller jusqu'au bout. Il n'est pas certain de vouloir connaître la réponse. Le seul fait d'y avoir pensé le remplit d'effroi. Il s'est senti basculer vers une force maléfique, comme... Comme si le diable en personne avait pris possession de son âme.

Il songe que, peut-être, durant les quelques minutes où il était au bord d'une sorte de rupture morale, en équilibre précaire entre le bien et le mal, Dieu et Satan se sont disputé le contrôle de sa destinée.

Alors, cédant à la puissance d'un séisme contenu depuis ce qui lui semble une éternité, Thomas Piscina fond en larmes et sanglote à cœur perdu en murmurant un seul mot :

— Merci.

Mme Piscina

Dans la voiture conduite par Aline, plus personne ne parle. Chacun est plongé dans ses pensées. Le voyage dans l'espace se double d'un voyage dans le temps, et les minutes défilent, à l'instar des kilomètres.

Quand la sonnerie d'un téléphone retentit dans l'habitacle, tout le monde sursaute.

— C'est quoi, ça ? demande Aline, sur le qui-vive.

— La sonnerie d'un téléphone, rétorque simplement Théo.

— Merci, j'avais remarqué ! Mais ça vient d'où ?

L'adolescent ne répond pas. Buté, il fixe la route sans desserrer les dents.

— Ça vient d'ici, remarque Germaine Dethy en désignant, à ses côtés sur la banquette arrière, le sac poubelle que Théo a rempli de vivres avant de quitter la supérette.

La vieille dame ouvre le sac et, après en avoir rapidement fouillé le contenu, en tire celui qui porte le logo du magasin, celui qui contient le butin du braqueur.

Médusée, Aline dévie sa trajectoire et se range précipitamment sur le bas-côté.

— Dis-moi que c'est une blague, dit-elle d'une voix tremblante en se tournant vers son fils.

— On n'allait pas le laisser là !

— Je rêve ! C'est un cauchemar et je vais bientôt me réveiller !

— Ben quoi ?

— Tu as raison ! explose-t-elle brutalement. Après tout, quand on va être accusé de meurtre, ce n'est pas un petit vol qui va changer grand-chose ! Au point où on en est !

Effarée, elle coupe le contact et sort de la voiture, claquant la portière derrière elle. À travers le pare-brise, Germaine et Théo la regardent faire quelques pas sur le bitume, les mains sur les hanches, tentant visiblement de reprendre possession de ses moyens.

Dans le silence de l'habitacle, les sonneries du téléphone semblent rythmer les efforts d'Aline pour recouvrer son calme.

— T'es vraiment con, toi ! ricane la vieille.

La gorge serrée, Théo ne relève pas l'insulte. Il défait sa ceinture de sécurité et va rejoindre sa mère qui, de toute évidence, est hors d'elle.

Germaine reste seule dans la voiture. À l'intérieur du sac en plastique, le téléphone recommence à émettre sa ritournelle synthétique. Germaine fouille, repère l'appareil ; établit la communication et le porte à son oreille.

— Allô, oui ?

— Heu… Thomas ? interroge une voix féminine à l'autre bout du fil.

— Ah non, ce n'est pas Thomas. À moins que vous ne soyez complètement bouchée, je crois que ça s'entend, non ?

— Qui êtes-vous ?

— Et vous, qui êtes-vous ?

— Je suis la femme de Thomas ! rétorque sèchement la voix. Passez-moi mon mari !

— Ça dépend… Il est comment, votre mari ?

L'interlocutrice de Germaine, désemparée par la question, met quelques secondes de trop à trouver ses mots.

— Non, parce que, suivant la description que vous m'en ferez, j'aurai de bonnes ou de moins bonnes nouvelles à vous annoncer, précise doctement la vieille dame.

— C'est une blague ? s'énerve la femme à l'autre bout de la ligne.

— Pas vraiment non !

Puis, excédée par la lenteur de réaction de la voix, Germaine Dethy décide de prendre les choses en main :

— Il est black, votre mari ?

— Non !

— Bon, ben ça, c'est déjà une bonne nouvelle pour vous. Ça veut dire qu'il est toujours en vie. Il a un bouc ?

La voix, de plus en plus désorientée par la tournure de la conversation, tente de reprendre le contrôle du dialogue.

— Arrêtez ce petit jeu qui ne me fait absolument pas rire et passez-moi mon mari !

— Répondez à ma question : il a une barbe en forme de bouc, oui ou non ?

— Oui !, lâche la femme qui ne comprend plus rien à ce qui se passe.

— Alors ce doit être le petit coincé du cul qui roulait des pelles à…

Germaine s'interrompt, réfléchit quelques instants, fronce les sourcils dans un évident effort de compréhension… Puis :

— Vous êtes sa femme ? demande-t-elle, sincèrement étonnée. Vous êtes parvenue à vous libérer ?

— Me libérer ? Mais qu'est-ce que vous racontez, à la fin ? Où est Thomas ?

— Aux dernières nouvelles, Thomas était en fâcheuse posture, avec vous d'ailleurs…

Elle suspend une nouvelle fois sa phrase et, très vite, se reprend :

— Enfin, avec une femme qui, je le pensais, était sa femme, mais à l'évidence, je me suis trompée…

Le silence qui suit est empreint de stupeur : à travers le pare-brise, Germaine Dethy surveille la mère et le fils qui s'expliquent à grands gestes. Elle s'est légèrement courbée, dissimulée derrière le dossier du siège avant afin qu'ils ne la voient pas le téléphone à la main.

— Je veux parler à mon mari ! s'impatiente la voix dans laquelle filtre un début de panique.

— Ça va être difficile ! Quand je l'ai quitté, il était pris en otage dans la supérette de la rue des Termes, les pieds et les mains liés. Si vous pouviez prévenir la police, ce serait sympa pour lui.

— Quoi ? Mais qu'est-ce que vous racontez ? Et qui êtes-vous à la fin ?

Au-dehors, Aline et Théo amorcent un retour vers la voiture. Germaine se baisse plus encore et ajoute à la hâte, en chuchotant :

— Et tant qu'à faire, dites aussi aux flics que je suis retenue contre mon gré par une femme et son fils adolescent d'une quinzaine d'années. Lui, il s'appelle

Théo. Elle, je ne sais pas. Nous roulons à bord d'une voiture rouge, et maintenant nous sommes sur la départementale 407, près de Courcelles sur quelque chose, je n'ai pas eu le temps de lire, je n'ai pas mes lunettes. Apparemment, on va chez le père de la femme.

Ça y est, ils reviennent. Sans se préoccuper de la voix qui nasille toujours, exigeant des explications, Germaine Dethy coupe la communication et planque à la hâte le téléphone sous le siège de Théo. Au moment où Aline ouvre sa portière et inspecte machinalement leur prisonnière, celle-ci arbore une expression angélique qui éveille aussitôt ses soupçons.

— Qu'est-ce que vous mijotez, vous ?

— Moi ? s'écrie Germaine Dethy en surjouant les offusquées.

Aline l'observe quelques instants d'un œil suspect, cherchant à déceler ses intentions. Puis, son regard glisse vers le sac poubelle. Elle s'en saisit et en extrait celui qui contient le butin du junkie, l'ouvre, inspecte son contenu, redresse la tête et étouffe un soupir amer.

— À vue de nez, il n'y a même pas deux cents euros, là-dedans ! C'est pitoyable !

— Tu vas en faire quoi ? s'enquiert Théo, encore penaud.

— Il faut se débarrasser des téléphones, de toute urgence.

— Dites, intervient Germaine Dethy, c'est pas pour dire, mais je commence à avoir la dalle, moi ! C'est bientôt l'heure de mon goûter et j'ai la fringale mauvaise !

Aline lui jette un regard excédé.

— Il n'y a pas que la fringale qui est mauvaise, chez vous !

Ignorant la requête, Aline fouille le sac et en sort tous les téléphones.

— Toi, surveille-la ! ordonne-t-elle à Théo en rouvrant sa portière.

Une fois dehors, elle contourne la voiture pour se mettre à l'abri des regards puis jette à terre tous les appareils et se met à les piétiner rageusement, se défoule, la rage au cœur. De toutes ses forces, elle pulvérise, broie, désagrège, lâche un peu de la tension emmagasinée durant ces dernières heures.

— C'est bon, maman, intervient Théo en abaissant la vitre de sa fenêtre. Je crois qu'ils sont HS, maintenant.

— Laisse-moi ! hurle-t-elle sans atténuer la violence de ses coups de pied. Ça m'évitera peut-être de faire pareil avec toi !

Confus, l'adolescent remonte sa vitre et attend que sa mère se calme. Ce qu'elle finit par faire au bout de quelques longues minutes. Épuisée, elle revient s'affaler sur son siège.

— File-moi un truc à boire, halète-t-elle, à bout de souffle.

Théo s'empresse de lui passer le sac poubelle.

— Ça, c'est une bonne idée ! claironne Germaine comme si de rien n'était.

Sans relever la remarque de la vieille, Aline inspecte le contenu du sac.

Sa respiration se fige.

Une seconde en apnée.

Puis elle plonge la main dedans et le fouille plus en profondeur.

Un nouveau temps d'arrêt, avant de tourner vers son fils un regard assassin.

— Tu te fous de moi !

— Quoi encore ? grogne l'adolescent, sur la défensive.

La stupeur se lit sur le visage de la mère, l'incompréhension sur celui du fils. Puis, se tournant vers Germaine, Aline lâche dans un murmure :

— Je vais le tuer !

— Un coup de main ? propose la vieille avec déférence.

— Mais quoi ? s'énerve Théo. Qu'est-ce que j'ai encore fait ?

À bout de nerfs, Aline retourne le sac poubelle dans un geste exaspéré. Une montagne de paquets de biscuits au chocolat, de chips et de cannettes de sodas se répand à ses pieds et sur ses genoux. Pas un fruit, pas un légume, pas une barquette de viande, encore moins de produit laitier ou de boîte de conserve.

L'œil meurtrier, la chirurgienne attend visiblement une explication.

Théo, lui, regarde successivement les victuailles, puis sa mère, sans comprendre ce qu'on lui reproche.

— Ben quoi ? se justifie-t-il avec une authentique sincérité. Tu m'as demandé de prendre à manger… J'ai pris à manger !

La voiture se range devant un immeuble de cinq étages ornés de balcons aux vitres fumées, façade de béton, architecture géométrique et structure fonctionnelle. En contradiction flagrante avec l'apparence générale du bâtiment, la porte d'entrée s'orne d'un fronton où on lit la joyeuse appellation des « Trois Pinsons », agrémentée d'un dessin stylisé des mêmes volatiles. Sur le mur, à droite du hall d'entrée, une plaque de métal rongée par le temps indique « résidence pour séniors ».

— C'est joli, ici ! ironise Germaine Dethy en regardant la façade de haut en bas. L'endroit idéal pour terminer ses jours !

— On vous a demandé votre avis ? aboie Aline en coupant le moteur.

Puis elle se tourne vers son fils :

— Tu sais où est ton sac à dos ?

— Il est là, répond Théo en se retournant vers l'arrière.

Il attrape un sac en toile plastifiée qui traîne sur le sol et le tend à sa mère. Satisfaite, Aline hoche la tête en guise de remerciement. Puis elle ouvre la boîte à gants et se saisit du revolver. Elle hésite quelques secondes, retourne l'arme dans sa main avant de retrouver comment on en extrait le chargeur. Une fois l'automatique délesté de ses munitions, elle le confie à Théo.

— Je vais chercher papy. Toi, tu surveilles la vieille. Tu ne lui parles pas et tu ne réponds pas à ses questions. Si elle fait seulement mine de vouloir sortir de la voiture, tu l'assommes avec ça. Je fais le plus vite possible.

— Pourquoi tu as enlevé les balles ? se vexe l'adolescent.

Pour toute réponse, Aline le gratifie d'un regard éloquent.

— Fais ce que je te dis, ajoute-t-elle avec autorité en s'emparant du sac à dos.

Et sans attendre la prochaine contestation, elle sort de la voiture dont elle claque fermement la portière.

Aline se dirige rapidement vers la résidence et disparaît à l'intérieur. Une fois dans le hall d'entrée, une seconde porte exige un code. La chirurgienne tape quatre chiffres et deux lettres sur le panneau digital, qui déclenche l'ouverture.

— Bonjour, madame Verdoux ! l'accueille une réceptionniste à moitié dissimulée derrière un large comptoir.

— Bonjour, répond nerveusement Aline. Francis est dans sa chambre ?

— À cette heure-ci, il doit être dans la salle commune pour la collation, répond l'employée en consultant sa montre.

— Merci. Je vais le chercher et je l'emmène en promenade.

— Il sera ravi !

Aline se presse vers les ascenseurs. La réceptionniste la rappelle aussitôt.

— La salle commune, c'est au rez-de-chaussée !

— Je vais chercher son gilet et son écharpe dans sa chambre, explique Aline, mal à l'aise. On ne dirait pas comme ça, mais il y a un peu de vent dehors et je n'aimerais pas qu'il prenne froid…

Aline a juste le temps de voir se dessiner le sourire compréhensif de l'employée avant que les portes de l'ascenseur se referment.

— De quoi je me mêle ? grommelle-t-elle.

Parvenue au troisième étage, elle file jusqu'à la chambre de son père dans laquelle elle s'enferme. Elle connaît bien les lieux et ne perd pas de temps : elle ouvre la penderie, sélectionne quelques vêtements, passe ensuite dans la petite salle de bains attenante, y prend le nécessaire de toilette et fourre le tout dans le sac à dos de Théo. Juste avant de partir, elle ouvre le tiroir de la table de chevet et pousse un soupir de soulagement : les papiers d'identité de son père s'y trouvent, ainsi qu'un trousseau de clés. Elle fait main basse sur le tout, puis sort de la chambre et parcourt le chemin en sens inverse jusqu'au rez-de-chaussée.

La salle commune est une vaste pièce aux allures de cantine, mobilier impersonnel, acoustique pleine de résonance, éclairage aux néons. Une trentaine de personnes âgées sont parquées autour de larges tables rondes et reçoivent chacune une boisson chaude – thé ou café au choix – ainsi qu'une part de tarte aux pommes. Dans un coin de la salle, en hauteur, un poste de télévision est allumé, muet, que personne ne regarde. Il règne dans la pièce une ambiance délétère, quelques silhouettes figées comme des mannequins d'exposition, d'autres qui se balancent d'avant en arrière, d'autres encore qui mangent, gestes saccadés, nez plongé dans leur assiette. Un brouhaha diffus chargé de gémissements et de mots épars chuinte alentour, brisé à intervalles irréguliers par des exclamations énigmatiques.

Le cœur serré, Aline cherche son père des yeux. Elle le repère enfin, serpente entre les tables pour le rejoindre et lui indique sa présence en passant son bras autour de ses épaules.

— Bonjour, papa, murmure-t-elle près de son oreille.

Surpris, le vieil homme lève vers elle un regard intrigué. Il la dévisage quelques trop longues secondes avant d'afficher une expression enjouée.

— Eugénie ! Quel bonheur de te revoir enfin !

— Non, papa. Je ne suis pas Eugénie. Je suis ta fille.

— Ma fille ? Je n'ai pas de fille…

— Ça ne fait rien, papa. Tu veux venir te promener ?

— Non, merci. Je suis bien, ici.

Aline se mordille la lèvre inférieure. Elle jette un œil sur sa montre et prend sur elle pour ne pas le brusquer.

— Papa, insiste-t-elle. Théo est dans la voiture, il t'attend. Il a très envie de te voir et…

— Qu'il vienne ici ! La tarte est excellente !

Dépitée, Aline s'apprête à revenir à la charge lorsque son père fronce les sourcils.

— Au fait, qui est Théo ?

— Mon fils, papa. Ton petit-fils.

— J'ai un petit-fils, moi ? Mais c'est merveilleux !

Cette fois, Aline a un mouvement d'impatience. Elle

passe son bras sous les aisselles de son père et le force à se redresser.

— Justement, il faut absolument que tu le voies ! Viens !

Le vieil homme grommelle mais finit par se lever. Soulagée, Aline le conduit vers la sortie. En passant devant la réception, elle salue l'employée d'un signe de la tête.

— Je vous le ramène dans une heure !

— C'est parfait, madame Verdoux ! Bonne promenade, Francis !

Sans ralentir le pas, Aline parvient à la porte qui donne dans le hall d'entrée. Là, elle doit attendre que la réceptionniste actionne l'ouverture pour enfin pouvoir tirer le battant vers elle. Quelques secondes plus tard, elle sort de la résidence.

— Par ici, indique-t-elle à son père en le guidant jusqu'à la voiture.

En ouvrant la portière arrière, elle constate que tout va bien : ni Germaine Dethy ni Théo n'ont bougé.

— Poussez-vous, intime-t-elle à la vieille dame afin de laisser une place au nouveau passager.

— Vous comptez faire une réunion de famille ?

Aline ne répond pas et aide son père à s'installer dans la voiture, puis boucle elle-même sa ceinture de sécurité comme on le ferait pour un petit enfant. Théo, à demi tourné vers l'arrière, croise le regard de son grand-père et esquisse un vaste geste de la main.

— Salut ! dit-il, la gorge serrée.

Cela fait plusieurs mois qu'il ne l'a plus revu, trop occupé à profiter de sa jeune existence pour perdre quelques précieuses heures auprès d'un vieillard dont la mémoire ressemble aujourd'hui à une passoire. Ce grand-père qui autrefois l'appelait « le nabot », qui le traitait d'inculte parce qu'à 8 ans, il ignorait qui étaient Victor Hugo, Edmond Rostand ou encore William Shakespeare, celui qui lui enseigna à l'âge de 10 ans les différentes manières de tricher au poker. Celui qui, impitoyable, lui a appris à nager en le jetant à l'eau, dans le grand bassin, sans bouée et sans prévenir… Celui qui lui faisait boire en douce les fonds de verre d'alcool, qui l'emmenait en courses et lui faisait promettre de n'en rien dire à sa mère… Celui qui lui refilait parfois cent euros comme ça mais qui, aux anniversaires ou à Noël, oubliait systématiquement de lui offrir un cadeau…

De celui-là, de cet homme hors norme, de ce papy hors format, il ne reste pas grand-chose.

Tout juste un grand-père hors d'usage.

Physiquement aussi, il a changé. Il était grand et solide, il avait cette épaisseur qui rend tout concret, les mots, les gestes, les intentions. Il était de ceux qui déplacent le monde dans leur sillage. Le corps d'aplomb, l'esprit en apesanteur. Aujourd'hui, Théo ne voit plus qu'un vieillard sinon chétif, du moins flétri, comme fané, tristement défraîchi. Les traits en ruine. L'organisme en jachère, l'âme en surpoids. À peine l'ombre de celui qu'il a été.

Théo baisse les yeux. Son cœur se serre, l'étreint d'une angoisse sourde, un malaise greffé à la gorge, un remords chevillé au ventre. L'irréparable outrage du temps le blesse, lui dont l'existence, ce matin encore, s'étendait à perte de vue devant lui.

La douleur de subir la déchéance de l'autre, la consternation de réaliser que rien n'est éternel.

Malgré le bref salut que l'adolescent lui a adressé,

Francis Villers semble ne pas remarquer sa présence. Toute son attention est concentrée sur Germaine Dethy, qu'il observe sans retenue. Celle-ci feint de n'en rien voir. Les lèvres pincées, elle regarde fixement devant elle, hautaine, presque excédée.

— Y a de la meuf ici ! s'exclame-t-il sans quitter la vieille des yeux.

— Papa ! le reprend Aline avec une certaine lassitude.

Elle a terminé de l'attacher et referme la portière avant de faire le tour de la voiture pour rejoindre sa place à l'avant.

Francis ne se démonte pas. L'œil brillant, il tend la main vers Germaine.

— Francis ! se présente-t-il.

La vieille ne bronche pas. Elle fixe toujours un point droit devant elle, simulant l'indifférence totale.

Aline fait démarrer la voiture et laisse la résidence peu à peu derrière eux.

Francis tient toujours la pose, impassible. Au bout d'un petit moment, agacée, Germaine risque un regard de côté et le dévisage.

— Te fatigue pas, va ! grommelle-t-elle en reprenant bien vite sa posture arrogante, le menton en avant et le regard lointain.

Le vieil homme ne sourcille pas lui non plus. Il demeure immobile, le bras tendu, la main offerte. Il attend. Il a tout son temps.

— Il n'a plus toutes ses pelletées, le vieux ! s'exclame Germaine, cette fois véritablement exaspérée, à l'attention d'Aline.

— Serrez-lui la main, qu'est-ce que ça peut vous

faire ! s'énerve celle-ci en foudroyant la vieille dans le rétroviseur.

La harpie lève les yeux au ciel, mais finit par concéder au vieil homme une main molle et froide.

— Germaine, marmonne-t-elle de mauvaise grâce.

Francis saisit la main offerte, qu'il porte avec déférence à ses lèvres.

— Germaine..., répète-t-il, ravi. Quel magnifique prénom !

Puis, l'œil humide, il ajoute :

— Enchanté, mademoiselle !

Lieutenant Neubel

Gilbert Delcroix, le gérant de la supérette, ne tarde pas à arriver sur place. Effaré, il découvre l'ampleur du drame, apprend l'état dans lequel se trouve son employé, met son bureau ainsi que l'enregistrement de la vidéo de surveillance à disposition de la police, fait une croix sur sa soirée.

La machine judiciaire est en marche. Sophie Cheneux et Thomas Piscina sont entendus séparément et leurs témoignages concordent. Ils corroborent également les premières conclusions du médecin légiste : les causes du décès des cadavres trouvés sur les lieux correspondent en tout point à leurs récits. Infarctus pour l'aide familiale, homicide pour le braqueur, asphyxie pour la jeune maman.

Après leur audition, le lieutenant Neubel y voit un peu plus clair. Le visionnage de la vidéo de surveillance achève de préciser les rôles que les uns et les autres ont joués dans la tragédie, victimes, bourreaux ou les deux, et il lance toutes les procédures d'identification des différents individus impliqués. Entretemps, les empreintes ont été relevées et numérisées, en priorité celles présentes aux endroits précis où s'est déroulé le drame, puis envoyées en urgence au FAED, le Fichier automatisé des empreintes digitales. Neubel espère recevoir les résultats avant la fin de la journée.

En attendant, priorité est donnée à la recherche des fugitifs – la mère et le jeune meurtrier – et, par conséquent, de la vieille dame toujours captive. La vidéo en noir et blanc ne laisse aucun doute sur le déroulement des faits, malgré sa piètre qualité. On voit très clairement l'adolescent s'emparer du revolver pendant que le braqueur détache l'une des otages – la mère du jeune homme selon les deux témoins entendus. Il braque son arme sur l'agresseur, lequel adopte aussitôt une attitude de repli. À partir de cet instant, il ne représente plus aucune menace pour quiconque. Pourtant, le jeune garçon maintient sa posture menaçante.

Privé du son, le lieutenant Neubel ne peut que deviner les intentions de chacun. Les otages sont entravés, le braqueur maîtrisé, seule la femme qui vient d'être libérée s'active sur la poitrine de la grosse dame, visiblement pour faire repartir son cœur. Puis, pour une raison encore inconnue, l'adolescent tourne son arme vers l'une des otages qu'il met délibérément en joue. Neubel s'interroge sur la cause de ce revirement, envisage un instant une possible complicité entre le braqueur et le jeune homme, rapidement démentie par les témoignages de Thomas Piscina et Sophie Cheneux, ainsi que par les images qui suivent : le braqueur se redresse, ébauche quelques pas vers le fond du magasin, l'adolescent réajuste sa mire puis fait feu sur lui.

L'homicide est clairement établi, même si Neubel doute de la préméditation. Il lance aussitôt un mandat d'arrêt à l'encontre du jeune homme et de sa mère, pour lesquels les chefs d'accusation se multiplient à mesure que défilent les images : homicide sur le braqueur, blessure par balle, non-assistance à personnes en danger, homicide involontaire sur la jeune maman, prise d'otage.

L'addition risque d'être salée.

Malgré tous les éléments qu'il a maintenant à sa disposition, le lieutenant ne peut s'empêcher d'être sceptique. Mis à part le braqueur, il doute que les autres victimes soient fichées, ce qui va considérablement compliquer l'identification. Or le temps presse. Pour retrouver la vieille dame invalide et ses deux ravisseurs, mais également pour localiser le petit garçon de 3 ans qui, aux dires de Sophie Cheneux, est seul chez lui et attend le retour de sa maman.

Une course contre la montre a commencé.

La scène de crime est passée au peigne fin. La police scientifique récolte toutes les informations exploitables : portraits des différents individus tirés de la vidéosurveillance, microtraces présentant possiblement un ADN qui sont emportées en urgence au labo par deux motards de la gendarmerie. Dans certains cas, les analyses ADN peuvent être très rapides et le lieutenant Neubel escompte recevoir les résultats dans les vingt-quatre heures.

Afin de mettre toutes les chances de son côté pour identifier les personnes présentes, il diffuse également un avis de recherche nationale avec la photo et le signalement des victimes. Mais, il le sait, les éventuelles réponses peuvent mettre du temps à arriver. Chaque minute compte et il concentre ses recherches sur l'identification de la jeune maman.

Partant du principe que la plupart des victimes habitent le quartier, Neubel envoie une équipe de policiers enquêter dans le voisinage. Si la mère a pris le risque de laisser son enfant seul chez elle le temps d'aller faire une course, il en déduit qu'elle réside à proximité de la supérette.

Un portrait de la jeune femme est remis à chaque membre de l'équipe. Vu l'enjeu, les policiers procèdent avec rapidité et minutie : aucun immeuble n'est négligé et, partout, ils tendent l'oreille, à l'affût du moindre pleur d'enfant. Ils frappent à la porte de chaque appartement, montrent la photo de Léa Fronsac aux occupants et les interrogent sur la présence d'une famille avec un petit garçon d'environ 3 ans.

Le problème, c'est qu'à cette heure de la journée, en semaine de surcroît, beaucoup de logements sont vides, ce qui ralentit considérablement les recherches.

Enfin, trois quarts d'heure après le début des recherches, un homme reconnaît Léa Fronsac.

— C'est la petite dame qui habite au deuxième gauche, affirme-t-il sans l'ombre d'une hésitation. Ça ne fait pas longtemps qu'elle est dans l'immeuble, mais je la reconnais bien !

Sans perdre un instant, les policiers se précipitent à l'étage indiqué et tambourinent à la porte.

Aucun signe de vie.

Neubel, en action dans un autre immeuble, est aussitôt appelé sur place. Quelques minutes plus tard, le lieutenant frappe à son tour puis, n'obtenant pas plus de réponse, il décide d'appeler un serrurier pour une intervention en urgence. Celui-ci arrive en quelques minutes, inspecte la serrure d'un œil professionnel avant de sélectionner les outils adéquats qu'il fait aussitôt jouer.

En quelques secondes, la porte est ouverte.

Le silence qui accueille les policiers suscite en eux autant de questions que d'appréhensions. D'une voix qu'il veut douce et rassurante, Neubel appelle, cherchant à amadouer le garçonnet si d'aventure il se cachait quelque part dans l'appartement.

— Salut… Il y a quelqu'un ? On est venus te chercher, mon bonhomme. C'est ta maman qui nous a dit que tu étais là…

Puis, intimant d'un geste autoritaire le silence complet à ses collègues, le lieutenant écoute, à l'affût du plus petit bruit.

Le silence est total.

Neubel réitère ses appels mais n'obtient pas plus de réaction. Peu à peu, l'équipe de policiers se déploie, passant d'une pièce à l'autre pour examiner chaque recoin susceptible de dissimuler un enfant.

Dans une des deux chambres à coucher, celle des parents, le poste de télévision allumé affiche l'image figée du menu DVD d'un dessin animé.

Le lieutenant esquisse un rictus contrarié.

— Ça ne me dit rien qui vaille…, murmure-t-il d'une voix sombre.

Neubel, l'esprit phagocyté par une succession de conjectures, hypothèses et autres suppositions, laisse traîner ses yeux sur le mobilier de la pièce. Sur la table de chevet, une photographie attire son attention. Il reconnaît tout de suite le visage de la jeune femme qui tient un bébé dans ses bras.

À présent, il en est certain : ils sont à la bonne adresse et, par conséquent, un des trois cadavres de la supérette est désormais identifié.

En revanche, il n'y a aucune trace de l'enfant.

Émile Fronsac

Le temps presse.

Si le petit garçon n'est pas dans l'appartement, c'est qu'il est ailleurs. En examinant la porte d'entrée, les policiers constatent que de l'intérieur il suffit d'abaisser la poignée pour l'ouvrir. En revanche, de l'extérieur, et une fois refermée, la porte ne peut s'ouvrir qu'à l'aide d'une clé. Neubel en conclut que l'enfant, comprenant qu'il était seul, est sorti de l'appartement pour aller chercher sa maman. La porte se sera refermée derrière lui, l'empêchant de faire marche arrière.

Sans perdre de temps, le lieutenant réunit ses hommes et leur expose la situation : un môme de 3 ans se promène tout seul dans les rues du quartier. D'après un rapide calcul qui part de l'heure à laquelle on voit Léa Fronsac entrer dans le magasin sur la bande vidéo et du laps de temps qu'elle a dû s'accorder pour effectuer ses courses sans inquiéter son fils, Neubel estime qu'il a pu s'écouler une heure et demie, deux heures au plus depuis que le petit garçon a quitté l'immeuble. Sur un plan du quartier, les policiers tracent un périmètre autour du bâtiment, évaluant la distance qu'il aurait pu parcourir. Les effectifs sont doublés et une première équipe part aussitôt sillonner les rues.

— Fouillez les tiroirs et trouvez-moi une photo récente du gamin, ajoute Neubel à l'intention de l'autre équipe. On va la faire circuler dans tout le quartier.

Une heure et demie. C'est long pour un enfant de cet âge. Quelle direction a-t-il prise ? Comment a-t-il pu réagir lorsqu'il s'est retrouvé seul sur le trottoir ? A-t-il croisé des gens sur son chemin ? C'est évident, même si les environs ne sont pas bondés. Alors il faut envisager qu'un passant bien intentionné se soit chargé de le mettre à l'abri.

Et espérer qu'il ne soit pas tombé sur un individu chargé de mauvaises intentions.

Neubel réprime un frisson glacé et chasse de son esprit des images sordides.

Après s'être assuré auprès du commissariat central qu'aucun enfant en bas âge non accompagné n'a été signalé, le lieutenant passe à la vitesse supérieure.

— Contactez tous les organismes de protection de l'enfance. Demandez-leur si on les a prévenus de l'abandon d'un gosse d'environ 3 ans. Et cette photo, bordel ! C'est pour aujourd'hui ou pour demain ?

— C'est tout ce qu'on a trouvé pour l'instant, inspecteur ! déclare une policière en lui tendant un cliché de l'enfant.

Neubel s'en empare et jette un œil sur la frimousse potelée. À l'évidence, le gosse ne doit pas avoir plus de un an et demi sur cette photo.

— Vous n'avez rien trouvé de plus récent ?

— Non. Vous savez, aujourd'hui, avec les smartphones et les appareils numériques, les tirages papier se font rares. Si on veut avoir une photo récente du môme, il faut plutôt regarder dans l'ordinateur de la mère.

— Et on l'a, l'ordinateur de la mère ?

— On a trouvé un portable dans le salon.

— OK. Appelez Bayer, le spécialiste en criminalité informatique, je veux qu'il se mette au boulot sur le disque dur…

— Mais surtout, qu'il laisse Paola chez lui !

— Paola ? s'étonne la policière.

— Sa chienne, qu'il emmène partout avec lui. En général, ça ne me dérange pas. Mais cette fois, je ne veux pas qu'elle vienne foutre ses poils partout.

— Ça marche. Mais ça peut prendre un peu de temps si on veut garder intactes toutes les données.

— Technologie moderne ! râle Neubel en soupirant. Bon, puisqu'on n'a rien d'autre sous la main dans l'immédiat, vous m'imprimez ce cliché en une centaine d'exemplaires, j'en veux un dans chaque commerce. On quadrille le quartier, et on continue le porte-à-porte.

Puis, désignant deux policiers, dont celle qui lui a apporté le cliché du gamin, il ajoute :

— Vous et vous : vous continuez de fouiller l'appartement de fond en comble, particulièrement les tiroirs et les armoires. Il doit bien avoir un père, ce gosse ! Ou des grands-parents, une tante, un oncle… J'ai besoin des coordonnées d'un membre de la famille. Allez, hop, tout le monde sur le pied de guerre ! Quelque part dehors, un gamin de 3 ans compte sur nous pour le retrouver.

Le reste de l'équipe quitte rapidement l'appartement.

— Inspecteur ! l'apostrophe un agent. Le central a

reçu l'appel d'une femme qui, en essayant de joindre son mari par téléphone, est tombée sur une dame qui a clairement évoqué le braquage de la supérette de la rue des Termes. Elle s'est elle-même présentée comme étant l'otage d'une femme d'une quarantaine d'années et de son fils adolescent. Il a 15 ans et se prénomme Théo. Au moment de l'appel, ils roulaient dans une voiture rouge sur la départementale 407.

Neubel bondit. Enfin un témoignage susceptible d'aboutir sur une piste sérieuse. Dès que le central lui a transmis les coordonnées de la femme, il l'appelle et doit d'abord essayer de calmer son interlocutrice, hystérique.

Alors qu'il l'appelle pour obtenir des informations, c'est elle qui l'assaille de questions, lui laissant à peine le temps de répondre, oscillant entre l'inquiétude sur l'état de santé de son mari – Neubel la rassure comme il peut, lui garantissant que le comptable est sain et sauf et qu'il sera bientôt de retour à la maison – et des interrogations hors de propos sur les fréquentations de celui-ci – auquel le lieutenant ne comprend rien et qu'il élude d'autorité. Les nerfs mis à rude épreuve, il parvient tant bien que mal à canaliser la logorrhée de l'épouse affolée et obtient enfin les renseignements dont il a besoin.

Les fugitifs se déplacent à bord d'une voiture rouge.

L'adolescent se prénomme Théo.

Ils roulent sur la départementale 407 et se rendent chez le père de la femme.

Neubel demande une carte de la région pour situer rapidement la route en question. Puis, il informe le central afin d'organiser des patrouilles et de mettre en place des barrages routiers.

— Il y a des journalistes en bas qui viennent couvrir l'événement, l'informe un agent en pénétrant dans la pièce. Ils demandent à vous voir.

— Dites-leur que le procureur de la République fera une conférence de presse sous peu !

L'appartement est à présent presque désert. Ne restent sur les lieux que les deux agents désignés par Neubel pour continuer la fouille, ainsi que Vincent Bayer, l'enquêteur spécialisé en informatique qui s'active déjà sur l'ordinateur portable de Léa Fronsac.

— Appelle-moi dès que tu as accès aux informations !

Sans lever le nez, Bayer acquiesce avec un grognement concentré.

Avant de rejoindre le commissariat de quartier, Neubel prend une dernière fois le temps de faire le tour de l'appartement. Il passe d'une pièce à l'autre, laisse ses yeux parcourir l'ensemble du mobilier, s'imprègne de l'ambiance, tente de déceler un détail qui, sans trop savoir comment, pourrait l'aider à retrouver le petit garçon.

Dans la salle de bains, il remarque l'absence de cosmétiques masculins. Famille monoparentale, note-t-il dans sa tête. Les deux brosses à dents qui cohabitent dans le verre de rinçage, une petite et une grande, le confirment. L'armoire de toilette lui fait brièvement hausser les sourcils : l'abondance de produits pharmaceutiques saute aux yeux. Les différentes étiquettes lui apprennent qu'il s'agit pour la plupart d'anxiolytiques et autres tranquillisants. Songeur, il sort de la salle de bains et passe dans la pièce suivante.

Neubel passe un moment, immobile, au milieu de

la chambre de l'enfant. On la croirait sortie d'un catalogue Ikea. À l'évidence, l'ameublement et la décoration ont été choisis et réalisés avec soin. Chaque meuble, chaque objet, chaque jouet occupe une place bien définie, de manière à exploiter au maximum un espace restreint. Il y règne une atmosphère à la fois propre et confortable. Au mur, des dessins d'enfant – ou plutôt des gribouillages –, des affiches au graphisme naïf, teintes pastel et formes douces, ainsi que quelques cadres contenant tous la photo d'un bébé rose et replet.

Sur le lit, un lapin en tissu défraîchi étale ses membres râpés et ses oreilles molles. Neubel s'en saisit, le garde un instant dans sa main épaisse et le considère d'un air songeur. Puis, le reposant à sa place, il sort de la chambre.

— Je vais au commissariat, dit-il à ses collègues en traversant l'appartement. Dès que vous avez du neuf, prévenez-moi !

Lorsqu'il sort de l'immeuble, quelques journalistes de différents médias s'approchent aussitôt, micros et dictaphones tendus. Le lieutenant leur confirme la tenue très prochaine d'une conférence de presse par le procureur de la République et s'abstient de tout autre commentaire tandis qu'il se fraie un chemin parmi eux, avant de prendre la direction du commissariat de quartier.

Là, on met à sa disposition un bureau ainsi qu'un ordinateur. Neubel s'installe, réunit tous les éléments et autres informations qu'il possède déjà, puis il se repasse la vidéo de surveillance pour être sûr qu'aucune information ne lui a échappé.

Quelques instants plus tard, la sonnerie de son

téléphone le tire de sa réflexion. C'est le numéro du FAED qui s'affiche et Neubel, curieux de savoir si le recoupement des empreintes digitales a donné quelque chose, prend tout de suite la communication.

— Neubel !

À l'autre bout du fil, une voix masculine l'informe que trois groupes d'empreintes relevées sur les lieux correspondent à des profils connus des services de police. Le lieutenant exprime une vive satisfaction : hormis celles du braqueur, il était persuadé qu'aucune empreinte ne leur livrerait le moindre renseignement.

— Tu m'envoies tout par mail ?

— C'est déjà fait !

Neubel le remercie et coupe la communication. En effet, le courriel en provenance du FAED est bien arrivé dans sa boîte mail.

Lorsqu'il l'ouvre, le premier visage qui s'affiche sur l'écran est celui du braqueur : Joachim Fallet, Français d'origine nigériane, 19 ans, toxicomane, déjà appréhendé à plusieurs reprises pour des faits de petite délinquance. L'information laisse Neubel de marbre, rien de véritablement surprenant là-dedans.

Lorsqu'il prend connaissance du deuxième visage, le lieutenant hausse les sourcils, marquant sa stupéfaction : de toute évidence, et même si la photo date de trois bonnes décennies, c'est la vieille dame en chaise roulante, toujours retenue en otage par les fugitifs. Il s'agit d'une certaine Germaine Dethy et son passé judiciaire fait état d'une condamnation à une année de prison.

Le troisième visage lui arrache une exclamation de surprise : Neubel identifie, sans aucun doute possible, la mère de l'adolescent meurtrier, plus jeune d'une bonne dizaine d'années. Son identité ainsi qu'un chef d'accusation s'affichent aussitôt :

Alicia Villers, recherchée pour rapt parental depuis treize ans.

Alicia Villers

La voiture a rejoint l'autoroute et fonce à présent vers l'Allemagne.

Dans l'habitacle, le silence règne en tapinois, dissimulé derrière le ronflement du moteur ; les esprits sont apaisés, bercés par le roulis, les regards lointains, les pensées aussi. Théo s'est endormi, vaincu par le choc. À l'arrière, Germaine Dethy dodeline de la tête, prête elle aussi à s'assoupir. Elle se tient à bonne distance de Francis, lequel ne semble même plus remarquer sa présence. Les yeux écarquillés, le vieil homme ne perd rien du paysage qui défile de l'autre côté de la vitre et avale ce spectacle inhabituel, les prunelles en pâmoison.

Dans le rétroviseur, Aline l'observe à intervalles réguliers. Elle tente de deviner ce qui se passe derrière ce regard happé par l'extérieur, les connexions qui se font dans son cerveau malade, les émotions qui en découlent… A-t-il encore la moindre réminiscence de ce que fut sa vie d'autrefois ? Sait-il seulement qui il est ? Ce qu'il fait là ? Il y a quelque temps encore, il avait des moments de lucidité, quelques instants de clairvoyance, soudain terriblement présent. Comme un cadeau. Un rai de lumière qui vient éclairer le passé, animant des volutes de souvenirs à la lueur d'un geste ou d'un mot. Une odeur. Un sourire.

Dans ces moments-là, quand il surgit soudain de la pénombre de l'oubli, Aline se cramponne à l'instant, aussi intense que des retrouvailles. Elle redevient cette fillette qui s'élance du fond de la cour de récréation en apercevant la silhouette de son père qui se découpe entre les deux montants de la grille, une gamine qui court à perdre haleine vers un éternel absent. Vite, le rejoindre, de peur qu'il ne disparaisse à nouveau, sans qu'on sache quand il reviendra.

S'il reviendra.

Les coups d'œil dans le rétroviseur se multiplient. Regards vers le passé. Aline, toujours, se pose la même question.

« Papa, quand est-ce que tu reviens me voir ? »

« Bientôt, ma chérie. Je te le promets. Un jour, tu verras, on ne se quittera plus. »

Promesses de pacotille, serments en toc. Les mots virevoltent, aussi légers qu'un arôme, parfum de vœux évanescents qui s'évanouissent sitôt libérés. Et Francis, comme toujours, disparaît dans l'opacité d'un au revoir.

Le cœur serré, Aline se souvient de ses rêves de gamine, quand elle croyait dur comme fer qu'un jour son père surgirait sans prévenir et l'emmènerait pour toujours. Elle se répétait la scène encore et encore, inlassablement, comme une chimère sucrée, jusqu'à l'écœurement. Ça se passerait au réfectoire de l'école, va savoir pourquoi, précisément cet endroit-là… Un jour comme un autre, une journée qui déroulerait son quotidien dans la langueur de l'ennui. Jusqu'à cet instant où il apparaîtrait dans le réfectoire et, sans un mot d'explication, sans même demander la permission, l'emmènerait loin, pour vivre avec elle jusqu'à la nuit des temps.

Depuis qu'elle est adulte, Aline sait qu'il est vain de croire. La raison a pris le pas sur l'espoir, les jolies fins n'existent que dans les films. Son père n'a jamais surgi pour ne plus la quitter. Il est resté cette silhouette qui se dévoile au loin, revenant d'une autre vie le temps d'un baiser, instants volés à l'ordinaire, pour repartir aussitôt, auréolé de ce sourire confiant qui lui disait toujours : « Un jour, tu verras. »

La voiture file tout droit, vers une autre promesse cette fois. Les mains agrippées au volant, Aline garde comme elle peut le cap d'un avenir possible pour son fils et pour elle. Leur destin a irrémédiablement basculé, elle le sait. Un faux mouvement, un moment d'inadvertance et l'innocence se dérobe brutalement, elle s'enfuit comme un voleur, elle éclate comme une bulle de savon, elle s'effondre comme un château de cartes, dans le bruit mat d'un corps qui s'effondre. C'est comme ça que les enfants grandissent, frappés de plein fouet par l'erreur d'un instant.

En tirant sur le braqueur, Théo a aussi tué son enfance.

À présent que tout est calme, Aline tente de faire le point. Réfléchir enfin aux actes qu'elle vient de poser, à ce qu'elle va faire, la trajectoire qu'elle a prise, entraînant les deux hommes de sa vie dans son sillage. Premier objectif : quitter la France. Mettre son gamin à l'abri. Jusqu'à présent, elle a agi à l'instinct, guidée par l'urgence et coincée entre menaces et raison, sans avoir eu – pris ? – le temps de calculer les risques. Parce qu'il fallait faire vite et que tout s'est emballé.

Tout abandonner. Repartir de zéro. Une fois encore. Le cœur en berne, la chirurgienne perçoit au fond de ses tripes cette sensation bien connue, celle qui est née treize ans plus tôt et ne l'a pas quittée durant des mois, des années : la peur, le doute, la défiance, l'insécurité, l'appréhension. Quand chaque journée devient un parcours du combattant, mesurer les difficultés, éviter les pièges, prévoir le danger, surmonter la détresse. Quand le quotidien évolue constamment sur le fil du rasoir, sans jamais baisser la garde. Regarder derrière soi, toujours. Se méfier de tout et de tout le monde. Ne s'attacher à personne.

Les mains soudées au volant, le pied au plancher, filant à toute allure sur l'autoroute, Aline songe avec amertume qu'elle est redevenue Alicia Villers, mère acculée par la fatalité, fuyant un destin ravageur. Elle se revoit fuir le domicile conjugal, avec son fils d'à peine 2 ans, son sac à main pour seul bagage. Elle habitait alors la petite ville de F, à quelques kilomètres de la frontière belge. Elle s'appelait encore Alicia Villers. Unie depuis trois ans à Simon, son amant d'abord, son mari ensuite, son bourreau surtout. La vie avait pris la noirceur opaque d'un long tunnel sans issue, si ce n'est celle de l'évasion. Impossible d'envisager le divorce, la garde alternée dans le meilleur des cas, la guerre ouvertement déclarée, la pression psychologique, les menaces quotidiennes, les agressions physiques. Un après-midi, elle est partie chercher Théo à la crèche et n'est jamais revenue. La mère et l'enfant se sont évaporés entre l'établissement et la maison, sans laisser de trace. Au bout de deux heures, le père a donné l'alerte. Il n'a pas perdu de temps. Alicia avait espéré avoir plus de marge de manœuvre, mais c'était sans compter la suspicion maladive de son mari et son édifiante vigilance. En quelques heures, son signalement s'est répandu comme une traînée de poudre, photo dans les gares et les aéroports, les arrêts de bus, les stations-service. Signe distinctif : un œil au beurre noir, détail que le malheureux mari ne mentionna pas.

Aux yeux de la loi, la victime est devenue bourreau. Elle, l'horrible mère qui enlève son enfant au père aimant ; lui, le parent éploré qui subit la cruauté de l'autre. Qu'importe. Alicia ne s'est pas retournée et, à l'abri de sa conscience, elle a tracé sa route.

Plutôt que de se cacher dans un endroit discret à l'écart, Alicia s'est réfugiée au milieu de la foule urbaine. Elle est parvenue à rejoindre Paris, là où les visages anonymes se confondent sans laisser de souvenir, là où personne ne regarde personne, là où l'indifférence devient la meilleure des protections. Quelques nuits dans un hôtel miteux, le temps de trouver ses repères, modifier un ou deux détails physiques, la couleur et la coupe de ses cheveux, quelques kilos de moins, elle qui, déjà, n'était pas bien grosse… Pas grand-chose en vérité mais suffisamment pour faire illusion et se défaire d'un profil familier.

Peu à peu, elle a reconstruit sa vie, après avoir trouvé la filière pour changer d'identité, entre faux papiers et travail non déclaré dans un premier temps, à peine de quoi vivre, tout juste de quoi survivre. Mais le luxe inespéré de dormir seule, sans craindre les cris, les insultes et les coups. Reprendre le contrôle de son existence. Réapprendre à sourire. Abandonner ses rêves de carrière, toutes ses années d'études pour terminer serveuse dans un bar, faire la plonge dans un restaurant ou des ménages dans le quartier. Tant pis. Oublier la fac de médecine, son avenir prometteur, savoir que jamais plus elle ne tiendrait un bistouri…

Mais, chaque jour qui passe, serrer son enfant dans ses bras et le voir grandir.

Elle est devenue Aline Verdoux. Les petits boulots se sont succédé, baby-sitter, prof particulier de maths ou de sciences, couturière et repasseuse. La vie au noir, la débrouille au quotidien. Mais elle s'en est sortie. Peu à peu, elle s'est constitué un réseau de connaissances, quelques personnes de confiance qui l'ont aidée. Théo a suivi une scolarité normale, il s'est fait des amis, dont certains parents ont également apporté leur pierre à cet édifice fragile et clandestin, mais qui avait l'avantage d'exister.

Aujourd'hui, Théo est grand, il a oublié ce père à l'humeur explosive et changeante qui, à vrai dire, ne portait sur lui qu'un regard distrait et dépourvu d'intérêt sincère. À toutes les questions qui ont surgi au fil des ans, Aline a répondu au plus près de la vérité, en contournant toutefois celles qui appelaient de trop sombres détails : la violence conjugale et le rapt. L'enfant s'est construit au gré des rencontres masculines, un instituteur, le père d'un camarade, un voisin. Son grand-père surtout, qui représentait sa seule famille. Et Aline songe avec amertume que, d'une certaine manière, elle a imposé à son fils un schéma calqué sur celui de sa propre enfance, fondé sur l'adoration d'une figure paternelle fantasmée.

Elle lève les yeux vers le rétroviseur pour attraper ceux de son père. Francis est toujours absorbé dans sa contemplation, projeté dans un univers dont elle ignore tout. Comme avant, comme quand elle était petite. Et quand ses prunelles glissent vers la gauche et que leurs yeux se croisent, elle sait que, même présent, même à ses côtés, il n'est pas là. Et qu'il en a toujours été ainsi.

Un père irrémédiablement absent qui ne porte sur elle qu'un regard distrait et dépourvu d'intérêt sincère.

Pour protéger Théo du prédateur, Aline a coupé les ponts avec tous ceux qui faisaient partie de sa vie d'avant : amis, collègues, ainsi que les quelques membres restants d'une famille éparpillée. Eugénie, sa mère, avait succombé quelques années auparavant à un cancer des poumons, mais elle avait encore une sœur, avec laquelle elle entretenait des rapports compliqués. Celle-ci, d'ailleurs, n'a pas vraiment cherché à la retrouver. Seul Francis est resté présent. Étrangement, c'est le seul à qui elle faisait totalement confiance pour ne pas divulguer l'endroit où elle se trouvait et le fait qu'ils étaient toujours en contact. Comme si elle l'avait rejoint dans la clandestinité d'une existence faite de mystères et de secrets. Ils partageaient désormais une part d'ombre que ni l'un ni l'autre ne souhaitaient voir mise au jour.

Et puis, la maladie est survenue. Les souvenirs se sont délités par portions, certaines congrues, d'autres conséquentes. Un passé qui s'effrite, qui s'éteint et, avec lui, les émois qui se tarissent. Après son placement dans une résidence pour séniors avec assistance médicale, Aline s'est autorisé autant de visites qu'elle le souhaitait : en perdant la mémoire, Francis est devenu ce vieil homme qui raconte n'importe quoi, auquel personne n'accorde le moindre crédit. Aux yeux du personnel, elle est une nièce lointaine qui s'acquitte charitablement d'une responsabilité familiale, raison pour laquelle il est normal qu'elle ne porte pas le nom de Villers.

Depuis trois ans, chaque semaine, Aline va voir son père.

Résidence des Trois Pinsons. Visites surprises, forcément : quand hier n'existe plus, demain est incertain. La silhouette d'Aline se découpe dans l'embrasure de la porte. Celle de Francis est tournée vers la fenêtre de sa chambre. En percevant le bruit dans son dos, le vieil homme se retourne et découvre cette femme qu'il ne (re)connaît pas. Mais il sait qu'elle est là pour lui, et la tendresse de son sourire le remplit d'une sensation à la fois étrange et familière. Un visage qui fait du bien. Un visage qui raccorde au présent les lambeaux d'un passé éclaté. Alors, profitant de ces quelques instants de complicité improvisée, Francis se laisse aller au jeu d'une connivence dont il ignore tout, mais qui semble être appréciée à sa juste valeur. Quelques mots échangés dans la douceur d'un murmure. Elle lui parle, lui dit des mots gentils, des mots qui n'appartiennent qu'à lui. Et quand vient le temps de se quitter, toujours elle se lève et pose sur sa joue un baiser emprunté, qui effleure à peine sa peau ridée.

— Quand est-ce que tu reviens me voir ? lui demande-t-il invariablement.

Aline ne répond pas tout de suite. Elle le regarde comme si elle allait lui voler son âme ; comme si elle retardait le plus longtemps possible le moment de la réponse.

Pourtant, cette réponse, c'est toujours la même.

— Bientôt, papa. Je te le promets. Un jour, tu verras, on ne se quittera plus.

Francis hoche la tête, satisfait. Puis il la regarde s'éloigner, même s'il sait confusément que les promesses sont des mots qui virevoltent, aussi légers qu'un arôme, parfum de vœux évanescents qui s'évanouissent sitôt libérés.

Thomas Piscina

Une fois leur audition terminée et bien qu'on leur demande de se tenir à disposition de la justice, Sophie et Thomas peuvent enfin rentrer chez eux. Les poignets de Thomas sont à présent soigneusement bandés.

— On dirait que tu as fait une tentative de suicide, remarque Sophie d'un ton léger.

Thomas hoche la tête en silence, le regard sombre. Même s'il se sent relativement rassuré par la version que sa jeune collègue envisage de donner de toute l'histoire, il lui faut se préparer psychologiquement à réintégrer le domicile conjugal et affronter le regard de sa femme. L'épreuve s'annonce pénible, Thomas fait de son mieux pour apprivoiser ses démons. La tache d'urine sur son pantalon a séché, mais la peau le démange toujours autant, il se sent sale, honteux, humilié, misérable, répugnant.

Les forces de l'ordre les ont informés qu'ils avaient droit à une assistance psychologique afin de les aider à surmonter le traumatisme vécu. L'un et l'autre l'ont refusée pour le moment, mais ils ont pris les coordonnées de la psychologue spécialisée dans les affaires de ce genre. Les dernières procédures inhérentes à l'enquête les concernant ont été accomplies et les voilà à nouveau libres de leurs faits et gestes.

Sophie a emprunté le téléphone d'un policier pour joindre leur patron, lequel n'a même pas remarqué leur absence au bureau. Il a d'abord écouté d'une oreille distraite, puis est tombé des nues, a bafouillé quelques vagues formules d'encouragement et les a autorisés à ne pas repasser par l'agence et profiter dès à présent d'un week-end qui s'annonce ensoleillé. L'urgence familiale de Thomas semble lui être sortie de la tête, tout comme le dossier fiscal à clôturer avant la fin de la journée. Il les attend lundi matin, n'est-ce pas ! De pied ferme ! Et en pleine forme !

Sophie lui lance un merci plein d'ironie avant de couper la communication.

— Il ne s'est rendu compte de rien ! s'exclame-t-elle. Tu imagines ? On pourrait crever, tout le monde s'en fout !

Thomas la considère une seconde, interloqué, gagné soudain par le fol espoir de retrouver sa petite vie bien ordonnée là où il l'a laissée quelques heures plus tôt.

— Ça veut dire qu'il n'a pas appelé ma femme ?

— Faut croire que non…

Tandis que sa conscience vient d'accomplir un grand écart vertigineux, entre l'abattement total et l'euphorie, Thomas se sent galvanisé. Se peut-il que ce cauchemar soit enfin terminé ? Que la parenthèse infernale soit sur le point de se refermer définitivement ? Ça n'aurait été qu'une simple punition, un avertissement, une façon pour Dieu de lui dire : « Voilà, je te rends à ton existence, mais que tout cela te serve de leçon ! J'espère que tu as compris et que tu ne recommenceras plus » ?

— Oui… Oui, j'ai compris, je vous jure que j'ai

compris, je ne recommencerai plus jamais, je vous le promets ! murmure Thomas, fébrile.

— Qu'est-ce que tu dis ? lui demande Sophie.

— Rien ! Rien, tout va bien ! Je... Je vais rentrer chez moi.

Puis, se rappelant qu'ils sont arrivés ensemble :

— Je te dépose quelque part ?

— Ben... Oui, je veux bien. Si tu pouvais me ramener chez moi... Après tout ce qu'on vient de vivre, je n'ai pas vraiment le courage de reprendre le RER toute seule.

Thomas acquiesce. Délivré d'un sortilège démoniaque, il peine à imaginer en regardant la jolie réceptionniste qu'il a été faible au point de tomber dans ses filets. Oui, il a bien compris la leçon, et si Dieu est assez bon pour ne pas le lui faire payer plus cher, il se jure de redevenir le mari fidèle et le père exemplaire qu'il a toujours été, et de le rester jusqu'à la fin de ses jours.

Le trajet du retour se passe dans le silence. Tous deux sont encore sous le choc, à la fois soulagés de s'en être sortis vivants et terriblement déstabilisés par l'épreuve qu'ils viennent de traverser. Reprendre pied dans un quotidien en pleine course leur paraît étrange, se fondre dans l'anonymat des gens de la ville, redevenir chacun le fragment d'une foule, tout ce qui, il y a quelques heures à peine, n'avait aucune valeur, se faisait sans y penser, semblait banal ou sans intérêt se pare à présent d'un caractère d'exception.

Au moment de déposer Sophie chez elle, Thomas tient une nouvelle fois à s'assurer que leurs violons sont bien accordés.

— On peut revoir la façon dont les choses se sont déroulées ?

La jeune femme peine à dominer un geste de lassitude. Elle se sent moralement épuisée, physiquement sale, et ne pense qu'à une chose : sa baignoire et son lit.

— Ça va, c'est bon ! rétorque-t-elle un peu à cran. On n'est pas non plus dans *Les Liaisons dangereuses* !

— Pourquoi tu parles des *Liaisons dangereuses* ? demande Thomas, surpris par la référence.

— Je veux dire que ce n'est pas le plus compliqué des scénarios ! explique-t-elle en perdant patience.

Thomas garde un silence perplexe, tentant de comprendre le lien entre *Les Liaisons dangereuses* et « scénario compliqué ».

— Scénarii, articule-t-il enfin, à court d'idées.

— Quoi ?

— Des scénarii. On dit : un scénario, des scénarii.

À son tour, Sophie le considère un court moment puis, sans relever la remarque, elle obtempère et repasse avec lui leur version des faits : ils se sont rendus ensemble chez sa vieille tante, laquelle avait un contrôle fiscal que Thomas, en comptable avisé et parfait gentleman, a géré de main de maître. Lorsque ce fut fait, et après avoir écouté le message de sa femme lui demandant de rapporter quelques courses, ils se sont arrêtés dans une supérette non loin du domicile de la vieille tante. La suite rejoint la réalité vécue, qu'il n'est nul besoin de répéter : chaque moment de ce terrible après-midi est gravé à jamais dans leur mémoire.

Juste avant de se quitter, le comptable et la réceptionniste laissent le calme de l'habitacle planer entre eux, tous deux perdus dans le désordre de leurs émois.

— On se voit lundi matin à l'agence ? demande Sophie en guise d'au revoir.

— Oui… bien sûr, répond Thomas, mal à l'aise.

Elle hoche la tête, il détourne les yeux, évite maintenant son regard. Il ne peut s'empêcher de se rappeler qu'il a réellement voulu la tuer, de ses propres mains, de ses pensées sales. Il chasse l'image de son esprit, tente de se concentrer sur autre chose, il voudrait qu'elle disparaisse… Elle tarde à sortir de la voiture, il contient un geste d'impatience, se maudit d'éprouver cette hâte odieuse.

— Bon ben… Salut, dit-elle, avant de se pencher vers lui pour lui faire la bise.

— Salut, répond-il un peu trop fort, un peu trop vite.

Leurs joues se frôlent à peine, alors que, il y a si peu de temps, ils ont partagé tant d'intimité, dans l'amour comme dans la haine, dans la douceur comme dans la violence.

Enfin, elle quitte le véhicule et Thomas la regarde s'éloigner, prenant clairement conscience qu'il lui sera impossible de la côtoyer chaque jour sans éprouver l'indicible honte d'avoir été à deux doigts de l'assassiner. Son visage, sa voix, son odeur, tout en elle lui rappellera à jamais l'enfer de cet après-midi, le combat sans merci que se sont livrés en lui l'ange et le démon. En trompant sa femme, il en est maintenant persuadé, il a basculé dans un univers nébuleux ; il a goûté à l'effervescence du désir, la morsure du repentir, la brûlure du regret. En cet instant précis, en fixant la silhouette de la jeune femme qui bientôt disparaîtra dans son immeuble, seul pour la première fois depuis que le chaos a ravagé son existence, Thomas n'est plus vraiment certain que Dieu lui ait fait une fleur en le laissant vivre.

Les yeux rivés sur Sophie, il sent, avec une certitude absolue, qu'elle emporte avec elle les dernières miettes de ce qui faisait son identité d'autrefois. Celui qu'il était encore ce matin.

Celui qui n'est plus.

Il ignore comment interpréter la confusion qui ravage ses pensées, mais ce dont il est certain, c'est que la jeune et jolie réceptionniste est devenue l'unique être vivant dans tout l'univers qui, à l'avenir, sera capable de le comprendre.

Elle est également le seul être humain au monde qu'il se sent incapable de revoir un jour.

En vérité, tout ce qui donnait un sens à sa vie, tout ce qui faisait que, chaque matin, il trouvait la force et l'envie de se lever, partir sur le front de chaque journée, batailler pour transformer le temps en amour, en plaisirs ou même en argent, tout cela est à présent réduit en bouillie. De ses principes, de ses certitudes, il ne reste rien. Juste un amoncellement de doutes et de scrupules qui le rongent, qui le brûlent, un conglomérat acide de questions et de craintes, à l'image de bestioles immondes qui lui grimpent dessus, dont il voudrait se débarrasser, son esprit hurle, un long cri muet, sa conscience tente de les écraser mais elles sont trop nombreuses, dès qu'elle parvient à en tuer une, dix autres surgissent et le vampirisent, ça lui bouffe la tête, ça lui fracasse le crâne, ça lui désagrège les tripes…

Juste avant de pénétrer dans le bâtiment, Sophie s'est retournée et, ignorant tout des effroyables assauts que son absence, au même titre que sa présence d'ailleurs, provoquent chez Thomas, elle lui a adressé un petit signe de la main, auquel il n'a pas répondu.

Voilà, elle a disparu.

Thomas ne réagit pas pendant de longues minutes, cherchant comme un forcené un reste de vigueur pour faire démarrer le moteur et rentrer chez lui. Il sait que c'est la dernière épreuve de la journée, trouver la force de conduire jusqu'à son domicile. Là, il pourra s'effondrer, dérober sa laideur aux yeux du monde, se cacher derrière l'amour des siens et se laisser noyer dans la poussière de sa contrition.

Il lui faut une heure pour rejoindre son quartier, situé à vingt minutes. En arrivant devant chez lui, il lève les yeux vers le troisième étage où, derrière les voilages, les êtres qui lui sont le plus chers l'attendent, et, pour la première fois de la journée, il sent une onde de chaleur qui ranime son cœur.

Il coupe le moteur. Machinalement, il cherche à remettre son portefeuille dans la poche intérieure de sa veste, se souvient qu'il ne possède plus rien de ce qui représentait son identité : portefeuille, cartes de crédit, carte d'identité, tout a disparu. Alors il ouvre la portière de sa voiture et s'extrait avec difficulté du véhicule.

Titube jusqu'à la porte d'entrée, tape les quatre chiffres sur le digicode, pousse le battant.

S'engouffre dans l'ascenseur.

Hésite une demi-seconde sur le numéro de son étage…

Appuie sur le bouton orné du chiffre « trois ».

Se laisse aller contre la paroi de la cabine qui s'élève enfin.

Lorsque les portes de l'ascenseur s'ouvrent à l'étage

indiqué, Thomas a la sensation que les derniers mouvements à faire pour regagner sa tanière épuiseront jusqu'à son dernier souffle d'énergie. Il se sent vidé de tout fluide et, s'il n'était si près du but, s'effondrerait là, à même le sol. Il sort de l'ascenseur, avance de quelques pas vers la porte de son appartement…

Une valise est posée sur le palier.

Le comptable fronce les sourcils. Se demande qui a bien pu oublier sa valise devant chez lui… Ses traits se creusent un peu plus quand il reconnaît son propre bagage. Comment se fait-il que…

Il tente d'insérer sa clé dans la serrure, laquelle refuse obstinément de l'accueillir. Ses gestes se font nerveux, impatients, maladroits. Il essaie encore, se heurte au même rejet : de l'autre côté, la clé de sa femme bloque la sienne…

Un douloureux jet d'adrénaline lui redonne de l'énergie, il se met à frapper à la porte tout en appelant son épouse.

Pas de réponse.

Thomas ne comprend pas, ou alors ne comprend que trop bien, ce qui revient au même. Tremblant, il abat son poing sur le battant sans se soucier de la souffrance infligée à ses poignets blessés, de plus en plus violemment, appelle, crie, hurle le prénom de sa femme, devient comme fou, se jette maintenant sur la porte, prêt à la défoncer…

— Va-t'en ! entend-il enfin derrière le battant.

— Valérie ? C'est… C'est toi ? Ouvre-moi, s'il te plaît !

— Je t'ai dit de t'en aller ! Je ne veux pas te voir.

— Mais…

Quelques débris d'une existence déjà en miettes

s'effritent dans sa tête tandis que son cœur trébuche sur le rejet de Valérie, manquant un battement sur deux. Thomas se laisse aller contre le battant de la porte, éperdu de douleur. L'odeur d'urine qu'il dégage l'écœure. D'ailleurs, tout en lui le dégoûte, sa misérable apparence comme son esprit pervers.

— S'il te plaît... Laisse-moi entrer ! sanglote-t-il, bouleversé.

— Pas ce soir ! Laisse-moi du temps.

Puis il entend son pas s'éloigner, et la porte du hall de jour se refermer.

Ses bras retombent le long de son corps, inertes, puis, le regard vide, il se dirige tel un automate vers l'ascenseur.

Émile Fronsac

En apprenant l'identité d'Alicia Villers, *a fortiori* son passé, le lieutenant Neubel a déployé la grande artillerie : photos et signalement sont envoyés aux quatre coins de la France, en particulier dans toutes les régions frontalières. Ce qu'elle a fait treize années auparavant, à savoir tout quitter, sans ressource et avec un enfant de 2 ans, Alicia Villers est tout à fait capable de le refaire aujourd'hui dans des conditions autrement moins périlleuses.

Le temps presse. D'après l'heure de leur départ enregistrée sur la vidéo de surveillance, les fugitifs ont une bonne avance. Ils n'ont vraisemblablement pas encore quitté le territoire, mais ils ont eu le temps de faire de la route. Neubel a déjà pris contact avec le service diffusion de la police nationale afin de transmettre les avis de recherche à tous les commissariats et gendarmeries de France. Les photos sont aussitôt confiées à la presse et aux studios de télévision tandis qu'à la radio, les flashs se succèdent, relayant l'information du braquage de la supérette, de la prise d'otages, du nombre de morts ainsi que la recherche d'une femme de 43 ans et de son fils adolescent. Le signalement et l'identité de Germaine Dethy sont également diffusés aux différents médias qui la présentent comme otage et dernière victime de l'infernal duo très vite surnommé Ma & Jo Dalton.

Du côté de l'identification, on cherche toujours à déterminer qui est la grosse femme qui a succombé à une attaque cardiaque. Ici également, bien que moins intense, l'enquête suit son cours.

Afin de gérer au mieux la situation, le lieutenant s'est installé dans un des bureaux du commissariat de quartier. Car la recherche et la capture d'Alicia Villers et de son fils, de même que l'identification du corps de la grosse femme ne sont pas ses seuls soucis : aux alentours de la supérette, l'effervescence est à son comble.

Émile Fronsac reste introuvable.

Tous les effectifs disponibles ont été réquisitionnés, une section d'hommes et de femmes qui poursuivent sans relâche les fouilles et le fastidieux porte-à-porte. Interroger les voisins, diffuser la photo du gamin tandis que d'autres sillonnent les rues, entraînant dans leur sillage un nombre croissant de volontaires qui, sitôt informés qu'un petit garçon de 3 ans est livré à lui-même quelque part dans les environs, décident de participer activement aux recherches.

La nouvelle se répand comme une traînée de poudre et met bientôt le quartier en émoi. Déjà, quelques rumeurs naissent et commencent à circuler dans les parages immédiats, prenant ensuite le large vers les abords de la ville. Le spectre du voisin pédophile émerge de toutes parts et les sales gueules sont mises en examen par la vindicte populaire. Les premières dénonciations ne tardent pas à arriver et le nombre de suspects se multiplie à une vitesse inquiétante. Le commissariat est bientôt saturé d'appels qui incriminent tout le monde et n'importe qui.

Vite dépassés par le mouvement qui se crée autour de la disparition de l'enfant, les hommes de Neubel tentent de gérer comme ils peuvent les appels et autres témoignages qui affirment l'avoir vu aux quatre coins de la ville, retenu contre son gré ou drogué à l'arrière d'une voiture, travesti en compagnie de gens étranges ou encore identifié à plusieurs reprises sur des sites pornographiques à caractère pédophile.

Pour chaque appel, pour chaque témoignage, il faut lancer une recherche afin d'être certain de ne pas passer à côté d'une piste intéressante. Et alors que la nuit tombe inexorablement sur le quartier, mettant les forces de l'ordre sur les dents, décuplant les efforts et les tensions, on est toujours sans nouvelles de l'enfant.

Enfin, au milieu de toute cette situation, le disque dur de l'ordinateur portable de Léa Fronsac révèle ses premières informations. Le dossier Images affiche des photos qui, pour la plupart, dévoilent des moments de son existence, entourée de ses proches. Le petit Émile est présent sur la majorité des clichés, en nourrisson rougeaud et fripé, en poupon rose et grassouillet puis en bébé joufflu et édenté.

Neubel cherche une photo plus récente du gamin, mais n'en trouve pas plus que dans l'appartement.

L'absence d'images postérieures à l'année précédente exaspère le lieutenant qui commence sérieusement à s'impatienter. La vie de Léa Fronsac est une succession d'instants heureux : l'évolution quasi quotidienne d'Émile, des moments partagés avec son mari, des réunions de famille, des soirées entre amis, des vacances sur la côte, un mariage, un baptême… De ces moments que l'on aime immortaliser. Ce sont toujours les jours heureux que l'on capture, modeste production d'instantanés qui délivreront un jour leurs souvenirs parfumés aux relents de nostalgie.

Parmi ces photos, Neubel en sélectionne une qui, de toute évidence, représente le papa du petit Émile. Pouvoir enfin donner une apparence physique à l'une des personnes qu'il recherche lui donne un sérieux coup de fouet.

— Trouve-moi tout ce que tu peux comme informations sur ce type, ordonne-t-il à Vincent Bayer. C'est vraisemblablement le père du gamin. Regarde dans les mails si on peut avoir ses coordonnées. Il faut que je puisse le joindre au plus vite.

Le spécialiste opine du chef et fait défiler le contenu du disque dur. Il déniche rapidement l'emplacement où sont stockés les mails, dont il déroule les en-têtes. Neubel tente de repérer les noms qui reviennent à intervalles réguliers et finit par isoler deux individus avec lesquels Léa Fronsac était, ces derniers temps, fréquemment en contact : une femme et un homme.

En toute logique, le lieutenant sélectionne le correspondant masculin. Il s'agit d'un certain Frédéric Carpentier qui très vite, en effet, se révèle être son mari. Ou plutôt son ex-mari. La teneur des courriels récemment échangés ne laisse aucun doute sur l'évolution de leur relation. Tous font état de leur séparation, agrémentés de plaintes et de reproches mutuels, ils se disputent, ils se menacent, ils se haïssent. Plus par curiosité que par nécessité, Neubel jette un œil à la correspondance de l'émissaire féminin : il s'agit de l'avocate de la jeune femme qui l'informe régulièrement de l'évolution de son dossier.

Sans perdre plus de temps, le lieutenant revient sur les mails de l'ex-mari et relève son adresse. Depuis l'ordinateur mis à sa disposition, il lui envoie aussitôt un message lui demandant d'entrer en contact avec lui de toute urgence, suivi du numéro de son portable. Il n'en dit pas plus. Il est précis dans ses termes, de sorte qu'aucune information, de quelque nature que ce soit, ne perce dans le ton de son courriel.

En attendant que Frédéric Carpentier se manifeste, Neubel poursuit son inspection. Il saisit des bribes d'existence, entre les photos qui relatent un bonheur oublié et les mails qui déversent le fléau du désamour.

Il parcourt l'historique des courriels, chope des mots, des bouts de phrases, des intitulés, clique sur certaines pièces jointes, suspend son souffle, se renfonce dans son siège.

— Tu as trouvé quelque chose ? lui demande le spécialiste informatique qui perçoit son changement d'attitude.

Neubel garde le silence, mais son comportement est la plus éloquente des réponses. Il semble comme hypnotisé par ce qu'il découvre. La souris bien calée dans la main, l'index en alerte, il passe d'un mail à l'autre, question et réponse, ouvre des documents, dépouille ensuite la correspondance avec l'avocate…

Sous ses yeux médusés apparaît l'abîme qui s'est creusé entre le mari et la femme, l'énoncé de la douleur par avocats interposés, les griefs, les accusations, les menaces. La solitude derrière les mots. La rancœur gorgée de répulsion. Comme si détester l'autre était désormais le seul moyen de se supporter soi-même.

Neubel peine à y croire, mais l'évidence est là, sous ses yeux. Il exhume le supplice de l'absence, devine le calvaire de la culpabilité.

Et ce qu'il vient de découvrir dans cette succession de maux jetés en pâture dépasse l'horreur d'un simple divorce.

— Je sais où est le gamin, déclare-t-il alors d'une voix sombre. Vous pouvez arrêter les recherches.

Frédéric Carpentier

Lorsque le mail du lieutenant Neubel apparaît dans la boîte de réception, Frédéric est connecté, raison pour laquelle il en prend connaissance quelques minutes seulement après son arrivée. Recevoir un courriel de la police criminelle est toujours un choc, et l'en-tête du message suffisamment peu ordinaire pour en différer la lecture. Frédéric fronce les sourcils avant de relire à plusieurs reprises la simple phrase qui le compose. Puis, pour mettre un terme à ce suspens qui l'agace, il saisit son téléphone portable et compose le numéro indiqué par le lieutenant.

Au bout de la première sonnerie, une voix sèche et claquante comme un coup de fouet lui répond.

— Neubel !

Frédéric se présente, s'apprête à exposer la raison de son appel quand le lieutenant lui réclame de but en blanc de le rencontrer au plus vite. De plus en plus surpris, Frédéric accepte, renseigne Neubel sur l'endroit où il se trouve, et rendez-vous est fixé, dix minutes plus tard, dans les locaux mêmes du commissariat. En raccrochant, Frédéric est à la fois curieux et perplexe. Il a bien tenté d'en savoir plus, mais le policier a soigneusement évité ses questions.

Sans perdre de temps, il éteint son ordinateur et se met en route.

À son arrivée au commissariat, il est aussitôt reçu par le lieutenant qui le conduit dans une pièce dont il referme la porte derrière lui. La diligence avec laquelle on l'accueille commence à l'inquiéter, et ses soupçons se portent tout naturellement sur une personne bien précise.

— C'est à cause de Léa, c'est ça ? Qu'est-ce qu'elle a encore fait ?

L'agacement qui pointe dans la voix de Frédéric interpelle Neubel, lequel est tenté de lui balancer le décès de la jeune femme au visage, une phrase bien sentie, du genre : « Difficile pour elle de faire quoi que ce soit : elle est morte ! » mais les circonstances sont autrement plus compliquées. Cet homme a souffert et souffre encore plus que de raison ; inutile d'ajouter à son calvaire. Le lieutenant sait par expérience que, dans ce genre d'affaire, personne n'a tort, personne n'a raison. En revanche, tout le monde endure le supplice des jours qui passent sans l'atténuer.

— Il s'agit en effet de votre ex-femme, Léa Fronsac, réplique simplement Neubel. Mais avant toute chose, j'ai besoin d'une confirmation au sujet de… De votre fils, Émile.

À l'évocation du nom du petit garçon, Frédéric se rembrunit. Il hoche la tête et la baisse en même temps dans un mouvement de détresse.

— Vous pouvez m'expliquer ce qui s'est passé ? demande le policier.

— Pourquoi ?

La question a fusé, nimbée d'agressivité. Le sujet est délicat, il le restera de longues années encore, diffusant son chagrin éternel dans les cœurs mutilés. Neubel maîtrise un geste d'impatience. La délicatesse n'est pas son fort, mais la nécessité d'obtenir rapidement des réponses le pousse à la diplomatie.

— Léa Fronsac a été prise en otage au cours du braquage de la supérette située rue des Termes, à quelques pas de son domicile, explique-t-il avec concision. Cela s'est passé cet après-midi. Et j'ai l'immense regret de vous annoncer qu'elle n'a pas survécu à cette prise d'otage. Elle… Elle est décédée cet après-midi.

La nouvelle frappe Frédéric de plein fouet. Ses traits se figent, tétanisés par la violence de ce qu'il vient d'apprendre. Il considère le policier d'un œil halluciné, la bouche ouverte, en apnée.

— Je suis désolé, ajoute le lieutenant en guise de conclusion.

Il laisse passer quelques instants, le temps pour son interlocuteur d'intégrer l'information, du moins le minimum syndical que sa patience puisse supporter. Au bout de cinq minuscules secondes, il reprend.

— Vous pouvez me parler des circonstances dans lesquelles votre fils a disparu ?

Frédéric le regarde comme s'il parlait une langue étrangère.

— Pardon ?

— Votre fils, répète le lieutenant en rongeant son frein. Comment est-il décédé ?

Le regard de Frédéric se trouble, paumé entre les morts qui jonchent sa route, la disparition des êtres qui, sans doute, ont le plus compté dans sa vie. Il contemple Neubel sans le voir, il l'écoute sans l'entendre, il semble complètement largué. Puis, soudain, comme si une connexion s'était faite par miracle, ou par hasard, il répond :

— Un accident. Un bête accident. Ça s'est passé il y a environ un an et demi. Il était parti au parc avec Léa, ils marchaient sur le trottoir, tous les deux, il était juste à côté d'elle… Elle a tourné la tête cinq secondes. Cinq secondes sans le surveiller. Il a filé entre deux voitures garées, il a débouché sur la route… Une voiture l'a percuté de plein fouet.

Frédéric a prononcé ces mots tel un automate en fin de batterie.

— Elle… Elle ne s'en est jamais remise, ajoute-t-il dans un souffle qui semble être son dernier.

Neubel esquisse un mouvement de sourcils confirmant cette dernière déclaration.

— Était-elle dans le déni de cette disparition ? s'informe-t-il encore. Lors de la prise d'otages, elle n'a cessé de répéter que son fils était seul chez elle, qu'elle devait rentrer de toute urgence. Et quand nous avons réussi à localiser son appartement, nous y avons découvert une chambre d'enfant. Comme… comme s'il vivait toujours.

Frédéric hoche la tête, une affirmation aussi brève que discrète. Ses yeux fixent le néant laissé par la mort de son bébé, regard dans le vide, envahissante solitude d'une existence désormais dénuée de sens. Les souvenirs traversent son esprit comme des projectiles de glace, figés dans le caveau congelé de sa mémoire. Il se souvient de la vie qui bascule dans l'horreur pour un moment d'inattention. La douleur. L'incompréhension. La dénégation. Ensuite, alors qu'il se pensait déjà en enfer, la longue et vertigineuse descente dans les profondeurs d'un cauchemar sans fin : l'impossibilité viscérale pour Léa d'accepter la mort du petit garçon, dont elle s'accusait d'être la principale responsable. Les jours qui passent et cette sensation glaçante de la voir peu à peu reprendre ses activités comme avant, comme s'il était encore là. La voir parler toute seule en baissant la tête vers un petit interlocuteur imaginaire. Assister, impuissant, à la déchéance d'une raison qui refuse résolument l'ineffable évidence. Constater qu'à certains moments de la journée, elle s'obstine à accomplir les gestes du quotidien d'une mère de famille : préparer les panades, chanter des comptines, passer chaque soir un instant dans la chambre du petit garçon, acheter des vêtements d'enfant…

— On aurait dit qu'elle vivait dans un monde parallèle, murmure-t-il soudain, plus pour lui-même que pour Neubel. Pas tout le temps, mais de plus en plus souvent. Elle passait d'un état de profonde dépression à une sorte d'allégresse artificielle, comme si elle interprétait un rôle…

Un rôle. Celui de la mère parfaite. Une femme meurtrie qui repousse envers et contre tout celui que la vie lui impose désormais. Frédéric se souvient de ces discussions absurdes au cours desquelles elle évoquait leur enfant, persistant à parler de lui au présent, s'entêtant à organiser le quotidien en fonction de lui… Ses colères aussi, violentes, quand il refusait d'entrer dans son jeu, quand il la forçait à se rendre à l'évidence. Les accusations qui en résultaient, virulentes, insupportables, père indigne, monstre qui renie son enfant…

— J'ai essayé de tenir le coup, de l'aider à refaire surface, mais j'étais moi-même terriblement malheureux… Je n'ai pas pu. Je n'y suis pas arrivé. J'avais l'impression qu'elle m'entraînait avec elle dans la folie. Alors je l'ai quittée. C'était pour moi une question de survie.

Frédéric évoque ensuite la pénible séparation qui s'est ensuivie : son déménagement à lui, abandonnant Léa au milieu des souvenirs que son imagination malade faisait revivre. Puis, quand elle a été incapable d'assumer seule les frais liés à cet appartement devenu trop grand pour elle, son départ forcé pour un logement plus adapté à sa nouvelle condition.

— Je n'ai plus eu de nouvelles d'elle durant une ou deux semaines. Puis, un jour, elle m'a envoyé un mail, dans lequel elle abordait la question de la garde d'Émile, comme si j'exigeais d'en avoir l'exclusivité. Je suis passé lui rendre visite, j'espérais encore désamorcer le conflit qui naissait dans sa tête… C'est là que j'ai vu qu'elle avait reconstitué la chambre d'Émile à l'identique.

Le choc est violent. Frédéric n'y résiste pas et demande le divorce, officiellement. Les échanges de mails se multiplient, dans lesquels Léa oscille entre une démarche cartésienne et une approche fantasmée.

— Ces derniers temps, elle n'en démordait plus. Elle passait son temps à se battre contre des moulins à vent, à s'accrocher à ce combat pour la garde d'Émile. Son avocate s'échinait à recentrer le débat pour faire avancer les choses et lui obtenir de bonnes conditions après la séparation, mais c'était de plus en plus compliqué. Il était plus ou moins prévu qu'elle se fasse interner une fois le divorce prononcé.

Frédéric se tait. Il continue de fixer un point imaginaire, quelque part par terre mais, Neubel le sent, il se calme peu à peu, retrouve une certaine sérénité. Reste un chagrin viscéral, une douleur profonde, une solitude encombrante. L'homme ravale un sanglot, un hoquet de peine qu'il expulse en une plainte amère, puis il lève vers le lieutenant un regard soudain apaisé.

— C'est peut-être mieux comme ça, ajoute-t-il d'une voix serrée. Elle est près de lui maintenant.

Alicia Villers

— J'ai faim !

Germaine Dethy grogne de sa voix déplaisante, sans finesse, sans tact, sans complexe.

— File-lui un paquet de gâteaux secs, maugrée Alicia à l'attention de Théo, réveillé depuis peu de temps.

— Non, pas des gâteaux secs, s'insurge la vieille dame. Je veux un vrai truc à manger !

— Vous aurez ce qu'on vous donne !

Théo interroge sa mère du regard, qui lui confirme d'un hochement de tête que la harpie se contentera de biscuits. L'adolescent fouille dans le sac poubelle et en tire un paquet de Petit Beurre qu'il tend à Germaine Dethy.

Celle-ci s'en empare sans protester, baisse la vitre de sa fenêtre et balance le paquet au dehors.

— Hé ! s'exclame Théo, les yeux ronds. Elle les a jetés !

— J'ai dit que je voulais un vrai truc à manger, insiste-t-elle. Pas de la bouffe pour adolescents attardés.

— Désolée ! réplique Alicia d'une voix sèche. Je

n'ai ni le temps ni l'intention de m'arrêter maintenant. Si vous voulez manger, il faut prendre ce qu'il y a.

— Vous n'avez pas le droit de me traiter comme ça !

— Faut que j'aille pisser ! ajoute Francis en décochant à Germaine un clin d'œil caricatural.

La vieille dame tourne vers son voisin un regard chargé d'agacement et de dédain, auquel il répond par un sourire en demi-teinte qui se veut à la fois complice et séducteur.

— Ne te mêle pas de ça, papa ! s'énerve la chirurgienne en perdant peu à peu son calme. Je ne peux pas m'arrêter maintenant !

— Alors vous ne m'en voudrez pas si je me soulage sur place, menace le vieil homme sans se départir de son rictus, parodie outrée de connivence, les yeux toujours rivés sur Germaine.

À la seule pensée de le voir uriner à côté d'elle, la harpie ne peut s'empêcher d'exprimer son dégoût : elle grimace d'écœurement tout en levant les yeux au ciel.

Francis, lui, se marre tout seul.

— J'ai faim ! répète la vieille en haussant la voix.

— Je dois pisser ! ajoute le vieux sur le même ton.

— Vos gueules ! hurle soudain Théo.

Son cri provoque un sursaut confus qui fige les deux vieillards pour quelques secondes. Alicia tressaille également.

— C'est le monde à l'envers, murmure-t-elle en soupirant.

Elle connaît les sautes d'humeur de son fils, ses coups de sang aussi, la difficulté propre à son âge de gérer les multiples contrariétés de la vie dans des circonstances normales… Que dire alors de cette situation où tout le monde est sur les charbons ardents.

Quelques minutes passent, durant lesquelles plus personne ne bronche.

Puis, profitant que Théo soit réveillé, Alicia allume le lecteur de CD afin de créer un bruit de fond. Les baffles situés à l'arrière du véhicule empêcheront les passagers d'entendre ce qui se dit à l'avant.

— Il faut qu'on parle, Théo.

L'adolescent se rembrunit. Mais il hoche la tête en regardant droit devant lui.

— Il faut qu'on parle de ce qui s'est passé, précise Alicia sur un ton qui n'annonce rien de joyeux. Et aussi de ce qui va se passer.

— Je sais.

— Tu veux qu'on commence par quoi ?

— Par ce qui va se passer.

Alicia pince les lèvres. Elle aurait préféré l'inverse.

— OK. Mais tu n'y couperas pas.

— C'était un accident, maman !

— On ne tire pas par accident dans le dos de quelqu'un qui ne présente aucune menace.

— C'était à cause de l'autre dingue qui n'arrêtait pas de hurler ! tente-t-il de se justifier. Et puis tout le monde me criait dessus et personne ne voyait que…

Il s'interrompt, la gorge sèche, le cœur comprimé dans l'étau de la culpabilité, sachant qu'aucun mot ne pourra légitimer son acte. Il se tait aussi parce qu'il est mort de peur. Depuis son geste fatal, sa raison tente désespérément d'atténuer la gravité des faits, baume d'inconscience sur la plaie infectée de sa probité. En vain. Le poids de la faute le terrasse plus douloureusement que n'importe quel châtiment humain. Quand il a pris la vie d'un autre, la sienne a irrémédiablement sombré dans le gouffre infini de la peine à perpétuité.

Alicia attend qu'il poursuive son plaidoyer. Elle aimerait qu'il sorte ce qu'il a sur le cœur, qu'il se décharge un peu de son fardeau trop volumineux. Elle ignore tout de la façon dont les choses vont évoluer, ce qu'il perçoit de l'engrenage qui vient de se refermer sur sa jeune existence, la manière dont il appréhende l'avenir. Tant qu'il parle, tant qu'il garde le contact, elle s'accroche à l'espoir ténu que, psychologiquement du moins, il puisse un jour s'en sortir. Elle sait qu'il gardera gravé à jamais dans sa mémoire le bruit de la déflagration, l'image du corps qui s'effondre, celle du visage sans vie de ce tout jeune homme, à peine sorti de l'adolescence. Elle sait que ce visage viendra le hanter au cours des nombreuses nuits qui s'annoncent, et que le souvenir de cette journée pervertira toutes celles qui suivront. Elle sait que, désormais, l'obscurité lui tiendra lieu de refuge, le silence d'allié, et la solitude de repos.

Elle sait que, à partir d'aujourd'hui, son quotidien sera un enfer.

— Où on va, là ? demande-t-il enfin en indiquant d'un mouvement de menton la route qui s'étend devant eux.

— Je n'en sais encore rien. Mais il faut quitter la France de toute urgence.

— Hein ? glapit-il en ouvrant de grands yeux ahuris. On… On s'en va pour de bon ?

La stupéfaction de l'adolescent n'étonne Alicia qu'à moitié. Elle se doutait bien qu'il ne réalisait pas tout à fait la gravité de leur situation.

— Tu pensais quoi ? s'agace-t-elle. Que tu allais

pouvoir reprendre le cours de ta vie comme s'il ne s'était rien passé ? Rentrer à la maison et jouer à la Play ? Tu as tué un homme, Théo !

— Je le sais ! s'exclame-t-il en maîtrisant mal l'affolement qui le gagne. Mais je ne l'ai pas fait exprès ! Je veux dire : je ne VOULAIS pas le tuer !

— Les faits prouvent le contraire, rétorque-t-elle avec fermeté. Le braqueur ne te menaçait pas. Tu lui as tiré dans le dos.

— C'était un accident ! hurle cette fois le jeune homme. Tout le monde me criait dessus, je n'ai pas VRAIMENT voulu tirer !

— Mais tu l'as fait. Aux yeux de la loi, tu as commis un crime passible d'une peine de prison. Au mieux, vu ton âge, tu iras en maison de correction.

La sentence provoque chez l'adolescent un réel mouvement de panique. Il se prend la tête entre les mains et expulse une plainte déchirante.

— Le petit nous joue la grande scène du quatre ? ricane Germaine Dethy à l'arrière.

Les nerfs d'Alicia sont mis à rude épreuve. Elle tente de conserver son calme et ne relève pas la réflexion de la vieille.

— Et si je me rendais ? propose-t-il d'une voix fébrile. Si j'allais tout raconter aux flics, leur dire que tout ça c'est juste un accident, leur expliquer comment ça s'est passé ? Peut-être qu'ils comprendront, c'est toi qui le dis, faute avouée est à moitié pardonnée, et… Il n'y a pas de raison que tu paies pour mes conneries, et papy aussi. Alors oui, peut-être que j'irai en prison, OK, mais pas très longtemps, en tout cas moins longtemps que si on se fait prendre, et puis…

Théo s'interrompt, submergé par le désespoir. Il se

triture les doigts, renifle bruyamment, parvient difficilement à maîtriser les tremblements qui agitent ses membres.

Alicia ferme les yeux un bref moment. La proposition de Théo la bouleverse, cet adolescent dont l'énergie était, jusqu'à cet instant, exclusivement canalisée par sa petite personne, focalisée sur son existence, son bien-être, son plaisir, toujours au détriment des autres, trop accaparé par les promesses que sa jeunesse et son insouciance exigeaient à cor et à cri, comme un dû.

Entendre qu'il veut se sacrifier pour épargner les autres est un véritable choc pour elle.

Sauf que ce n'est pas si simple. Aux odieux événements qu'ils viennent de vivre s'ajoute sa propre histoire, les tentacules de son destin qui viennent resserrer l'étau d'un péril tapi dans la pénombre de son passé, et qui, aujourd'hui, brutalement, resurgissent dans toute l'ampleur de leur menace. Se rendre à la police implique de faire face à ses antécédents, la forçant à payer une addition à laquelle s'ajoutent à présent des intérêts hors de prix. Voir son mari réapparaître dans leur vie et s'ériger en victime pour exiger un droit sur Théo qu'elle n'envisage pas de lui céder. Sans compter la réaction de l'adolescent ! Alicia frissonne en songeant au choc qu'il éprouvera lorsqu'il apprendra l'existence de son père biologique, puis la vérité sur les faits qui se sont déroulés treize années auparavant.

Bouleversée, elle doit se rendre à l'évidence : si elle a pris la fuite, ce n'est peut-être pas uniquement pour sauver son fils du spectre effrayant de la justice.

— Ça ne marche pas comme ça, Théo, murmure-t-elle d'une voix à peine audible. Se rendre à la police implique des conséquences dont tu n'as pas idée. Tu vas être jugé pour homicide volontaire ! Même si tu n'as pas vraiment voulu le tuer, les faits sont là. Tu lui as tiré dans le dos. C'est indéfendable. Tu sais combien d'années de prison tu risques pour un homicide volontaire ? Et si tu espères que ton jeune âge va te tirer d'affaire, tu risques d'être déçu. Même avec des circonstances atténuantes, ça peut aller chercher dans les quinze ans. Tu réalises que quand tu sortiras, tu auras 30 ans ? 30 ans et tu ne seras nulle part ! Sans compter que tu auras un casier judiciaire qui te poursuivra toute ta vie et qui sera un obstacle chaque fois que tu te présenteras quelque part pour trouver du boulot. C'est ta vie entière qui est en jeu, Théo !

L'adolescent a écouté sa mère avec une horreur croissante. Depuis son geste fatal, il perçoit confusément l'ampleur des effets qui interfèrent sur le cours de son existence. Des répercussions dont l'onde de choc est en train de tout fracasser. Mais entendre cette descente aux enfers décrite en détail par sa mère le remplit d'effroi. Cette fois, il n'est plus au bord du précipice. Il est en pleine chute libre. Il éprouve de plein fouet l'épouvante de l'abîme qui vous absorbe littéralement. L'anéantissement total. Comme si l'espoir était aspiré tout au fond d'un gouffre obscur d'où il n'a aucune chance de resurgir un jour.

Alicia, elle, est en plein combat avec ses démons. En énumérant, même sommairement, les suites probables d'une arrestation, elle sait qu'elle propulse Théo dans les ravages d'un ouragan de détresse. La chirurgienne lutte contre les méfaits sournois de la contrition. À son angoisse déjà accablante s'ajoute une culpabilité sauvage qui achève de lui laminer le cœur : son discours circonstancié avait-il pour but de faire prendre conscience à son fils de la gravité des faits, ou bien celui de se convaincre elle-même que ses motivations sont altruistes ? En d'autres termes, a-t-elle pris la fuite pour préserver l'avenir de Théo ou pour se protéger elle-même des griffes de la justice ?

— C'est pour ça qu'on doit quitter la France au plus vite, ajoute-t-elle plus bas à l'intention de son fils. Théo ! Il faut qu'on garde notre sang-froid. On ne s'en sortira que si on fait équipe, toi et moi.

L'adolescent ne dit plus rien. Il reste un long moment la tête dans les mains, recroquevillé sur lui-même, pleurant à gros sanglots muets. Son corps hoquette, sa conscience se débat sous un déluge de remords, son âme se tient en équilibre précaire sur le fil ténu de la raison. Sa mère le laisse expulser sa terreur, elle attend qu'il se calme. Les yeux fixant l'horizon, droit devant elle, elle serre les dents et se concentre sur sa conduite.

La route est encore longue.

Lui jetant de brefs regards soucieux, Alicia hésite. Et si elle lui disait tout ? Couper l'herbe sous le pied du désastre. Le temps presse, ils peuvent se faire arrêter à tout moment… Ce n'est pas précisément de cette façon qu'elle comptait lui apprendre la vérité, son véritable nom, son passé, son père… Mais la vie en a décidé autrement et Alicia pressent que les occasions de se parler peuvent s'évanouir à tout moment.

Quarante kilomètres ont défilé au compteur quand il relève enfin la tête. Les yeux rougis, les traits tirés, la mâchoire crispée, l'adolescent tente désespérément de refaire surface. En découvrant cette mine effondrée, Alicia abandonne le projet de lui révéler la vérité sur son histoire. Inutile de l'enfoncer davantage, lui qui peine déjà tant à se maintenir à la surface. L'enfance est un manteau dont il est douloureux de se dévêtir quand, dans le monde des adultes, la tempête fait rage.

— Pourquoi on a emmené papy ? demande-t-il soudain, comme s'il s'agissait d'un sujet primordial.

Alicia soupire. Elle se pose la même question, bien qu'elle sache exactement ce qui l'a poussée à embarquer son père dans cet enfer.

— Depuis des années, nous nous faisons une promesse, répond-elle dans un murmure. C'était la seule façon de la tenir.

— C'est quoi, cette promesse ?

La chirurgienne déglutit.

— On s'est promis qu'un jour, on ne se quitterait plus.

En prononçant ces mots, Alicia doit se faire violence pour maîtriser son émotion. Et soudain, elle songe avec amertume qu'aujourd'hui était peut-être ce jour comme un autre, une journée qui déroule son quotidien dans la langueur de l'ennui. Jusqu'à cet instant où elle a surgi dans le réfectoire et, sans un mot d'explication, sans même demander la permission, elle a enlacé son père avant de le conduire jusqu'à sa voiture. Puis, claquant la porte d'un ordinaire qui n'était pas à sa mesure, elle l'a emmené loin de là, pour vivre avec lui jusqu'à la nuit des temps.

Germaine Dethy

La route défile derrière la vitre, apaisante, elle déploie son paysage, elle offre sa perspective, un large horizon qui s'ouvre aux yeux de Germaine Dethy, dans le halo du soleil couchant. Ça faisait longtemps qu'elle n'avait pas vu le monde sous cet angle.

Ce monde qui, jadis, lui appartenait.

La vieille ne peut s'empêcher d'éprouver une certaine fascination pour le panorama qu'elle devine au-delà de l'autoroute, ces collines qui ondoient dans la pénombre du soir, les lumières des hameaux qui scintillent au loin, les faisceaux des phares qui balaient le bitume. Il y a un côté festif, comme un départ en vacances. Germaine ferme les yeux. Dans son esprit, les courbes de la terre poursuivent leur ballet lascif, le vent réveille les herbages, les souvenirs frémissent, valsant au gré des images qui vont et qui viennent, de plus en plus vivantes, de plus en plus précises, faisant naître sur le visage de la harpie, à son insu, un sourire de bien-être.

Quand elle rouvre les yeux, ses traits se remettent en place, vite, comme pris sur le fait, la main dans le sac. Germaine retrouve sa tronche de circonstance, affiche son dédain, expose son humeur, agacée, irritée, mais garde au fond d'elle cette émotion oubliée, un rai de plaisir qui s'infiltre dans son cœur.

Une autre sensation s'impose, tyrannique, et pourtant singulière, tellement rare…

— J'ai faim, glapit-elle avec le sentiment qu'elle pourrait avaler un sanglier, elle qui, d'ordinaire, a un appétit d'oiseau.

On lui propose un paquet de gâteaux secs, qu'elle exècre, qu'elle refuse, qu'elle jette par la fenêtre. Le pisseux s'en offusque, il cafte à sa mère, laquelle n'en démord pas, une bourrique celle-là… Une bourrique qui lui ressemble, ça l'agace, mais force lui est de constater qu'elle se reconnaît en elle, le même tempérament buté et intraitable, la même connerie chevillée au cœur, une plaie ce genre de femme !

Germaine a beau insister pour recevoir une nourriture digne de ce nom, on ne l'écoute pas. Pis, on la méprise et, pour couronner le tout, le vieux dégoûtant d'à côté essaye de faire de l'humour, niveau pipi-caca, c'est pitoyable.

Une mélodie s'élève des baffles, juste derrière elle, elle qui déteste la musique. Le comble !

À l'avant, ça discute ferme.

La vieille dame retourne à sa contemplation béate. La campagne vallonnée change de forme, l'horizon se découpe en contours obscurs, ça lui donne le tournis tout cet espace, cette profondeur qu'elle discerne plus qu'elle ne la voit…

Tu parles d'une journée !

Un éclat de voix la fait sursauter. La mère et le fils s'affrontent et, comme toujours, ce sont ceux qui devraient la fermer qui font le plus de bruit. Germaine décoche une de ses flèches infectées d'amertume, histoire de remettre le boutonneux à sa place. Dans le rétroviseur, elle chope le regard de la mère, dont les prunelles suintent l'accablement, visiblement dépassée par les événements. Bizarrement, ça lui chatouille les tripes, elle doit se faire violence pour maîtriser un sentiment de connivence qui s'impose malgré elle, c'est très désagréable. Germaine grommelle. Lâche-le, ton gamin, avant qu'il ne te lâche. L'abnégation maternelle est une connerie, ça ne te mènera nulle part, ça ne t'apportera que des emmerdes. Elle se demande pourquoi les mères, en général, sont poussées par un instinct de protection absurde qui finit toujours par les mener à leur perte. Le sens du devoir sans doute, à moins que ce ne soit plus primaire que ça, un concept génétique, le poids de l'hérédité ou le couperet de l'atavisme. Un piège à bonne conscience dans le meilleur des cas, un sortilège maléfique qui frappe les femmes au moment de l'accouchement et les transforme en génitrices irrémédiablement dévouées à la survie de leurs rejetons.

— « Et si je me rendais ? Si j'allais tout raconter aux flics, leur dire que tout ça c'est juste un accident, leur expliquer comment ça s'est passé… Peut-être qu'ils comprendront, c'est toi qui le dis, faute avouée est à moitié pardonnée, et… Il n'y a pas de raison que tu paies pour mes conneries, et papy aussi. Alors oui, peut-être que j'irai en prison, OK, mais pas très longtemps, en tout cas moins longtemps que si on se fait prendre, et puis… »

Germaine suspend son souffle. La proposition du gamin la percute de plein fouet. Ces mots qu'on attend une vie entière et qui, au crépuscule de l'abandon, résonnent enfin, faisant germer une tendre pousse au milieu de la plaine aride des espoirs déçus.

Ces mots qu'elle aurait tant aimé entendre de la bouche de sa propre fille.

Germaine enrage. Elle sait qu'elle ne vaut guère mieux que cette mère qui, dans la tourmente d'un instant d'égarement, s'est laissé guider par l'instinct plutôt que par la raison. Une vie entière à garder le cap de l'indépendance d'action et de réflexion, inculquer à son enfant l'importance de ne rien sacrifier, tenir tête aux règles, aux convenances, à la domination d'un mari tyrannique qui ne voyait en elle qu'une employée de maison…

Née en 1932, Germaine Dethy appartient à cette génération de femmes dont le salut était en général sacrifié sur l'autel du mariage. Sa mère, ses sœurs, ses amies, toutes ont emprunté le chemin de la sagesse, parcourant chaque étape de la vie dans le respect des conventions, au mépris de leurs aspirations personnelles. Germaine, elle, a pris une route plus accidentée malgré un mariage qui la mettait à l'abri du besoin. Une union guidée par l'urgence de quitter le giron familial et s'émanciper de l'autorité parentale. Hélas, elle s'aperçut vite qu'elle était tombée de Charybde en Scylla et que l'indépendance si chère à ses yeux s'annonçait plus difficile à obtenir : son mari s'avéra être un homme dominateur, condescendant et peu compréhensif, qui souhaitait avant tout qu'elle fût une épouse serviable et docile, sans chercher à partager les richesses du monde ou même les plaisirs de l'existence. Impérieux, il la força à revêtir un costume dans lequel elle se sentit très vite à l'étroit et qui, à l'évidence, n'était pas taillé pour elle. Durant les premiers temps de cette union sclérosante, elle tenta tant bien que mal d'endosser le rôle qu'on attendait d'elle, mais sa nature, aussi rebelle que séditieuse, prit un malin plaisir à réduire à néant tous ses efforts de soumission. Quand elle se découvrit enceinte, le piège se referma inexorablement sur elle et, avec lui, ses rêves de liberté s'évanouirent. Elle se vit pareille à sa mère et à ses sœurs, passant ses journées – et ses nuits ! – à torcher, élever et nourrir une ribambelle de gosses qui, au bout de quelques années, la laisseraient exsangue et défraîchie. Avant que sa grossesse devînt visible, elle prit ses jambes à son cou et déserta le domicile conjugal, préférant affronter seule le chaos du monde extérieur plutôt que de se résigner au confort d'une vie sans saveur. Elle changea de ville, bien décidée à mettre une certaine distance entre elle et cette existence trop triste à son goût. Sa fuite provoqua la colère de son époux, bien entendu, mais également celle de sa famille qui refusa de lui venir en aide.

Commença alors une succession d'épreuves qui mit sa volonté au défi : le manque d'abord, la solitude ensuite, l'opprobre enfin. Elle fit tous les petits boulots que son état lui permettait, lequel ajouta encore son lot d'embûches, manquant à plusieurs reprises de lui faire faire marche arrière et rentrer la tête basse chez son mari pour le supplier de la reprendre.

Elle tint le coup par miracle.

C'est le docteur Jérémie Querton, le gynécologue qui l'accoucha, qui lui offrit sa première véritable chance. L'homme, un médecin d'une trentaine d'années, fut touché par cette jeune mère célibataire qui bravait les tempêtes de la vie avec une force peu commune. Lorsqu'elle se fut remise de ses couches, il lui proposa une place de secrétaire et d'assistante, qu'elle accepta avec reconnaissance. Elle se mit à le seconder, faisant preuve d'une adresse et d'une intelligence qui interpela le jeune docteur. Au début, elle s'occupait de tout ce qui concernait l'intendance, la prise de rendez-vous, désinfecter les ustensiles, ranger et nettoyer la salle de consultation sans parler des travaux de secrétariat… Un soir, au cours d'un accouchement particulièrement difficile, les circonstances lui permirent de collaborer activement à la mise au monde du bébé et de sauver la mère dont la vie était clairement menacée par l'arrivée de l'enfant. Elle assista le docteur Querton non seulement par ses actes, mais également grâce au partage de son point de vue, lequel permit au gynécologue d'envisager les choses sous un œil différent et de prendre la bonne décision.

C'est à l'issue de l'opération que Jérémie suggéra à sa jeune assistante d'entamer des études de médecine, rien de moins ! Au début, elle n'en fit pas grand cas, incrédule. Jérémie n'en démordit pas. Il lui proposa de l'aider à financer ces études longues et coûteuses et, afin de lui permettre de mener à bien ce projet, lui offrit les services d'une nounou pour s'occuper de son enfant, une petite fille alors âgée de 2 ans, qui se prénommait Astrid.

Commença alors pour Germaine une période enchantée. Les dix plus belles années de sa vie, aussi captivantes sur le plan professionnel qu'intenses sur le plan sentimental : entre le docteur et elle, une idylle naquit, se muant bientôt en amour profond que le partage de leur passion commune amplifia. Dès que Germaine obtint son diplôme de gynécologie, ils s'associèrent. Cela se passait au début des années soixante. La pilule contraceptive avait fait son apparition depuis peu en Amérique, bouleversant le rapport des femmes à la maternité, et les premiers plannings familiaux naissaient un peu partout en France. Germaine s'inscrivit naturellement dans cette mouvance : elle milita pour le droit de la femme à disposer librement de son corps et, sans être une féministe pure et dure, orienta ses habitudes professionnelles dans ce sens, pratiquant l'avortement à plusieurs reprises. Son travail la galvanisait, elle ne comptait pas ses heures, entièrement dévouée à ses patientes, au détriment de sa vie de famille que, il faut bien l'avouer, elle reléguait souvent au second plan. Si Jérémie s'en accommodait, comprenant l'engouement qui animait sa compagne, Astrid en ressentit une jalousie qu'elle exprimait parfois avec violence. Non pas que Germaine n'éprouvât pas pour sa fille un amour indéfectible, mais l'importance de s'ériger en exemple afin de lui inculquer des valeurs telles que l'égalité des sexes, la dignité qui résulte d'un travail bien fait et l'indépendance qui en découle, guidait ses choix de vie autant que ses horaires de travail.

Cette période enchantée prit brutalement fin avec la dénonciation anonyme d'un avortement qu'elle avait pratiqué sur la fille, encore mineure, d'un juge. Bien que psychologiquement soutenue par Jérémie, Germaine vit son monde s'écrouler en l'espace de quelques semaines : à l'issue du procès, elle fut condamnée à une forte amende assortie d'une peine de prison d'une année ainsi que de l'interdiction d'exercer la médecine pendant une période indéterminée. Accablée, elle crut ne jamais s'en relever, incapable de dire laquelle de ces trois sanctions était la plus cruelle. Une quatrième n'allait pas tarder à s'abattre sur elle, qui acheva de l'anéantir : le procès fut relaté dans le journal et, un malheur ne venant jamais seul, renseigna le mari légitime, auquel elle restait unie par les liens du mariage, sur l'endroit où elle vivait désormais. Il se manifesta pendant qu'elle purgeait sa peine de prison et apprit l'existence d'Astrid. Celle-ci allait sur ses 13 ans et ressemblait physiquement à son père biologique, des similitudes de traits aussi ostensibles qu'évidentes, presque une copie conforme, de telle sorte que lorsqu'il la vit, il n'eut aucun doute sur sa paternité.

Le couperet s'abattit sur Germaine alors même qu'elle était dans l'incapacité de se défendre. Jérémie tenta de s'opposer à la décision de justice qui s'ensuivit et qui, vu les circonstances et la condamnation de Germaine, rétablit l'époux dans son droit parental. En vain. Un divorce fut prononcé et le mari obtint la garde totale de l'enfant. Astrid partit donc vivre avec son père, dont elle ignorait jusqu'à l'existence, ce qui fit naître en elle un profond traumatisme qui se mua bien vite en un lourd ressentiment et une rancœur tenace envers sa mère : elle lui en voulut de lui avoir caché la vérité sur ses origines, ainsi que de l'avoir abandonnée au moment où elle avait le plus besoin d'elle. Que sa mère fût en prison n'y changea rien.

Quand elle eut fini de purger sa peine, Germaine avait tout perdu. Seul Jérémie était encore là, fidèle, même si la magie des premiers temps avait disparu. Poussé par la nécessité de garder sa clientèle, il avait effacé le nom de son associée, dont la présence nuisait à la réputation du cabinet. Bien entendu, elle pouvait demeurer auprès de lui, reprendre sa place d'assistante et profiter des revenus des consultations, ce qui, dans sa position et avec son passé judiciaire, était ce qu'elle pouvait espérer de mieux. Considérant sa situation avec toute la lucidité d'un caractère sans compromis, Germaine fut frappée par la vacuité de son existence. Tout ce qui faisait battre son cœur lui avait été enlevé, elle n'avait plus rien. En redevenant une simple assistante, elle pouvait du moins rester dans la place et continuer à fréquenter le monde de la médecine, cet univers qui avait comblé ses plus belles années et qui la passionnait toujours autant... Peut-être même aurait-elle trouvé quelques raisons d'être heureuse et de se sentir utile...

Malgré son besoin d'autonomie et son tempérament rebelle, Germaine aurait été prête à saisir l'opportunité qui se présentait si un autre prix à payer, exorbitant celui-là, n'avait pas fait pencher la balance : sa fille lui manquait cruellement, une absence insupportable, dont l'injustice ajoutait encore à son calvaire. Astrid allait maintenant sur ses 15 ans. Elle avait définitivement quitté l'enfance et entrait de plain-pied dans l'âge difficile de l'adolescence. En s'installant chez son père, elle vivait désormais à une centaine de kilomètres du cabinet. Si Germaine reprenait son poste de secrétaire, compte tenu des horaires de travail et de la disponibilité requise pour mener à bien son activité, elle devait faire une croix sur la possibilité de se rapprocher de sa fille, physiquement et, par conséquent, émotionnellement.

C'est pourquoi elle repoussa l'offre de Jérémie, préférant une nouvelle fois supporter seule le poids du destin plutôt que de grappiller l'aumône d'une maigre fortune. Elle résolut d'user de toute son énergie pour réparer les erreurs qui pouvaient l'être encore et faire amende honorable. Elle quitta l'homme de sa vie, son foyer, sa ville, son univers, et refit en sens inverse le chemin qu'elle avait parcouru quinze années auparavant, dans l'espoir fou de renouer des liens avec son enfant.

Malheureusement, le résultat ne fut pas à la hauteur du renoncement. Dans un premier temps, Astrid refusa tout contact avec cette mère qui avait, selon elle, ruiné son enfance à force de libertés abusives et contre nature. Persuadée que l'adolescente agissait sous l'égide de la domination paternelle, Germaine s'accrocha à l'idée qu'un jour, pas si lointain, lorsque la jeune fille aurait atteint sa majorité, désormais libre de décider pour elle, elles se retrouveraient pour profiter l'une de l'autre et rattraper le temps perdu.

Il n'en fut rien. Ni les années, ni le discernement qui vient avec le temps n'apportèrent à Astrid l'indulgence tant espérée. Et même si Germaine Dethy finit par obtenir de la part de sa fille quelques marques d'attention, les relations entre les deux femmes demeurèrent à jamais distantes et froides, dépourvues de tendresse et de compréhension.

Pis encore : à 22 ans, Astrid épousa un employé de bureau et mit au monde trois enfants avant l'âge de 27 ans. Pour plus de commodité, elle arrêta de travailler afin de tenir son foyer. À chacune de ces étapes, considérant le manque criant d'ambition de sa fille et la pauvreté de ses appétences, Germaine entrait dans des indignations inspirées, cherchant à la remettre dans le droit chemin de l'indépendance d'esprit qui passe, entre autres, par l'autonomie financière.

Peine perdue.

Germaine Dethy devint une vieille femme contestataire, dont l'amertume était le principal trait de caractère et l'agacement, l'humeur par défaut. Mais du moins possédait-elle encore cette énergie salvatrice qui la soutenait dans ses éternels conflits, petits heurts futiles ou grands combats idéologiques, toutes les raisons qu'elle avait de râler, grommeler, vitupérer, protester ou critiquer, elle restait cette femme qui danse avec la vie, fût-ce à contretemps.

Jusqu'au jour où, à la suite d'une violente altercation avec Astrid, Germaine prit conscience de l'ampleur du désastre. Les quelques principes immuables qui avaient guidé sa conduite depuis sa sortie de prison et qui, tout au long de cette pénible période, lui avaient permis de tenir le coup, volèrent en éclats : exister pour sa fille, lui apprendre à garder espoir quelles que soient les épreuves que le destin nous impose, lui inculquer force et courage dans l'adversité, lui prouver son amour par des actes plutôt que par des mots, garder la tête haute en toutes circonstances, rester debout malgré les tempêtes de la vie.

Ce jour-là, seule chez elle, elle resta un long moment debout au milieu du salon, incapable de trouver une raison valable pour continuer à avancer.

Alors, elle s'installa dans son fauteuil et n'en bougea plus.

Depuis, Germaine Dethy ne se lève que sporadiquement, lorsque les circonstances le nécessitent. Elle est devenue un poids mort pour la société, un fardeau pour les services sociaux et une charge pour sa fille. Son handicap n'ayant jamais été officiellement reconnu, et pour cause, Astrid débourse chaque mois un certain budget afin d'offrir à sa mère les services d'une aide familiale. Et même si chaque matin, elle se rend chez elle pour la lever et l'habiller, ce rituel est guidé par la notion de devoir et non celle d'amour.

Au fil des ans, Germaine Dethy s'isola, rongée par la rancœur, remplie d'animosité envers le monde.

Mais aujourd'hui, sans le savoir, en proposant de se livrer à la police pour épargner à sa mère l'enfer d'une fuite éperdue, Théo a réveillé en elle la lueur d'un espoir qu'elle pensait éteint à tout jamais.

Aujourd'hui, peut-être, tient-elle une possible revanche sur la fatalité…

Neubel

La chance sourit au lieutenant. Il y a quelques instants, il a reçu un appel téléphonique en provenance d'une résidence pour séniors située à une cinquantaine de kilomètres de là. La diffusion du signalement d'Alicia Villers et de son fils commence à porter ses fruits : l'un des employés de la maison de repos a reconnu la photo de la femme, nièce de l'un de leurs pensionnaires, dit-il, M. Francis Villers, laquelle s'est présentée dans l'après-midi pour emmener son oncle en promenade.

Inutile de préciser que, alors qu'elle avait promis à l'employée de la réception de ramener le vieil homme à la fin de la journée, ils sont sans nouvelles de leur pensionnaire depuis.

Alicia Villers a enfin commis une erreur ! Neubel se frotte les mains et se recentre aussitôt sur la carte de la région. Il localise rapidement la résidence, ce qui lui permet d'avoir une vue d'ensemble des différents axes routiers que les fugitifs ont pu emprunter. En partant du postulat qu'Alicia Villers cherche à quitter le pays, hypothèse confirmée par la nécessité d'embarquer avec elle son parent dans cette fuite à l'évidence sans retour, deux itinéraires sont isolés : l'un en direction de la Belgique, le second vers l'Allemagne.

Le lieutenant met aussitôt en place un dispositif de contrôle renforcé sur les deux circuits sélectionnés tandis que le signalement de Francis Villers rejoint celui d'Alicia, de Théo et de Germaine Dethy. L'ordre de contrôler spécialement les voitures de couleur rouge est également transmis à toutes les unités sur place.

L'arrestation des fugitifs n'est plus qu'une question de minutes, Neubel en est intimement convaincu.

Francis Villers

Au-dehors, la nuit est tombée. L'habitacle de la voiture est plongé dans l'obscurité, et Francis commence à trouver le temps long. Il ne sait pas trop ce qu'il fait là, ne se pose même pas la question et, pour dire vrai, il s'en moque… Ici ou ailleurs, quelle importance ? Si ce n'est qu'il aimerait se dégourdir les jambes. Et aller pisser. Et manger aussi. N'est-il pas bientôt l'heure de passer à table ? Où est Eugénie ? Pas dans cette voiture, de toute évidence. Le raccompagne-t-on chez lui ? D'ailleurs, quelle heure est-il ?

Francis tourne la tête pour trouver une réponse aux nombreuses interrogations qui fusent dans son esprit. À côté de lui, une dame semble, elle aussi, prendre son mal en patience. Ce n'est pas Eugénie, mais il la trouve charmante. Comment s'appelle-t-elle, déjà ? Ah oui : Germaine, il s'en souvient, ils ont échangé quelques mots tout à l'heure… À moins que ce ne soit hier, dans l'après-midi ? Non, ce devait être ce matin. Il ne sait plus et, de toute façon, quelle importance ?

Germaine.

Très joli prénom. Il aimerait faire plus ample connaissance, une manière comme une autre de passer le temps. Quel jour sommes-nous ? C'est agaçant de ne pas être tenu au courant du planning, il faudra en parler à la prochaine réunion de coordination, proposer par exemple de mettre sur pied un système de calendrier qui permette de rester informé des différents séminaires organisés durant la semaine. Victor Lebrun, son collègue de bureau, avait fait une requête en ce sens lors d'une des précédentes réunions, pourquoi cela n'a-t-il pas été retenu ? Francis étouffe un soupir agacé, cela fait des mois qu'il vitupère contre l'inertie de la bureaucratie, mais personne ne l'écoute jamais. Après tout, ce n'est pas son problème, il l'a dit et répété à plusieurs reprises, les questions d'organisation concernent tout le monde dans le service, mais si…

Quel jour sommes-nous ?

Francis fronce les sourcils tout en se creusant la cervelle pour trouver un repère dans le temps, un indice qui lui permettrait de connaître le jour. Il s'apprête à poser la question à sa délicieuse voisine, puis se ravise : quelle femme s'intéresserait à un homme qui n'est pas fichu de savoir quel jour on est ? Non pas qu'il souhaite lui faire la cour, du moins pas à ce stade. Francis tient à son pouvoir de séduction et, dans l'absolu, il aime faire bonne impression. La scrutant à la dérobée, il doit bien reconnaître qu'elle est très à son goût. Il n'a pas très bien compris ce qu'elle faisait à côté de lui, mais ne dit-on pas que l'occasion fait le larron ? Et, ma foi, partager une banquette arrière de voiture durant un laps de temps indéterminé est une magnifique occasion de lier connaissance.

— Savez-vous quand nous arriverons à destination ?

Belle entrée en matière, sobre, courtoise, efficace. Francis sait que la délicatesse n'est pas son fort et qu'en matière de civilité, il n'a jamais été très dégourdi. Mais avec les femmes, il a toujours su trouver les mots adéquats. Le sourire aux lèvres, il attend que la dame lui réponde…

Celle-ci, pourtant, semble ne pas avoir entendu sa question.

— Excusez-moi, insiste le vieil homme. Savez-vous quand nous arriverons à destination ?

Germaine, enfin, réagit : elle se tourne vers Francis et, affichant un sourire forcé, lui répond d'une voix doucereuse :

— Mais bien sûr, cher monsieur : nous arriverons dans exactement quarante-deux minutes et vingt-trois secondes.

— Merci bien, chère madame, rétorque le vieillard, visiblement satisfait. Vous êtes très aimable.

— Tout le plaisir est pour moi, ajoute encore Germaine en parodiant l'affabilité la plus dégoulinante.

Ravi, Francis la considère plus attentivement. Il semble que le courant passe entre eux, du moins la dame ne paraît-elle pas insensible à son charme. Encouragé, il s'enhardit et se rapproche imperceptiblement d'elle.

— Dites-moi, chère amie, nous ne nous serions pas déjà vus quelque part ?

— Ça m'étonnerait, poursuit-elle sur le même timbre mielleux. Je m'en serais souvenue !

— Foutez-lui la paix ! aboie Alicia qui a suivi l'échange sans perdre une miette de l'ironie de la vieille.

— Oh, c'est bon ! grommelle Germaine en reprenant son ton naturellement désagréable. Si on ne peut même plus s'amuser !

L'intervention d'Alicia contrarie Francis qui, fronçant les sourcils, reporte son attention sur elle. Le visage de la conductrice lui est familier mais il échoue à le relier à un nom, pas même un prénom, à peine un surnom, pisse-vinaigre, quelques regrets délogés d'une mémoire qui le nargue et joue à cache-cache. La situation lui échappe et l'agacement le gagne.

Le vieil homme s'apprête à reprendre le fil de la conversation, briser ce silence qui soudain l'angoisse, remettre les pendules à l'heure. Parce que brutalement, il pressent que la parole est la dernière arme qu'il possède encore contre l'ingérence des autres. Il ouvre la bouche, sur le point de balancer une formule lapidaire, mais rien ne sort. Les idées soudain s'entremêlent, dérapent entre son esprit et sa gorge, comme si les images se faisaient des crocs-en-jambe et, se fracassant contre les parois de ses souvenirs, s'éparpillaient en mille morceaux dépourvus de sens… Francis observe le marasme, ses pensées se font la malle, il chope au passage des bribes d'intentions, des miettes d'opinions, se raccroche en urgence à quelques fragments d'avis qu'il laisse finalement filer faute de discernement… Il ne sait plus ce qu'il voulait dire, à quel propos, de quelle manière… Un reste d'irritation perdure, un arrière-goût de bataille, mais, il se voit brutalement incapable de rattacher ses wagons.

Alors, dans la confusion qui emmêle le fil de ses pensées au point qu'il lui est bientôt impossible de le dénouer, il referme la bouche et abandonne un combat que, confusément, il sait perdu d'avance.

Alicia Villers

Ils viennent de dépasser Verdun et ne sont plus qu'à une centaine de kilomètres de l'Allemagne. Si tout se passe bien, dans un peu plus d'une heure, ils pourront souffler. Faire une halte, se restaurer et dormir quelques heures dans un hôtel. Alicia reprend espoir, du moins commence-t-elle à envisager l'éventualité qu'ils pourront peut-être s'en sortir. Avec de la chance. Beaucoup de chance. Elle se cramponne à son volant, se force à ne pas écraser la pédale d'accélérateur, ce serait trop bête de se faire choper pour excès de vitesse. Les pensées se pressent dans son esprit, qu'elle tente d'organiser, résoudre chaque problème qui se profile à l'horizon, lequel lui paraît malgré tout complètement bouché, hors d'atteinte.

Rester concentrée.

Elle aimerait pouvoir écouter les nouvelles, savoir si l'on parle déjà du braquage de la supérette, mais l'autoradio a rendu l'âme il y a quelques mois, et l'achat d'un nouvel appareil dépassait son budget. Alicia espère de tout cœur que les otages n'ont pas été découverts trop vite, leur laissant ainsi la possibilité de gagner l'Allemagne sans être inquiétés.

La grande question qu'elle se pose à présent, c'est de savoir ce qu'elle va faire de la vieille harpie. Il est temps de la relâcher, du moins avant de passer la frontière, hors de question de se traîner un boulet supplémentaire, la situation est suffisamment compliquée et elle regrette déjà d'avoir embarqué son père dans cette folie… Elle regrette d'ailleurs beaucoup de choses, l'impulsivité de ses réactions, son absence de réflexion, même si les circonstances ne lui ont pas laissé le choix. Les erreurs commises défilent en boucle dans sa tête, une litanie grinçante dont l'écho résonne à l'infini, ne lui laissant aucun répit. Le coup de feu tiré par Théo continue de vibrer en elle, inlassablement, l'instant précis où leur destin a basculé, comme un disque rayé impossible à arrêter.

Elle aurait mieux fait de laisser la vieille à la supérette.

Elle doit s'en débarrasser de toute urgence.

Comment va-t-elle s'y prendre ? Alicia sait que dès qu'elle libérera son otage, celle-ci préviendra aussitôt les forces de l'ordre, leur donnant une idée précise de leur position, ainsi que de leurs intentions. Elle ignore tout des accords passés entre la France et l'Allemagne depuis la construction de l'Europe, elle ne sait même pas si cette fuite éperdue sert à quelque chose… Depuis Schengen et la libre circulation, la police française a-t-elle le droit de les poursuivre au-delà de la frontière ? Et, dans le cas contraire, combien de temps faudra-t-il pour que les forces de l'ordre allemandes aient légalement le droit de les arrêter ?

Tant de questions et si peu de réponses.

Les yeux rivés sur la route, Alicia se sent pareille à la lumière de ces phares qui tentent de percer l'obscurité environnante, désespérément projetée vers un avenir qu'elle ne discerne pas, englouti dans la pénombre. Qu'y a-t-il au-delà du faisceau lumineux ? Quels sont les monstres tapis dans le noir qui guettent son passage ? Quels sont les pièges disséminés sur sa route dans lesquels, naïve ou inconsciente, elle risque de tomber ?

Tant de doutes et si peu de garanties.

Et puis surtout, il y a le spectre menaçant du passé qui vient la narguer. Si elle se fait arrêter par la police, outre les délits qu'elle et Théo ont commis dans la supérette, dont la gravité ne lui laisse déjà aucun espoir de rédemption, Alicia sait qu'elle ne s'en sortira pas. Une fois sa véritable identité établie, et le lien découvert avec le rapt treize années auparavant, l'addition de ces années volées à la légalité d'un cauchemar ordinaire sera hors de prix.

Tant de peurs et si peu de réconfort.

Il faut qu'elle parle à Théo. Lui expliquer ce que personne ne lui dira jamais. Lui raconter les choses telles qu'elles se sont déroulées avant que la justice ne lui donne sa propre version des faits.

La justice et peut-être même son père biologique.

Elle réprime un frisson tourmenté. La perspective de revoir son mari résonne en elle comme une condamnation à perpétuité. Un châtiment exemplaire. L'imaginer retrouver une quelconque autorité parentale sur Théo lui est tout simplement inconcevable. Pire qu'une peine de prison. Elle est prête à tout pour empêcher que son fils connaisse jamais ce père dont il ignore jusqu'à l'existence. Mais si les choses devaient mal tourner, il faut qu'il sache. Elle ne peut pas prendre le risque qu'il apprenne tout cela d'une autre bouche que la sienne.

La gorge nouée, Alicia maîtrise un sanglot d'angoisse. Impossible de lui balancer son histoire dans des conditions pareilles ! C'est le genre de discussion qu'il faut prendre le temps d'installer, dans le calme, sans témoins, sans autre problème à gérer. Imperceptiblement, elle accélère, pressée de passer la frontière, cette limite au-delà de laquelle l'inconnu deviendra son unique ticket de sortie. L'ignorance pour seul répit. Un destin désormais en sursis.

L'asphalte file sous les roues du véhicule, lequel dévore les kilomètres, sans arrêt, sans repos. Alicia ne lâche rien, ni son volant, ni son objectif. Dès qu'ils seront en Allemagne, ils s'arrêteront dans un hôtel et elle racontera toute l'histoire à Théo. Elle lui parlera de son père et lui dira quel genre d'homme il était. Elle lui expliquera les raisons pour lesquelles elle a fui le domicile conjugal, ainsi que celles qui l'ont poussée à lui cacher l'existence de son géniteur. Elle lui dira tout. Après, ce sera à lui de décider. Savoir s'il veut ou non renouer avec ce passé qui la ronge tel un cancer que, durant ces années, elle a tenté de dissimuler, tassant comme elle le pouvait les œdèmes et autres tumeurs afin que rien ne suinte, jamais.

Oui, cette nuit, elle lui dira. Ensuite elle avisera. Délestée de ce lourd secret, elle se sentira déjà plus forte pour régler les problèmes au fur et à mesure qu'ils se présenteront. Son aveu sera une armure pour affronter les dangers, contourner les obstacles et traverser les épreuves.

Alicia se rassure comme elle peut. Reste à trouver le moyen de se débarrasser de la vieille sans prendre le risque d'une dénonciation immédiate. Elle jette un œil sur l'horloge digitale du tableau de bord, puis sur le compteur kilométrique… Il lui reste environ une demi-heure pour trouver une solution.

Au moment où elle a la sensation d'être enfin parvenue à classer les problèmes et entrevoir une faible lueur tout au bout du tunnel, sa gorge se serre. Sur l'autoroute, la circulation se fait plus dense tandis que, au loin, elle pense discerner un ralentissement. Que se passe-t-il ? Elle n'a pas le souvenir d'avoir vu, sur les panneaux routiers, l'indication d'une ville toute proche… Forcée de poursuivre sa route en calquant sa vitesse sur le trafic qui l'entoure, Alicia perçoit l'étau de la peur qui l'oppresse : elle doit, elle aussi, ralentir la cadence alors que, dans sa poitrine, son cœur bat de plus en plus vite. Et tandis qu'au loin, perçant les ténèbres de cette nuit infernale, apparaissent peu à peu les éclats tournoyants d'une bonne demi-douzaine de gyrophares, Alicia réalise qu'il s'agit d'un barrage de police.

Théo Verdoux

Théo a repéré les lumières orange et bleutées en même temps que sa mère. Et, en même temps qu'elle, il a senti son cœur exploser dans sa poitrine.

— C'est quoi ? demande-t-il avec cette sensation de n'avoir plus qu'un filet de voix dans la gorge.

Pétrifiée, Alicia secoue lentement la tête.

— Je n'en sais rien.

À l'arrière de la voiture, Germaine Dethy semble, elle aussi, vivement intéressée par l'agitation qui se précise. Elle se redresse sur son siège et observe, intriguée, le ralentissement évident qui s'opère autour d'eux ainsi que les lumières qui s'allument au loin dans l'obscurité.

— Oh, la belle bleue ! raille-t-elle en parodiant un ton émerveillé.

Alicia regarde autour d'elle, fébrile, à gauche, à droite, rapide coup d'œil dans son rétroviseur, elle tente de repérer une sortie, un moyen de s'extraire d'un début de file dans laquelle elle s'insère inexorablement.

— Pas d'affolement, murmure-t-elle en essayant de dominer les assauts de détresse qui la rongent. Ce n'est peut-être pas pour nous…

Seul Francis paraît totalement indifférent au changement. Il regarde droit devant lui et, s'il n'avait les yeux ouverts, on pourrait croire qu'il dort tant son impassibilité est absolue.

Malgré tous ses efforts de réflexion, Alicia ne parvient pas à prendre une décision. L'anxiété paralyse son esprit et contracte ses muscles, accentuant une sensation d'oppression de plus en plus prégnante. Dans quelques secondes, elle sera définitivement coincée au milieu des autres voitures, sans aucune possibilité de faire marche arrière ou de se ranger sur le côté. En même temps, elle craint qu'une réaction trop voyante n'attire l'attention et ne fasse pire que bien.

Au moment où les véhicules qui la précèdent la forcent à s'immobiliser, elle amorce le mouvement de se décaler sur la droite, mais une voiture vient se ranger à côté d'elle. Elle regarde précipitamment dans son rétroviseur : un faisceau lumineux l'aveugle et l'informe qu'un autre véhicule vient juste de s'arrêter derrière elle.

Elle est coincée.

— Arrache-toi de là, maman ! supplie Théo, en proie cette fois à une véritable panique.

— Je ne peux pas ! crie-t-elle en y cédant, elle aussi.

Quinze mètres les séparent du barrage, ils perçoivent maintenant clairement les silhouettes en uniforme se mouvant autour des voitures. Constatant que les policiers prennent le temps d'inspecter chaque véhicule, Alicia ne parvient plus à endiguer le flux d'angoisse qui l'assaille. Ce n'est pas une simple vérification, elle devine les mains des conducteurs qui tendent des documents, les policiers qui s'en emparent pour les consulter attentivement.

— Les papiers d'identité ! s'exclame-t-elle en s'adressant à Théo. Trouve les portefeuilles dans le sac du braqueur et sors tous les papiers d'identité, y compris les nôtres.

— Qu'est-ce que tu comptes faire ?

— Fais ce que je te dis !

Pendant que Théo fouille dans le sac contenant le butin, elle ouvre la boîte à gants et attrape le revolver ainsi que le chargeur qu'elle repositionne à l'intérieur de la crosse. Le claquement sec que provoque son geste attire l'attention de l'adolescent qui la considère avec stupéfaction.

— T'es pas sérieuse !

— Occupe-toi des papiers ! répond-elle d'une voix dure.

Puis, se tournant vers Germaine Dethy, elle agite devant elle l'arme à présent chargée. Elle se sent couverte d'une sueur glacée, de la tête aux pieds, tandis que sa gorge s'assèche en une fraction de seconde.

— Écoutez-moi bien, ordonne-t-elle en plongeant dans ses yeux un regard hostile. Théo et moi, on n'a plus rien à perdre : si on se fait choper, c'est la prison assurée. Alors je n'hésiterai pas une seconde à vous tirer dessus si vous faites le moindre mouvement suspect. Vous avez compris ?

La vieille l'observe une ou deux secondes sans ciller.

— Est-ce que vous m'avez bien comprise ? insiste Alicia en durcissant encore le ton.

— Pas la peine de me menacer, rétorque alors Germaine Dethy d'une voix étrangement calme, dans laquelle tout accent d'ironie a mystérieusement disparu. Je ne ferai rien. Vous n'êtes pas obligée de me croire sur parole, mais je ne sais pas si j'ai vraiment envie de rentrer chez moi.

Cette surprenante remarque laisse Alicia pantoise un court instant. Son regard l'interroge en silence, tentant de déceler les émotions qui habitent la vieille dame, avant de trahir la méfiance que suscite, c'est légitime, un tel revirement.

Un coup de klaxon l'arrache à ses interrogations : la file a avancé et le conducteur qui la suit semble pressé de se faire contrôler.

— En effet, je ne suis pas obligée de vous croire, réplique-t-elle en reprenant le contrôle de ses émotions.

Puis elle enclenche la marche avant et s'empresse de coller au véhicule précédent.

Les secondes qui suivent semblent s'écouler en roue libre, bug temporel qui échappe à toute conscience. Quatre voitures la séparent désormais du barrage. Son cœur défonce sa poitrine, elle tremble de tous ses membres. Si elle ne se reprend pas très vite, son attitude seule suffira à alerter les policiers. Elle respire un grand coup et tente de faire le vide en elle.

— Tu as les papiers ? demande-t-elle à Théo.

Le jeune homme lui tend différentes cartes qu'elle passe rapidement en revue. Elle sélectionne celle de Guillaume Vanderkeren, le caissier, celle de Michèle Bourdieu, l'aide familiale, ainsi que celle de Léa Fronsac. Elle a peu d'espoir que le subterfuge fonctionne, mais s'il y a un rapport entre le barrage de police et la prise d'otages de la supérette, elle en déduit que les policiers recherchent une certaine Aline Verdoux (ou Alicia Villers si, comme elle le craint, ils ont déjà fait le rapprochement avec sa véritable identité), Théo Verdoux et Germaine Dethy, et non les noms inscrits sur les cartes. Elle espère que la pénombre sera suffisante pour dissimuler les détails de leurs traits et ne pas mettre en évidence leurs différences avec les photos affichées sur les pièces d'identité.

— Maintenant, passez à l'avant, ordonne-t-elle à Germaine Dethy. Et toi, Théo, tu prends sa place.

— Pourquoi ? demande l'adolescent.

— Arrête de poser des questions ! s'impatiente Alicia. Fais ce que je te dis, un point c'est tout !

Théo détache sa ceinture de sécurité avant de se faufiler entre les deux sièges pour prendre place au milieu de la banquette arrière. Il aide ensuite Germaine Dethy à se détacher et regagner l'avant de l'habitacle, secondé par sa mère qui soutient la vieille dame comme elle le peut, ce qui n'est pas une mince affaire.

— Qu'est-ce qui se passe ? s'informe Francis qui semble émerger d'un rêve.

Sans cacher une certaine contrariété, il observe le manège avec curiosité.

— Rien de grave, papa, le rassure Alicia sur un ton qui trahit tout le contraire.

La voiture juste derrière eux klaxonne à nouveau, mettant les nerfs de Théo et d'Alicia sur des charbons ardents. Elle se dépêche de combler la distance qui les sépare du véhicule précédent.

Ils ne sont plus qu'à deux voitures du barrage. Alicia place le revolver sous son siège puis se retourne vers Théo.

— OK, reprend-elle une fois que Germaine est installée. Rien ne nous dit qu'ils sont à notre recherche. Le plus important, c'est de garder notre calme, quoi qu'il arrive. Tu m'entends ?

L'adolescent hoche la tête. Il est d'une pâleur extrême et porte sur sa mère un regard hagard. À voir Théo ainsi terrifié, le cœur d'Alicia se serre un peu plus. Pour le rassurer, elle domine sa propre angoisse et adopte un ton aussi calme et ferme que possible.

— Le meilleur moyen de s'en sortir, c'est d'avoir un comportement normal. Je vais leur donner les papiers d'identité du caissier, de la grosse femme qui est morte, et de la mère qui a laissé son gamin tout seul. Si, comme je l'espère, ils vérifient que les noms et les années de naissance correspondent avec ceux des individus qu'ils recherchent, on peut peut-être s'en sortir. Pour les visages, on peut faire illusion dans le noir, si on part du principe que même sur les vrais papiers d'identité, les photos ne ressemblent pas toujours à leurs propriétaires.

— Et les papiers de papy ?

— C'est le seul risque. Si la résidence a signalé sa disparition, ce qui est plus que probable, on est perdus.

Elle observe une ou deux secondes de silence avant de reprendre.

— Il est hors de question de quitter la voiture. S'ils nous demandent de sortir, vous vous accrochez à vos sièges, parce que je fonce dans le tas.

Puis, se tournant vers Germaine :

— Vous m'avez bien entendue ? Si, pour une raison ou pour une autre, ils nous demandent de sortir, je démarre sur les chapeaux de roues. Le revolver est juste sous mon siège, je n'hésiterai pas une seconde à vous neutraliser si vous tentez de communiquer avec eux !

— Il y a peu de risques, les flics n'ont aucune conversation !

Alicia ignore totalement ce qui motive le changement d'attitude de la vieille dame, mais elle n'a ni le temps d'y réfléchir, ni celui de lui demander des explications.

— Je peux savoir ce qui se passe ? demande sèchement Francis.

— Ne t'inquiète pas, papa. Tout va bien se passer. Laisse-moi faire et ne dis rien.

Le vieil homme la considère avec perplexité. Cette manie qu'ont les jeunes aujourd'hui d'appeler leurs aînés « papa » frôle l'insolence ! Il s'apprête à répliquer, ouvre la bouche, fronce les sourcils, puis se résigne au silence avec un soupir contrit.

Plus qu'une voiture avant le barrage. Alicia peine à déglutir tant l'anxiété l'oppresse. Elle a la sensation d'être totalement asséchée à l'intérieur et dégoulinante à l'extérieur. Elle pose ses mains sur son volant, qu'elle serre fort afin d'empêcher ses bras de trembler.

— Théo ! Fais semblant de dormir ! ordonne-t-elle à son fils. Et ne bouge sous aucun prétexte !

— OK.

L'adolescent s'affale à moitié sur la banquette arrière et, la tête posée contre la vitre, ferme les yeux, simulant le sommeil.

La voiture devant eux démarre lentement, leur laissant le champ libre pour s'avancer jusqu'aux policiers.

— C'est à nous, murmure Alicia en passant la première.

— Contrôle de police ! annonce l'agent qui se penche à la fenêtre. Vos papiers d'identité, s'il vous plaît.

Alicia hoche la tête. Si on lui avait demandé de parler à ce moment-là, ne fût-ce qu'un mot, elle en aurait été incapable. Elle tend à l'agent les trois cartes d'identité sélectionnées parmi celles des clients de la supérette, omettant volontairement de donner celle de son père, trop compromettante. L'agent s'en empare, jette un coup d'œil à l'intérieur de l'habitacle puis inspecte rapidement les cartes.

— Il en manque une ! déclare-t-il, peu amène.

À nouveau, Alicia esquisse un mouvement de tête.

— Je…

Elle ravale une salive inexistante, risque un sourire qui se fige malgré elle et réitère sa tentative.

— Je suis désolée… Mon père… Mon père a oublié son portefeuille chez lui.

L'agent la considère d'un œil sévère.

— Patientez un moment, s'il vous plaît, lui intime-t-il en reportant son attention sur les cartes.

Alicia suspend son souffle. L'instant qui suit semble se distendre comme dans un mauvais trip, jouant sur la corde du temps tel un élastique étiré à l'extrême, jusqu'au point de rupture.

À l'arrière, Francis observe l'étrange manège d'un œil soucieux. Les informations qu'il parvient à capter s'embrouillent dans sa tête, mais il sent qu'il se passe quelque chose d'inhabituel. Il tourne la tête et découvre, à ses côtés, un jeune homme endormi. Une nouvelle fois, la situation lui paraît insolite. Quelque chose lui échappe, sans qu'il puisse mettre le doigt dessus. Ce qui est certain, c'est qu'il règne dans cette voiture un climat asphyxiant. Une image lui traverse l'esprit, fugace, qu'il tente de retenir… Elle revient, repart, s'échappe puis réapparaît, semble suivre une cadence, celle des lumières des gyrophares qui se reflètent dans l'habitacle…

Soudain, il la chope. L'image se cristallise dans son esprit et le vieil homme se souvient enfin de ce qui le perturbe tant : la dame qui était assise à côté de lui tout à l'heure ! Celle avec laquelle il a pris plaisir à échanger quelques mots.

— Germaine ? appelle-t-il.

À l'avant, Alicia tressaille. Elle se tourne vers son père et, dans un murmure, le supplie de garder le silence.

Francis la considère avec surprise. Celle-là, il s'en souvient parfaitement, c'est la pisse-vinaigre de tout à l'heure. La réminiscence confuse d'une altercation entre Germaine et la conductrice se glisse dans les coulisses de sa mémoire, pas encore au-devant de la scène, sous le feu des projecteurs de ses souvenirs. Sensation nébuleuse, un sentiment d'approximation qui achève de l'agacer. D'autres images se mêlent à celle de l'incident de… De quand exactement ?

Quel jour sommes-nous ?

Faisant un effort de concentration, le vieil homme recentre ses pensées sur le visage de Germaine. Les deux ou trois paroles échangées présageaient une relation plus complice, que Francis souhaiterait approfondir. Fait-elle, elle aussi, partie du service ? Si c'est le cas, personne ne l'a informé d'un renouvellement du personnel. C'est agaçant. Si ses souvenirs sont bons, elle semblait parfaitement au courant de l'heure de leur arrivée, ce qui sous-entend qu'elle connaissait également leur destination. Ce que lui-même ignore, c'est un comble ! Il se rappelle d'un moment où Germaine parlait à la conductrice, laquelle agitait sous son nez un… une arme… un revolver et la menaçait de…

« Je n'hésiterai pas une seconde à vous tirer dessus si vous faites le moindre mouvement suspect. »

Le cœur du vieil homme bondit dans sa poitrine. Il porte sur Alicia un regard effaré. Comment cela a-t-il pu lui échapper ? La pisse-vinaigre n'est pas ce qu'elle semble être : elle n'est ni un des chauffeurs de la compagnie, ni même une employée de la boîte. Il ne sait pas très bien ce qu'elle est, mais ce dont il est persuadé, c'est qu'elle…

À l'extérieur, le policier s'adresse à Alicia :

— Veuillez vous ranger sur le côté, s'il vous plaît.

Alicia ferme les yeux. Le sol s'ouvre sous ses pieds, laissant apparaître un gouffre obscur prêt à l'engloutir. Ils ne sont plus qu'à quelques kilomètres de l'Allemagne. À portée d'un possible répit. C'est trop bête. Elle sait que, si elle obéit, ils sont foutus. Elle n'a pas le choix. Elle va devoir démarrer sur les chapeaux de roues. Elle sait qu'elle ne s'en sortira pas, que tout cela va très mal se terminer. Mais s'il lui reste une toute petite chance, même infime, d'échapper à la justice, elle doit la tenter.

Il lui est tout simplement impossible d'obtempérer et de se rendre. Elle en est incapable. Elle se sent au bord d'un précipice infranchissable et, en lui demandant de se ranger sur le côté, c'est comme si on lui ordonnait de sauter.

Aucun être sensé ne saute de son plein gré du haut d'un précipice. Ce n'est pas naturel. Son corps le lui refuse. Elle ne peut lui opposer aucune volonté, elle en est totalement dépourvue. Certaines personnes pensent, et affirment !, qu'on a toujours le choix. C'est faux. Il existe des circonstances où aucune option n'est envisageable.

C'est comme ça, on n'y peut rien.

— OK, dit-elle en faisant mine de céder à la demande du policier.

Juste derrière elle, Francis porte maintenant un grand intérêt à l'homme en uniforme qui se tient à l'extérieur, au niveau de la portière avant. Et qui parle à la pisse-vinaigre terroriste.

Il en éprouve un immense soulagement.

Les flics sont en train de l'arrêter, c'est très bien. Les choses vont enfin rentrer dans l'ordre et il pourra revoir Germaine.

Alicia a remonté sa vitre et s'apprête à démarrer.

— Accrochez-vous, je vais foncer, déclare-t-elle dans un murmure forcé afin que les deux passagers de derrière l'entendent.

À côté de lui, le jeune homme se redresse brutalement en gémissant de peur. Francis sursaute. Il ne s'attendait pas à voir ce gamin surgir à quelques centimètres de lui comme un diable de sa boîte. Alors qu'il tourne la tête vers l'adolescent, son regard tombe sur Germaine, assise à l'avant, à la place du passager.

Elle est là !

Elle est là, mais elle ne dit rien. Elle se tient droite, raide, et son visage exprime une tension extrême.

« Accrochez-vous, je vais foncer ! »

Les mots d'Alicia résonnent en lui, effrayants.

Les souvenirs immédiats du vieil homme se mettent brutalement en place, par flashs successifs, de plus en plus précis : le revolver, les menaces de la terroriste, la présence des policiers… Le choc provoque comme un feu d'artifice de pensées, mots et images confondus, tandis qu'une alarme éclate en lui, puissante. Il perçoit le danger, anticipe le piège qui se referme sur eux, mesure la terreur qui se lit sur le visage du gamin à côté de lui, la raideur excessive de sa douce Germaine…

Il doit faire quelque chose. Il est le seul qui puisse encore agir.

Au moment où Alicia s'apprête à écraser la pédale de l'accélérateur et fausser compagnie aux policiers, Francis ouvre brutalement sa portière puis attrape la conductrice par derrière et la ceinture rudement entre ses deux bras, l'obligeant à lâcher le volant.

— Au secours ! hurle-t-il à pleins poumons vers l'extérieur de la voiture. Elle a une arme sous son siège ! Elle nous menace ! Elle va s'enfuir ! Au secours !

Alicia n'a pas le temps de réagir, encore moins celui de se dégager, que quatre policiers encerclent la voiture et braquent leurs armes en direction de l'habitacle, intimant aux passagers de sortir du véhicule, les mains en l'air.

LE LENDEMAIN

Dans sa chambre d'hôpital, Guillaume se réveille en grimaçant. Son corps, encore ankylosé par l'anesthésie générale – on l'a opéré la veille –, lui arrache une plainte éraillée. Sa bouche est pâteuse, son crâne pèse une tonne, sa nuque lui semble plus raide que celle d'une statue de pierre. Il peine à ouvrir les yeux. La perfusion qui relie son bras gauche à une poche remplie de liquide analgésique l'incommode, tout comme la lumière froide des néons qui le surplombent ainsi qu'une position trop longtemps tenue, laquelle lui paraît avoir usé la moitié de son corps. Chaque geste, chaque mouvement réveille en lui une multitude de sensations déplaisantes, subtil florilège de tourments en tous genres, entre nausées et démangeaisons, courbatures et irritations, crampes et douleurs musculaires.

Le caissier tente péniblement d'émerger d'un sommeil artificiel dont les derniers relents engourdissent encore son esprit. Pourtant, l'instinct au taquet, il s'efforce de reprendre pied dans une réalité que sa conscience apathique devine confuse. Même si ses souvenirs se planquent sous les effluves chimiques, cocktail pharmaceutique et torpeur physique mêlés, un reste de discernement l'alerte d'une présence.

Rassemblant ses maigres forces, Guillaume ouvre enfin les yeux.

Assise à la droite de son lit, Camille l'observe avec curiosité. Au moment où elle perçoit qu'il y a quelqu'un derrière l'œil trouble de son collègue, elle lui adresse un sourire bienveillant.

— Salut…

Le jeune homme met encore quelques secondes à se repérer, dans le temps et dans l'espace, reprendre possession de ses moyens, sa mémoire, ses pensées.

— … lut…

À l'évidence, sa voix le trahit également. Il fait une nouvelle tentative de mouvement, entreprend pitoyablement de se redresser sur son séant avant de déclarer forfait. Seule sa tête parvient à se mouvoir, dans un axe restreint, qui lui permet toutefois de jeter un regard circulaire sur les lieux.

— Comment tu te sens ? lui demande Camille d'un ton maternel.

En guise de réponse, Guillaume ferme brièvement les yeux, manière d'esquiver l'épreuve de la parole. Sans trop savoir comment interpréter cette si succincte réaction, la jeune fille esquisse un rictus de compassion tout en laissant échapper un soupir contrit.

— Je voulais te dire que… Je suis vraiment désolée pour ce qu'il t'est arrivé.

— M… Mer… Merci, parvient à articuler Guillaume.

Un silence s'installe entre eux, que Camille, visiblement mal à l'aise, brise très vite.

— Je peux faire quelque chose pour toi ?

Guillaume la considère un bref instant sans rien dire. Si elle peut faire quelque chose pour lui ?

Oui.

Elle peut, par exemple, lui dire si, oui ou non, elle attend un enfant de lui. Dans l'âpre combat entre forces vitales et puissances néfastes, la vie a-t-elle triomphé de la mort ? Qui, de la Création ou de la Destruction, est sorti vainqueur de ce duel acharné ? A-t-il vécu tout cela pour rien ? Si elle s'était retrouvée à sa place, comme cela aurait normalement dû être le cas, et qu'elle avait été enceinte, aurait-elle perdu l'enfant ?

Abîmé dans la contemplation de cette amie d'un soir, ce bout de femme capable de donner la vie, Guillaume veut voir en elle la raison de cet énorme gâchis.

— Tu…

Les mots peinent à sortir. Le jeune homme déglutit, les yeux à présent rivés sur le ventre de Camille, accrochés à l'espoir que découle de ce corps intact, à l'inverse du sien, un sacrifice salutaire plutôt qu'un chaos stérile.

Lorsqu'il se redresse, Guillaume croise son regard. Ils se dévisagent sans rien dire, l'un meurtri, l'autre confuse, puis la jeune fille décroche du tête-à-tête.

— Oh, ça ? s'empresse-t-elle de déclarer en comprenant l'interrogation de Guillaume. Non, ne t'inquiète pas ! Fausse alerte ! Juste un retard de règles. J'ai essayé de te prévenir hier, pour te rassurer, mais tu n'as pas répondu. Et pour cause…

La voix est claire, le ton léger. On dirait qu'elle évoque un détail oublié, un événement sans conséquence. Une parenthèse que l'on referme. Guillaume intègre l'information sans réagir. Juste un hochement de tête à peine perceptible.

Puis il baisse les yeux.

Sans le savoir, Camille vient de le mutiler pour la seconde fois en moins de vingt-quatre heures. Mais cette fois, c'est son âme qu'elle blesse cruellement.

*

Dans sa chambre d'hôtel, Thomas émerge d'une interminable somnolence en grimaçant. Son esprit, encore dévasté par le cataclysme qui a réduit son existence en bouillie, tente de surnager au milieu du flux d'images qui malmène son cœur. Sa bouche est pâteuse, son crâne pèse une tonne, sa nuque lui semble plus raide que celle d'une statue de pierre. Il peine à ouvrir les yeux. Se demande même s'il a la force de regarder autour de lui. Pour voir quoi ? Pour trouver qui ?

S'y résout tout de même, soulève les paupières, lesquelles libèrent quelques larmes silencieuses.

La pièce dans laquelle il se trouve est froide et impersonnelle. Déserte surtout. Étrangère. Tout comme la vie dans laquelle les événements de la veille l'ont catapulté. Expulsé d'une existence qui était la sienne. Éjecté de son histoire. Désormais SDF. Sans destin fixe.

D'ordinaire réveillé par les babillements de sa petite fille, *a fortiori* les samedis matin, quand l'impératif des horaires de bureau ne le forçait pas à se lever, Thomas aimait traîner sous la couette en compagnie de sa femme et de son enfant. Ronchonnait quelquefois en songeant avec nostalgie à l'époque où week-end rimait avec grasse matinée, tout en s'accommodant malgré tout de la douce tyrannie imposée à ses heures de sommeil.

Ce matin, en ouvrant les yeux sur les décombres de sa vie, c'est le silence qui l'empêche de se rendormir. Il lui faut plusieurs longues minutes avant de trouver la force de s'asseoir sur son lit, ce qu'il finit par faire, le geste saccadé, l'intention machinale, mû par l'habitude plus que par la volonté.

Et maintenant ?

En considérant plus attentivement les lieux qui l'entourent, il ne peut s'empêcher de leur trouver une sordide ressemblance avec la chambre qu'il occupait la veille dans l'après-midi, celle-là même dans laquelle il a oublié pour quelques instants les deux êtres qui lui manquent si férocement ce matin. Celles qui occupent à présent toutes ses pensées. Hébété, le comptable avise la table de chevet qui jouxte son lit, dont il ouvre le tiroir. À l'intérieur apparaît une bible, que l'élan entraîné par la traction fait glisser jusque sous ses yeux.

Thomas laisse échapper un gloussement narquois. Il ne fait aucun doute que Dieu le met au défi, non sans une certaine cruauté. Il s'empare avec déférence de l'ouvrage dogmatique, qu'il pose sur ses genoux. Puis, l'œil sombre et le geste vague, il repose ses bras de part et d'autre du volume. En détaille la couverture avec une profonde amertume. Avise ensuite ses poignets pansés, témoins des plaies que Dieu lui a infligées, dont il gardera pour longtemps les cicatrices, gravées dans sa peau et dans son âme. Le châtiment divin. Sans pitié ni miséricorde.

Et sans aucune chance de rédemption.

Hier soir encore, il a tenté de joindre sa femme par téléphone. Tôt ce matin également. Elle n'a pas décroché. Elle est restée sourde à ses appels. Elle n'a fait preuve ni d'indulgence, ni de mansuétude. Elle l'a condamné sans prendre la peine d'écouter ses explications, sans même lui donner l'opportunité de lui demander pardon. Elle l'a rejeté, désavoué, privé de tout espoir.

En cet instant, Thomas se sent plus méprisable qu'un déchet et plus méprisé qu'un débris. Un chien, pire qu'une merde. À peine un reliquat usagé, avec ses pansements déjà avachis, son pantalon souillé, sa barbe naissante et négligée, ainsi que ses cernes marqués, qui soulignent la détresse de son regard.

« On dirait que tu as fait une tentative de suicide. »

La voix de Sophie Cheneux résonne dans sa tête, comme déformée par une myriade de diablotins moqueurs. Toujours assis sur son lit, la bible sur ses genoux, les bras le long du corps, Thomas Piscina ressemble à un personnage d'Edward Hopper.

Alors, lentement, il se lève et se dirige vers la fenêtre, tenant le livre à la main qu'il presse ensuite contre son cœur. Ouvre en grand les deux battants avant de regarder vers le bas.

Quatre étages le séparent du trottoir.

Ce serait si simple.

S'abandonner juste un instant. Non pas se résigner, seulement lâcher prise. Se laisser aspirer par le vertige. Déposer les armes. Laisser tomber.

L'œil éteint, Thomas se penche un peu plus.

Inspire une grande bouffée d'air.

Puis, d'un geste ample, il balance la bible dans le vide.

Dans sa chute, le livre s'ouvre, à l'instar d'un oiseau qui déploie ses ailes. Comme figé en apesanteur pendant un bref instant, l'ouvrage semble vouloir prendre son envol. Puis, happé d'autorité par l'impitoyable gravité, il dégringole le long de la façade avant de s'écraser lamentablement sur le sol.

*

C'est un peu plus tard dans la matinée que Germaine Dethy a pu regagner son domicile. La vieille dame a longuement été entendue par les forces de l'ordre et, même si elle a minimisé comme elle a pu la gravité des faits commis par Alicia Villers et son fils Théo, elle n'est pas vraiment certaine d'avoir réussi à alléger le lourd fardeau qui pèse sur leurs épaules.

Après une nuit compliquée durant laquelle on ne lui a laissé que quelques heures de repos, entre l'audition aussi pénible qu'exténuante et l'intervention trop intrusive à son goût du service d'aide aux victimes – qu'elle a envoyé paître avec dédain –, Germaine Dethy a enfin été raccompagnée chez elle aux alentours de midi.

À son arrivée, sa fille est présente. De même que son fauteuil roulant, intact.

En voyant sa mère se déplacer sans aucune aide, Astrid hausse un sourcil perplexe.

— Tu as retrouvé l'usage de tes jambes ? remarque-t-elle d'un ton pincé.

— Moi aussi, je suis contente de te revoir ! rétorque la vieille dame sans beaucoup plus de chaleur.

Bardée de son armure de fiel, Germaine Dethy serre les dents. En vérité, sa fille est la dernière personne qu'elle a envie de voir aujourd'hui. Pourtant, contrairement à l'ordinaire, ce n'est pas le besoin de solitude qui la taraude. Ni rancœur, ni animosité. Pas même une once de négligence, elle qui, souvent, se cache derrière une désinvolture manifeste.

Il lui faut mobiliser un trésor de patience, aptitude difficilement praticable pour cette femme dont les mots et les pensées ne connaissent pas d'obstacle, pour finalement convaincre Astrid de la laisser. En se faisant raccompagner à la porte de l'appartement, celle-ci, quelque peu décontenancée par l'attitude de sa mère, tente de rétablir l'ordre des choses : l'une qui se plaint du manque de disponibilité de l'autre, l'autre qui se défend des sarcasmes de la première.

— Tu es sûre que tu n'as besoin de rien ?

— J'ai juste besoin de dormir ! ment la vieille dame tout en guidant sa fille vers la sortie.

Enfin, la porte se referme. Aussitôt, Germaine Dethy gagne sa chambre. Là, elle ouvre la penderie et, se hissant sur la pointe des pieds, tend la main vers l'étagère supérieure. Du bout des doigts, elle sonde la planche à l'aveuglette, à la recherche des journaux d'époque relatant le krach de 1929. Son trésor caché, sa revanche sur l'existence, son pied de nez à un destin avare de bonheur. En trouvant l'amateur adéquat, elle peut en tirer un bon prix. Si elle n'a pas réussi à disculper Alicia et Théo des crimes qui leur sont imputés, du moins peut-elle tenter de les aider financièrement. Engager un bon avocat qui saura les défendre au mieux. Adoucir quelque peu la rudesse des épreuves qui les attend. Placer l'argent issu de la vente sur un compte à leur nom afin de faire fructifier une somme dont ils auront grand besoin à leur sortie de prison…

Germaine ne sait pas encore très bien comment elle

va procéder. Ce qui est certain, c'est que, aujourd'hui, sa prise de guerre va enfin pouvoir faire son office et secourir ceux qui, au mépris de toute raison, ont joué leur chance jusqu'au bout. Le reste lui importe peu, leur histoire, leurs espoirs, hier, demain…

Sa main glisse sur le bois de l'étagère, surprise de ne rencontrer aucun papier. Impatiente, la vieille harpie quitte la chambre pour revenir aussitôt, traînant derrière elle une chaise par le dossier, qu'elle place devant la penderie restée ouverte. Puis elle se hisse avec difficulté et s'élève à la hauteur de l'étagère supérieure.

L'absence des journaux la fige dans son mouvement. À la surprise succède le choc, puis l'incompréhension. Que s'est-il passé ? Depuis quand ont-ils disparu ? Sa mémoire lui jouerait-elle des tours ? Elle se souvient pourtant parfaitement de les avoir rangés là ! Pour la première fois depuis longtemps, Germaine Dethy sent son cœur s'affoler, ce vieux muscle qui ne bat plus que par obligation, ou par habitude… Elle descend de son perchoir et promène sur sa chambre un regard perdu. Puis elle sort de la pièce et erre quelques instants dans son appartement, cherchant une explication à ce mystère singulier. Serait-ce sa fille qui, tombée dessus par hasard, les lui aurait dérobés ? Germaine en doute, cette idiote n'a vraisemblablement aucune idée de la valeur qu'ils représentent.

Elle se tient à présent à l'entrée du salon. Au centre de la pièce, son fauteuil roulant semble posé là par erreur. Quand, par inadvertance, ses yeux se posent sur la corbeille contenant les journaux imbibés de produit dégraissant, du moins ce qu'il en reste, les morceaux réduits en bouillie, Germaine Dethy a un hoquet de stupeur. Elle pousse une plainte ahurie et, s'approchant de la poubelle, invoque tous les démons de l'enfer assortis des jurons les plus imagés. D'une main tremblante, elle saisit un bout de journal qu'elle soulève à hauteur du visage, pour constater avec horreur le caractère irréversible du forfait.

Elle n'a plus rien.

Que ses yeux pour pleurer.

Ce qu'elle fait soudain sans retenue.

C'est comme un barrage qui, après avoir tenu de longues années sans bouger d'un pouce, cède brutalement sous la charge d'un assaut trop violent. Un torrent d'émotions qui la submerge. Un trouble si puissant qu'il la déleste de sa carapace d'indifférence. Démunie devant la virulence de son émotion, la vieille dame tente de maîtriser les larmes qui coulent le long de ses joues, sans parvenir à gérer sa détresse, une pléiade de sensations qui se pressent aux portes de son cœur et martèlent sa poitrine au rythme de sa peine.

Alors, d'un geste instinctif, peut-être juste pour ne pas se répandre plus qu'elle ne le fait déjà, ou pour une autre raison qui n'appartient qu'à elle, Germaine Dethy se retient à l'accoudoir de son fauteuil roulant, dans lequel elle se laisse lentement glisser.

*

Pour Alicia et Théo, c'est en garde à vue que la journée a commencé. Interrogés séparément sur les événements de la veille, ils n'ont rien nié des faits qui leur sont reprochés. La vidéosurveillance est trop explicite pour atténuer la gravité du drame et, de toute façon, ils n'ont, ni l'un ni l'autre, assez d'espoirs en stock pour croire aux miracles. C'est le lieutenant Neubel qui a procédé à leur interrogatoire. Questions et réponses se sont succédé dans la torpeur des regrets, formant au fil des mots le récit d'un immense gâchis.

Avant midi, Neubel les inculpe de divers chefs d'accusation, parmi lesquels homicide volontaire pour Théo, homicide involontaire et blessure par balle pour Alicia. Ainsi que rapt parental.

Lorsque la chirurgienne apprend le décès de Léa Fronsac, dont elle est tenue pour responsable, ainsi que la vérité sur le sort du petit Émile, les dernières forces qu'elle conservait malgré tout au fond d'elle-même se délitent. Dévastée par les charges qui déferlent en rafales sur les ruines de son existence, Alicia se désagrège lentement sur son siège. Elle repense avec douleur aux propos qu'elle a balancés au visage de la jeune maman, l'accusant sans détour d'être indigne de son enfant. Elle qui, *in fine*, a mené son fils tout droit à sa perte. Elle qui éprouve l'intolérable sensation d'avoir passé elle-même la corde autour du cou de son garçon. Et alors qu'elle n'a même plus la force de se battre contre ses démons intérieurs qui, elle le pressent, ne lui laisseront pas de repos, elle se prend à envier le sort de cette jeune femme en jogging qui, il y a quelques heures à peine, implorait sa compassion et son indulgence.

Les heures passent, irréelles. Ou peut-être trop réelles. Au cours de la matinée, Théo a passé un examen médical complet. Puis on l'a ramené en cellule. Un peu plus tard, on est venu le chercher pour procéder à son interrogatoire. On lui a fait part de son droit à disposer d'un avocat, ce qu'il a d'abord refusé.

Au milieu de la séance, épuisé, l'adolescent a finalement exigé la présence d'un homme de loi. Il est à nouveau ramené en cellule, le temps pour les policiers de faire appel à un avocat commis d'office, Théo n'en connaissant pas lui-même. En vérité, l'avocat, il s'en fiche pas mal ; tout ce qu'il veut, c'est se soustraire aux questions des policiers, s'extraire quelques instants des accusations qui pèsent sur lui, se recueillir dans la solitude d'une cellule.

À présent, prostré sur une banquette, il se terre dans le silence de sa faute, le poids de son passé et le néant de son avenir. La réalité est trop implacable pour qu'il puisse y faire face. Il se blottit dans le coin de la pièce et tente, par l'esprit, d'échapper au cauchemar qui lui tient désormais lieu de destin.

Une heure après, on revient le chercher.

— Quelqu'un veut te voir, lui annonce-t-on en le guidant à travers les couloirs.

Théo se laisse mener sans réagir, indifférent à l'activité qui l'entoure. Quelques instants plus tard, on le fait entrer dans une pièce aveugle, éclairée aux néons, juste meublée d'une table et de deux chaises, dans laquelle le lieutenant Neubel et un homme que l'adolescent n'a jamais vu sont en grande discussion. À son entrée, ils s'interrompent.

— Je vous laisse deux minutes, murmure Neubel à l'intention de l'inconnu. Pas une de plus.

Sans rien ajouter, le policier se dirige vers la porte et quitte la pièce.

— Vous êtes mon avocat ? s'enquiert Théo en portant sur l'individu un regard éteint.

— Pas tout à fait, Théo, répond l'homme en dévisageant l'adolescent avec une émotion qu'il peine visiblement à dissimuler. Je suis beaucoup plus que cela.

*

Francis est également raccompagné dans ses pénates au cours de la matinée. Un retour discret, en compagnie des services de police, lesquels remettent aux mains du personnel de la résidence le patient égaré. Compte tenu de son état mental, ainsi que de ses liens avec les deux inculpés, aucune audition n'a eu lieu.

En pénétrant dans sa chambre, le vieil homme semble un peu perdu. Du moins, plus que d'habitude. C'est Mireille, une aide-soignante dont la douceur n'a d'égale que le dévouement, qui se charge de l'installer, et tente comme elle peut de le rassurer.

— Eh bien, monsieur Villers ! On a fait une petite balade ?

— Je ne sais pas si on peut vraiment appeler cela une balade..., répond-il gravement après quelques secondes de réflexion. À ce sujet, savez-vous quand se déroule la prochaine réunion de coordination ? J'ai quelques remarques à faire au sujet du personnel.

Mireille connaît l'état du vieil homme, ainsi que sa conviction d'être toujours en pleine force de l'âge, actif sur le plan professionnel comme sur le plan sentimental.

— Vous ne l'avez pas notée dans votre agenda ? demande-t-elle le plus naturellement du monde.

Peu habitué à être pris au sérieux, Francis semble déconcerté.

— Mon agenda ? Sans doute, oui... Le problème,

c'est que j'ai dû l'oublier quelque part… Peut-être dans la voiture. Ou alors à l'hôtel.

Mireille, qui est en train de refaire le lit du vieil homme, continue sur un ton anodin.

— Je suis sûre que vous allez très vite le récupérer.

La remarque de l'aide-soignante perturbe soudain Francis. De quoi parle-t-elle ? Il fouille dans ses souvenirs, se souvient de la banquette arrière d'un véhicule qui le ramenait à son hôtel, de sa voisine de voyage, une dame absolument délicieuse avec laquelle il a échangé quelques mots… Une vague notion de danger vient le troubler, quelques flashs polarisent sa mémoire, des éclairs bleutés, des lueurs orangées, auxquelles se superposent les traits tourmentés de la conductrice…

— Vous avez encore besoin de quelque chose, monsieur Villers ? demande l'aide-soignante qui a terminé.

Elle est gentille, Mireille, mais chaque fois qu'elle parle, elle embrouille le fil de ses idées, déjà tellement laborieux à suivre… Le vieil homme s'apprête à la congédier lorsque, soudain, son visage s'éclaire sous l'éclosion d'une pensée qui semble le ravir.

— En effet, j'ai encore besoin de quelque chose, rétorque-t-il avec une amabilité extrême.

— Dites-moi.

— Si vous pouviez me dire le jour que nous sommes, je vous en serais éternellement reconnaissant.

Mireille sourit.

— Nous sommes samedi, monsieur Francis.

— Merci beaucoup, Germaine.

L'aide-soignante ne relève pas l'erreur et, après avoir jeté un regard circulaire sur la pièce pour s'assurer que tout est en ordre, elle quitte la chambre avant de refermer la porte derrière elle.

Resté seul, Francis s'installe dans son fauteuil. Un sourire apaisé se dessine sur ses lèvres. Sans très bien savoir pourquoi, il éprouve le sentiment du devoir accompli.

Remerciements

Merci à Jean-Paul Maraninchi qui, de Nouméa à Calvi, est toujours là pour répondre à mes questions.

Merci à Ollivier Boguais pour tes précieux conseils, tes indispensables remarques ainsi que ton indulgence envers mon ignorance des pratiques policières.

Merci à Delphine Nahoé pour ta lecture aussi consciencieuse que perspicace.

Et puis merci à Kassia.

Barbara ABEL

D'un côté il y a Tiphaine et Sylvain, de l'autre il y a Laetitia et David.
Deux couples, voisins et amis, fusionnels et solidaires, partageant le bonheur d'avoir chacun un petit garçon du même âge.
Maxime et Milo grandissent ensemble, comme des jumeaux.
Jusqu'au drame.
Désormais, seule une haie sépare la culpabilité de la vengeance, la paranoïa de la haine.

Un roman
diaboliquement
[illegible]

[illegible]

Barbara ABEL

Une banlieue calme, deux maisons mitoyennes entourées de jardins bien entretenus. Des voisins modèles : Tiphaine et Sylvain, couple soudé aux anges avec [illegible] Milo. C'est le cadre idéal dans lequel Nora, récemment divorcée, vient d'emménager avec ses deux enfants. Mais Nora ne sait pas encore que les anciens propriétaires de sa jolie maison étaient les parents naturels de Milo, que Tiphaine vit dans une prison de mensonges et de culpabilité. Et dans l'ignorance, Nora donne sa confiance...

Composition et mise en pages
Nord Compo à Villeneuve-d'Ascq

Imprimé en France par
CPI Bussière
en mars 2024
N° d'impression : 2076524

Pour plus d'information :
#lisez! engagé
www.lisez.com
Imprimé sur du papier issu de forêts gérées durablement.

Pocket – 92 avenue de France, 75013 PARIS

Dépôt légal : octobre 2016
S26524/09